何所冬暖，何所夏涼

What and
what a
cool summer

作者
顧西爵
Gu Xi-Jue

誰 願 陪 你 冬 暖 夏 涼 ， 在 你 枕 邊 ， 在 你 心 上 。
為 了 她 的 微 笑 ， 他 等 了 十 二 年 。

目錄

何所冬　暖

何所夏　涼

何所冬暖

你微微笑著，
不同我說什麼話，
而我覺得，
為了這個，
我已等待得很久了。

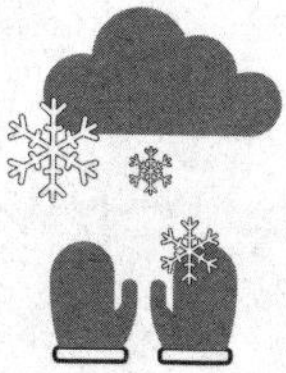

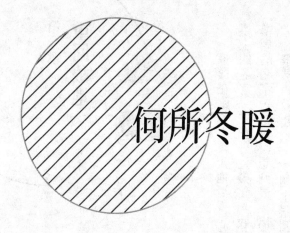

第一章

重回故地

飛機在跑道上緩慢地滑行，遠方的艾菲爾鐵塔一如既往地燈火璀璨。我靠回椅背，看著機票上的名字，在國外這幾年，我幾乎都快忘了這個中文名——簡安桀。這是我父母原本為兒子準備的名字，只是沒想到最後出生的卻是女兒。

飛機終於起飛，我閉上眼睛，慢慢呼吸，總是要忍受一些事情，比如飛機起飛，比如回國。

良久之後，我隱約聽到有人在叫我。

「咦？」沈晴渝推門進來。「安桀，妳在家啊？」

「嗯。」

「妳一直待在書房嗎？中飯有沒有吃？」

「吃過一點。」我隨口應了聲，猶豫著要不要先回房間，或者再等等，她可能馬上就走。

沈晴渝從書櫃的抽屜裡拿了一份檔案。「阿姨現在還要出去，晚上跟妳爸爸可能也不回家吃飯。」她看了我一眼。「那妳看書吧，晚飯記得吃。」

我點頭，她就開門走了。

「郗辰，你怎麼也在家……你不是說今天要去……」

書房外面的走廊上傳來聲音，遠遠近近，我無心細聽，而一時也看不進去書，索性閉目養神。

不知道葉藺這時候在幹什麼？他說要去跟朋友打球，每次週末他總是忙得見不著面。

由朦朧中轉醒，我看見沈晴渝站在面前。

「抱歉，把妳吵醒了。阿姨想問妳，妳有沒有動過一份文件？跟這份差不多，都是黃封面的，放在那裡。」她指了下之前拿檔案的那個抽屜。

「沒有。」

「那就奇怪了，我昨天明明放在那裡的，怎麼就找不到了呢？」

我俯身撿起滑落在地板上的書，打算回房。

「安桀，妳再仔細想想，是不是妳動了，然後放哪兒卻給忘了？」

我搖頭。「我沒有動過。」

「沒道理的，今天就妳一個人在書房啊。」

我開門出去時卻被她拉住。「等等，妳這孩子怎麼——哎，阿姨真的有急用，妳沒看到過，也應該幫忙找找是不是？」

我被她扯得有些痛。「妳不要拉著我。」

「我說妳——我好好跟妳說話，妳怎麼老是這種態度？」

「妳先放手……」

「妳是不是故意把檔案藏起來為難阿姨？」

因為不喜歡與人有太過親近的肢體接觸，尤其是跟自己不喜歡的人，所以我顧不得是不是失禮，用了點力抽回手。

「等等，妳別走！」

我不知道她為什麼總是要來找我的麻煩，明明是她讓我爸爸拋棄我媽媽，破壞了我的家庭。

「妳給我站住！」

她追上來抓住我，用了很大的力氣。我從小就怕這種突然的大動作，所以下意識地用力推開她。事情發生得措手不及，沈晴渝向後跌去，後面是樓梯。我一驚——「小心！」我想抓住她的手，可是根本來不及！

我看著她跌下去，我的腳步定在地上無法動彈，我只感覺到自己全身都在發抖。

我聽到有人跑過來。

我看著眼前模糊的人影，我看不清楚他是誰，可是，不管是誰，可不可以拉我一把？我不是故意的，我沒有想要傷害她……

「啪！」

「小姐，小姐。」耳邊有人輕聲喚我，我有些吃力地睜開眼睛。

空服人員俯下身。「小姐，妳是不是哪裡不舒服？妳的臉色很不好。」

「我沒事。」

這是第幾次作這個夢了？第十次，第十五次，還是更多？

我抬起手看自己的掌心，冒著冷汗，還有點顫抖。

害人害己，說的是不是我這種人？

我讓她的孩子胎死腹中，我害死了跟我有一半血緣關係的妹妹抑或是弟弟。而我也受到了懲罰，她那出色能幹的外甥打了我一巴掌。這是我第一次被人打巴掌，只覺得很疼很疼。最後，我父親給了我一張卡，我去了法國六年。

六年後，我還是回來了。

我深呼吸，望著計程車窗外冰冷的冬日瑟景，這裡是我的故鄉。

我以為自己永遠不會再踏足這裡，可是母親的一通請求還是讓我回來了。

她希望我回一趟簡家。

我在一幢老別墅前下了車。我看著眼前的房子出了會兒神，當初父親買下的時候，就是圖這裡風景好、水好、空氣好，一派柳絲細、歲月長的意象。所以外觀的灰泥牆只是略略修繕了一下，完全保留了那種古樸莊重的歷史感，紅瓦也是按照舊制去尋訪而來，一一鋪排整齊，使整幢房子看起來就像一位不辨年歲的女人，明明不那麼年輕卻依舊不失華美。而花園裡在春暖花開時關不住的春意更是惹人遐思。曾經我很愛這裡，如今卻是如此陌生。

我推開鐵門走了進去。走到屋簷下，我按了門鈴，因為我沒有鑰匙。

開門的是一個有點年紀的老太太，她看著我，上下打量了一番。「請問妳找誰？」

「我找……簡先生。」

「先生不在。」老太太順勢要關門。

「林媽，是誰？」一道低沉的聲音從屋裡傳來。

我發現自己的手竟然有點發抖，然而卻不由自主地笑了起來。

修長的身影踏至門口，他的表情有些意外，但不至於太驚訝。

我拎著行李逕直走了進去。

「席先生？」傭人帶著疑惑的聲音。

「她是簡叔的女兒。」

女兒……我瞇了瞇眼睛，心中不免有些自嘲。

感覺手上一輕，席郗辰走過來接了我的行李。我低下頭看著那隻對於男人來說略顯白淨的手。「你的手很漂亮。」我說。

席郗辰若有所思地望著我，我轉開頭，抬步上樓。

打開二樓我曾經的房間，看到裡面熟悉的擺設中間夾雜了許多不該有的東西，玩具車、積木……地板上、床上、桌面上都是。

「玉嶙好像很喜歡妳的房間。」

我回身看向身後的人。「玉嶙？」

「妳的弟弟。」

胸口忽然悶得有點透不過氣來，我想其實我可以去找小姨一起過耶誕節的。

「妳要不要睡客房？」他聲音冷清地問。

「客房？」我笑了笑，從他手上拿過行李，向樓下走去。

席郗辰從身後拉住我的手，這舉動讓我渾身一顫。「放開！」

「要去哪，回法國嗎？」他的話問得有些急迫。

我拉下他的手。「放心，我會回法國的，雖然不是現在，但是很快就回。」

他看著我，目光冷沉。

我別開頭。「明天我會來見他。」

「妳爸爸應該馬上就會回來。」他的聲音波瀾不驚。「妳可以等一下。」

「不用。」這樣的對話讓我意識到，即使我曾在這個家裡生活了十七年，但是現在也只不過是一名過客。「更何況這麼晚了，我也得去找地方住不是嗎？」

他停了三秒，說：「如果妳的意思是妳只想住自己的臥室，那麼我會叫人收拾。」

「怎麼？我上面的話讓你產生這種想法？」我輕哼。「收起你的自以為是。」

忽然，他向我挪近一步，我下意識地向後退開一大步！

「妳……怕我。」這是一句肯定句。

我掃了他一眼。「你可真幽默，席先生。」說完我毅然地走向玄關。

「對了，席郗辰——」走到門口時，我又回頭笑道：「你一定要擺出這麼高的姿態嗎？」

走出門，外面竟然在下小雪。

我走到以前上高中時等公車的站牌那裡，等了一會兒，我上了第一輛來的車，不管它到哪裡。車上沒有多少乘客，公車前行，發出特有的聲響。近黃昏，街道兩旁的路燈都已經亮起，一道道光在車窗上折過，忽明忽暗。雪花從窗外吹進來，落到我的臉頰上，有些冰涼。

我有了一個弟弟，但是從來沒有人告訴過我，是覺得沒必要，還是已經避我如蛇蠍？

「小姐，終點站到了。」司機的聲音將我從漫天冰雪般的思緒中拉回。

我下了車，抬眼望去一片荒野，沒想到這座城市竟然還有這麼荒涼的地方。最後我撥了朴錚的電話。電話那頭響了一下就接起，聲音裡帶著火氣：「打妳電話為什麼不接？」

「我迷路了，朴錚。」

浸泡在熱水中的身體總算有了些許暖意，緊繃了一天的神經也開始慢慢放鬆，變得有些恍恍惚惚。

聽到敲門聲我才發現自己竟然睡著了。等我穿好睡衣出去，等在浴室門口的朴錚取笑我：「我還以為妳在浴室裡玩自殺呢。」

「你想多了。」我笑笑，然後說。「我要睡了，累。」

「知道累還跑去那種鬼地方？」

我不知道朴錚說的鬼地方是簡家，還是那個人跡罕見的終點站。我這樣想著，又聽到朴錚嘆道：「客房裡的床單跟被套我都幫妳換過了。潔癖真的沒有藥醫嗎？」

我無奈地說：「你就當我比較愛乾淨吧。」走了兩步我又回頭問：「你沒有其他的話要跟我說嗎？」

朴錚作勢想了想。「Check out 時別忘記付住宿費、伙食費……」

我的回應是直接轉身走人。

隔天清早，房門外傳來的聲音讓我轉醒。聲音不響，斷斷續續的，但是對於我來說即便是小得像翻書的聲響，都會嚴重影響到我的睡眠。

當我打開臥室門，看到客廳裡的人時，不由僵立在原地。

英俊的面孔，高瘦的身形，配上一身設計簡潔的米色休閒裝，真的是一副翩翩佳公子的模樣。

這時那人也發現了我。

葉藺的手一抖，資料撒了一地。

我跟葉藺從國一就認識，然後相知、相熟、相戀六年。

曾經，他能輕易影響我的情緒。而現在，我希望他不再有那個能力。

葉藺回過神。「什麼時候回國的？」玩世不恭的笑容恢復，他開始撿掉在地上的紙張。

「昨天。」

「真是不夠朋友，回來也不跟我說一聲。」

「本來就不是朋友。」

「是嗎？」他的語氣慵懶，夾帶著諷刺。

朴錚朝我走來。「怎麼不多睡一會兒？」

我嘆了一聲。

因為朴錚的無意提示，葉藺看了眼朴錚又看向我。「沒想到妳跟朴錚的關係已經好到這種程度，看來是我孤陋寡聞了。」

「這似乎與你無關。」我平淡地道。我與朴錚的關係，知道的人的確不多，不是刻意隱瞞，只是不刻意去說明罷了。

朴錚抓了下頭髮。「葉藺啊……」

「朴錚，我餓了，有東西吃嗎？」

朴錚看了我一眼。「有，等會兒。」不再試圖解釋，他轉身向廚房走去。他總是能明白我的意思。

「妳怎麼會在這裡？」葉藺看著朴錚的背影問。

「沒地方住。」我走到餐桌前倒了杯水喝。

「別告訴我你們簡家大到沒空房間讓妳住。」

我手指一顫，險些將手中的杯子摔落。

「不渴就不要喝太多水了。」他皺眉，隨即又笑道：「在法國待了六年總算知道回來了。」

我只是喝著水沒作答。

「我還以為妳會一直待在那裡。怎麼，簡家大小姐終於出國深造完畢，回來報效祖國了？」見我不搭理，他的口氣開始不滿。

「我還沒畢業。」不回答他，他就會一直纏下去，所以我挑了一個最可有可無的話題敷衍一下。

「妳還要回去？」

「嗯。」

他忽然將手上的資料扔在茶几上。「跟朴錚說一聲，我有事先走了。」

「好。」我不去在意他的反覆無常，也沒有打算相送。

「好？呵，對了，有空出來吃個飯，亞俐挺想妳的。」他說完開門就走。

而我手中的玻璃杯終究滑落，濺開一地的碎片。

「我跟他也是偶爾聯絡，這段時間他要買房子，看中了我們房產公司下面的樓房，所以最近來往得比較頻繁。」站在廚房門口的朴錚看了眼地面，走過來，放下早餐後，去拿掃帚與簸箕收拾了地上的碎玻璃。「原本我以為妳會睡到下午，抱歉了妹子。」

我有些發愣，過了一會兒才說：「我去洗下臉再來吃。」

「其實，葉藺並非他所表現的那般玩世不恭。」朴錚算是實話實說。「他人挺好的。」

我笑笑，沒說什麼。他怎麼樣，現在跟我已經完全沒有關係了，六年的時間可以淡化一切，包括本以為會天長地久的感情。

那年九月，母親送我到國中報到，那個時候的夏天還遠沒有現在這麼炎熱，滑過樹尖的風也是微涼的。在我的記憶裡，那時的母親很美麗，也很溫柔。

教務處外面長長的走道上，我站在窗前等著母親出來。

我的成績有點差，因為身體不好的緣故，從小上課總是比別人上得少，考試偶爾也會缺考，之所以能進入這所數一數二的重點學校，也只是金錢萬能下的一個例子。對這種用錢來買進好學校的事，一開始我會感到羞慚，但父母並不在意，漸漸地我也麻木了。

「原來女生也有買進來的。」一句夾帶著明顯諷刺的話語傳到我的耳朵裡。

我側頭看過去，是一個相當搶眼的男孩子，軟軟的頭髮、白淨的皮膚、好看的臉蛋，以及一雙黑得發亮的眼睛。

「我在跟妳說話妳沒聽到嗎？說話呀！」

「妳是聾子嗎？」見我不理，不耐煩的話一再拋來。

事實上我只是在想怎麼回答他，可他的耐性似乎特別少。

「妳笑什麼？」

「你很吵。」我說，他的聲音雖然好聽，但當拔高了音調叫出來時卻異常古怪。

「妳說什麼？」

這時母親從教務處出來，朝我招手。「走了。」

我對他說了聲「再見」就向母親走去。

這是我第一次見到葉藺，性子急，又張狂。

往後的六年，這個叫葉藺的男孩子橫行霸道地闖入我的生活，占據了我大部分的時間以及心神。

我在洗手間的鏡子前面看著自己有些蒼白的臉。如果時光可以倒流，我還會不會要那樣的六年？答案是否定的。

甜蜜後的孤獨比硫酸還能腐蝕五臟六腑，所以如果能早知結局，一開始我就不會走進這局裡，因為我太怕思念的折磨。

好在，如今已不會再想念。

「安桀，妳的手機一直在響，要不要幫妳拿進來？」朴錚的聲音從門外傳進來。

「不用，我馬上就出去。」

收起恍如隔世的回憶，我開門出去，接過朴錚遞來的手機，七通未接來電，同一個號碼，沒有顯示姓名。正要回撥過去，手機又響了，還是這個號碼，我按下接聽鍵。

「簡安桀。」

果然是他，葉藺。

「剛才為什麼不接電話？」雖然沒有質問意味，但是口氣卻聽得出來不太高興。

「找我有事？」我不想浪費時間，既然心裡早已決定不再為他介懷，彼此相安無事最好，如今以及往後任何的牽扯都顯得多餘。

「沒事就不能找妳？」

還是那麼喜歡裝腔作勢啊……

「不方便說話嗎？朴錚在妳旁邊？」語氣柔了一些，也有幾分試探的味道。

他問這種無關緊要的問題其實沒必要。「沒事的話，我就掛了。」

「妳敢掛試試看！簡安桀，如果妳敢掛，我現在馬上立刻出現在妳面前砸了妳那手機！」他不再調笑，過大的怒火令我有些錯愕，雖然從一開始我就明白那陰柔的語氣下是壓抑的不滿，卻沒有想到會是這般的歇斯底里。

「那你想說什麼？」我不再妄圖能將這通電話輕率帶過。

電話那頭似乎也意識到了自己不適當的失控。「抱歉。」語調又恢復到先前的漫不經心。「我還在朴錚家樓下，妳能下來一下嗎？我想跟妳單獨談談。」

「不行。」不想再牽扯不清，而我也不擅長找理由與藉口，所以乾脆拒絕。

「好，很好，簡安桀妳總是有法子讓我覺得自己在犯賤！」沒再等我回答，電話被掛斷。

緊握手機的手有點痛，我想起兩人分手那天他說的那些話，比冰雪更刺骨的冷言冷語。在法國的第一年，我只要想起他，就好像被人用尖刀刺入心臟。

他說：「法國，美國，隨妳去哪裡，越遠越好，眼不見為淨最好！」

我希望這句話他能自始至終地說到做到。

第二章
風吹散的不只是記憶

中午的時候老同學莫家珍來電話，她是我這幾年難得還有在聯絡的朋友，她抱歉地道：

「我掙扎了半天，還是決定來負荊請罪。我是真的真的死命在抵抗，本不想把妳的電話號碼給他的，但是妳知道的，葉藺那人一貫陰險狠毒，他竟然笑得很『甜美』地跟我說，如果我不把妳的號碼給他，以後我的婚禮他必來砸場……總之，安桀，對不起。」

「沒關係，反正回法國後這號碼也不會用了。」

「就知道妳最深明大義了！還有，之前發給妳的簡訊妳看到了吧，晚上七點，一起吃飯，林小迪請客。」

林小迪是我高中時期的同學，後來嫁到了臺灣，她的婚禮我因為在國外沒有參加，對此我始終有點愧疚，畢竟林小迪一直真心將我當成她的摯友，而這樣的人在我的生命裡是寥寥可數的。

我跟林小迪最近的一次見面是在兩年前，林小迪和莫家珍來歐洲旅行，我充當導遊帶她們逛了幾天。

「她怎麼來這邊了？」

「我今天一跟小迪說妳回來了，她就立刻決定買機票飛過來，大概下午五點會到。」家珍笑道：「要不是知道那女人已經結婚了，我可真要以為她是同性戀、看上了妳呢。」

「亂說什麼。」我想了一想，最後說：「晚上我跟朴錚一起過去吧，我好像有點感冒了，讓他陪我過去。」

「朴錚？我知道他，朴學長嘛，他那時候不是偶爾會來找妳出去說點什麼，難道你們現在……」

我無可奈何道：「他是我小姨第二任老公的兒子。雖然沒血緣關係，卻是我尊重的大哥，以後別亂想了。」

「妳小姨？就是我們去芬蘭玩的時候，招待我們的那位？」

「嗯。」朴錚的父親過世後，小姨太過傷心，去了國外。時隔一年，我到了法國，那時候幸虧隔三岔五還能去找一下小姨，否則那種孤立無援的日子真的無法熬下去。

晚上當我跟朴錚來到某飯店的VIP包廂時，莫家珍和林小迪她們已經在了，家珍正在吆喝著服務生倒開水，林小迪一看到我，就異常激動地跑過來抱住了我，氣勢洶洶地表達了一番長久以來對我的思念之情以及怨恨之心，所謂怨恨，就是為什麼我回來告訴了家珍而沒告訴她。

我說妳在臺灣，跟妳說了也沒用。

「怎麼沒用？」林小迪點了下站在我眼前的人，做完那動作她自己先笑了。「好了好了，不鬧了，安桀，跟妳介紹下我老公。」她轉身招來坐在沙發上的男子。「這是瞿魏，我老公。瞿魏，這是簡安桀，我最好的朋友。」

我跟小迪夫妻倆也介紹了下朴錚。「我哥，朴錚。」

林小迪笑道：「聽家珍說過了，朴學長你好你好。你們先聊著，我去幫莫家珍點菜，那傢伙肯定又點了一大堆海鮮，我最恨的就是海鮮！」她說完，虎虎生威地朝莫家珍走去。

瞿魏無奈地搖頭。

「小迪永遠都是那麼精力充沛。」我由衷地說。

「是啊。」瞿魏笑道：「久聞大名了，簡小姐，小迪經常提起妳。聽說，妳之前在法國留學？」

我笑笑點頭。

「獨自在外面求學一定很辛苦吧？」

「還好。」其實沒怎麼求學，說穿了只是求生而已。

這時，有人推門進來，竟是葉藺，他的身後跟著楊亞俐。

男的俊美爽朗，女的美麗大方。

葉藺看到我們，面露詫異。「不好意思，走錯門了。不過，也真夠巧了——林小迪，好久不見了。」

「葉藺。」小迪的驚訝是真實的。

葉藺挑眉看了一圈包廂裡的人。「今天這是老同學聚會嗎？那怎麼不算上我跟亞俐？」

小迪完全不客氣。「你們現在都是大人物了，我這小桌子小碗盤的上不了檯面的飯局，請你們來吃，我怕降低了你們的身分。」

葉藺帶著點笑說：「我不介意偶爾降一下身分。」

「你！」小迪氣惱。

葉藺還要說，被身後的楊亞俐拉住。「好了好了，你就別跟小迪鬥嘴了。」她轉身對林小迪說：「妳也別嘲諷我們了。大家好幾年沒見了，既然碰到了，就一起吃吧。我做東。」

小迪沉吟了一會兒，最後說：「行啊。服務生，加菜，把你們飯店最貴的那些菜都給我補上。」然後看向楊亞俐。「楊大小姐，妳是富二代，不介意我點幾道貴的菜吧？」

楊亞俐大方道：「隨意。」說完她的眼神有意無意地往我這邊看過來。

其實她真的沒必要那麼在意我的，畢竟她所在意的人，現在確確實實地只待在她身邊。

我神態自若地向楊亞俐頷首，算是打了招呼，卻在轉開之際，碰觸到那雙清冷輕佻卻又充斥著滿滿譏誚的眼眸。

我承認因為這個眼神自己有一瞬間微微的心痛。我走到桌前坐下，承認，卻不允許有下一次。

我一坐下，手機就響了下，是簡訊。「妳不想見我，不還是見到了？」

我抬頭看向葉藺，他正低頭把玩著手機。

我打字：「你跟蹤我？然後叫上女友一起過來？葉藺，你真的很無聊。」發出去後，我就把手機放進了口袋裡，不再去看它。

「嗨！」瞿魏走過來，將一杯溫水遞給我。「剛聽妳說話，聲音有點啞，是感冒了吧？喝點溫水吧。」

「謝謝。」我接過水杯，這個男人體貼入微，小迪嫁給他，雖然背井離鄉，但她應該過得很好。

「如果嚴重還是去醫院配點藥吃，這樣好起來比較快。」

「好，謝謝。」對於他人的關心我還是有點不適應。

「雖是初次見，但大家都是朋友，妳不用這麼客氣的。」他笑說。

我無奈地嘆息，心想：不是客氣，而是你坐得太近，讓我覺得有些不自在，但無法自欺的是，此時最讓我不自在的還是那道不曾離去的視線。

之後眾人上座，我的左右分別是家珍和朴錚，家珍過去是小迪、瞿魏，朴錚過去是楊亞俐和葉藺，這樣的無意落座剛好讓我正對著葉藺，所以我盡量低頭吃飯。我不是怕事或逃避，只因不想再生是非，而大概是感冒的緣故，我總覺得睏乏無力，昏沉欲睡。

席間刀光劍影、觥籌交錯，家珍和林小迪隔著大半個桌子互相鬥著酒，互相批評對方點的菜有多麼差。

「好了，咱們別說菜了。」家珍笑著拿筷子指了指小迪。「林小迪，妳說妳這長相，說難看嘛，好像過了點，但也絕對稱不上好看呀，怎麼就被妳追到了這麼好的老公呢？來，請教請教。」

「用腳追嘍。」小迪一本正經地說完，又笑道：「其實追男人的把戲妳應該向楊亞俐請教的，她可比我拿手多了，想當年她追葉藺那會兒可是轟動整所學校的！」小迪這話說得不帶半分玩笑，百分百的認真。

家珍點頭：「那倒是，得向楊小姐請教。」

她們倆一唱一和，是為給我撐面子，有朋友如此維護自己，我心裡很感動。但我並不想再提及往事。

楊亞俐的臉色有點難看：「其實也沒有什麼可以講的，兩情相悅就在一起了。」

「兩情相悅？呵，這可有趣了，我記得當年妳圍著葉藺這小蜜蜂轉的時候，他還只屬於我家安桀這朵花呢。妳說妳這是哪跑出來的兩情相悅啊？該不會是老早就在那裡暗度陳倉了吧？」

家珍的這番話，毫無意外地將現場弄成了一片死寂。

我望著眼前的景象，疲憊感更甚。

「其實——」沉默中首先開口的竟然是楊亞俐，她的語氣有些高深：「雖然當時葉藺的確是有女朋友，但是，其他人也有追求的權利，不是嗎？」

「亞俐。」葉藺出聲叫道。

「更何況當時——」

「夠了！亞俐。」

我心一跳，看向正對面的人，顯而易見，他生氣了。

楊亞俐已經白了臉。她看著葉藺，半晌後喃喃說了句：「別生氣，我不說了還不行嗎？」

這樣的場景，沒有控訴，沒有甩門而出，只有一句軟軟的近乎討饒的道歉求好，我想楊亞俐是真的愛葉藺，才會這般小心翼翼、絲絲謹慎。

而我，如今倒更像是一個局外人。

「今天不是為簡安桀接風嗎？怎麼主角都不說話的？」

我一愣，看向開口說話的人。葉藺懶散地靠坐在椅背上，半瞇著眼，一隻手向後輕搭著椅背，神態悠閒，前一刻的氣焰已經不再，剩下的是一如既往的散漫與輕浮。

「沒什麼好說的。」我低聲道。

「怎麼會？」葉藺的聲音是假裝的詫異。「在國外待了這麼多年，第一次回來，就沒什麼話要跟……我們這些老朋友說的嗎？」太過溫柔的嗓音帶著淡淡的嘲諷，不過這裡大概也就我能聽得出來。

我為難，瞿魏打圓場道：「簡小姐，妳可以說說，呃，妳在法國遇到的一些好玩的事？」

我想了一下，實話實說：「其實真的沒有什麼好玩的事。」不好玩的事倒是很多，不過那些就沒必要說了。

小迪笑道：「怎麼會沒有呢？法國帥哥那麼多，我們安桀這麼漂亮，肯定被很多人追吧？」

我莞爾。「法國長得好看的男孩子的確是挺多的。」

「那妳在那邊應該談了不少戀愛吧？」問話的是楊亞俐，神態自然，落落大方。

我拿起面前的水杯握在手心磨磨轉轉，沒有接話。

「感冒就別喝酒了。」是朴錚的聲音，挺威嚴的。

因為剛才心神一直有點不集中，林小迪往我杯子裡倒了什麼也沒注意，渴了就想拿起來喝，現在一看才發現竟是紅酒。

我笑著放下杯子，說實在的我還真的是喝不了酒的人，因為對酒精過敏的關係，如果不小心碰了，身體會發癢，喉嚨也會痛，嚴重一點甚至連呼吸都會覺得困難，只是關於這點很少人知道就是了，這裡知道的大概也就兩個。

「簡安桀，妳什麼時候變得這麼聽話了？」葉藺道，他正似笑非笑地看著我。

我嘆氣。「六年的時間，什麼都會變的。」

他的眸光忽然冷了一下，不過下一刻又立刻恢復輕佻。「是啊，六年，二一九〇天，五二五六〇小時，三一五三六〇〇分鐘，的確是什麼事情都會在這些位數裡改變的。」

我的手僵了一下，不再說話，畢竟這樣的話題說下去沒多大意義。

誰知葉藺卻不想就這麼結束，他起身走近我。「既然今天是為簡安桀接風，那我們大家就一起來敬她一杯，慶祝她六年來的第一次『光榮歸國』！」說完一飲而盡。

高大的身形、過近的距離壓迫我所有的感官神經。

「不賞臉嗎？」

我深呼吸，胸口還是猶如梗著一樣東西，讓我難受。

「葉藺！」朴錚站起來擋在了我身前，語氣裡夾帶著明顯的火氣。

大家都有點亂，家珍和小迪連忙起來周旋，楊亞俐也站起來，走到葉藺身邊拉他的手。

「怎麼啦？你今天這是？好了好了，別耍小孩子脾氣了。」

她說葉藺是小孩子？這個我見過的最有心眼的男人竟然被人說成是小孩子。

我拿起杯子，紅色的酒水順著喉嚨緩緩流下，拚命吞下了，卻還是將最後一口嗆了出來。

我痛苦地捂著嘴唇頻頻咳嗽，胃中的火熱轉嫁到全身，彷彿讓我渾身都發痛。

「簡安桀，看來以後我一定要嚴嚴實實看著妳才行，竟然喝酒也會過敏……有沒有很感動？我葉藺可從來沒對誰這麼好過。」風吹散的已不只是往昔的記憶。

醒來的時候是深夜，空氣裡充斥著難聞的藥水味，四周靜悄悄的。

「醒了？」

幽暗的燈光下，朴錚坐在一旁的椅子上，滿臉嚴肅。

我勉強牽了牽嘴角。「回國以來第一次睡得這麼舒服。」

他良久良久的沉默之後，是一聲無奈的嘆息。「真不知道該說妳什麼好了。」其實連我自己也不知道該說什麼好了，原本以為那紅酒充其量只是讓我出點紅斑，結果卻暈了過去，搞得進了醫院，真是有點誇張。

「抱歉，讓你擔心了。」我道。

「是該抱歉。」朴錚說。

說到這裡，氣氛也沒那麼嚴肅了。

忽然想到什麼，朴錚嗤笑。「那個林小迪啊，呵，竟然被妳嚇得都哭了。」

「嗯，小迪比較感性。」

「是啊，感性得要死，我勸說了大半天才把她給弄走。」朴錚頓了一下又說。「知道妳嫌煩，就讓他們先回去了。」

「嗯，謝謝。」我睡眠品質常年都差，若旁邊有雜音，肯定是睡不好的。

其實，也不太能接受在醫院裡睡覺。

我看了眼點滴管，對朴錚扯出一個討好的笑容。「我們回去吧？我不想待在醫院裡。」

「再等等，至少得把這瓶點滴打完，妳有點發燒。」聲音不強硬，但能聽得出裡面的堅持。

我抬手看了下手錶，凌晨一點十五分，妥協道：「那很晚了，你回去休息吧。」

「妳一個人在這邊我不放心。」

「能有什麼好不放心的，更何況有人在我反而會睡不好。」

朴錚想了想，最後點頭。「好吧，明天一早我再過來，順便回去給妳弄點吃的，這邊的東西妳肯定吃不慣。」

「我要吃綠豆蜜糖粥。」

「知道了。」朴錚拿起床尾的西裝外套起身出去，走到門口時又回身說：「安心休息，都會好的。」

我笑笑，沒有答話。

我重新閉上眼，想起葉藺，這麼多年過去，那些往事再沉重，也該隨風散了。

睡夢中好像有人走進來，我先前吃了感冒藥，睏得睜不開眼，感覺一雙微涼的手將我的手握住，我不喜歡這種碰觸，想要掙脫卻被抓得更緊。

再睜開眼，四周空蕩蕩的，沒有人，我看了眼自己的手，手背上的留置針已經拔去，貼著醫用膠布。我下床去廁所，擰開水龍頭任由冰涼的水沖刷著手。

第二天醒過來沒有看見朴錚以及朴錚的粥，倒是非常意外地看到了楊亞俐。

「葉藺在哪兒？」她的語氣依然很和氣，但也並不客氣。

因為不太能接受躺著跟一些人說話，我坐起身，看向窗外，十二月底的這場雪已經停止，剩下的是一望無際的銀白以及鑽心刺骨的寒冷。

「我只問一句，葉藺在哪兒？」她再次問道。

「為什麼來問我？」畢竟這樣的身分位置，不應該是由她來問我這句話。

「我知道他一定來過這裡。」她說。

我想了一下，說：「他有沒有來過這裡我不清楚。但是，楊小姐，我可以肯定地告訴妳，我沒有看到過他，至少從他敬我那杯酒開始，沒有。」

楊亞俐看著我，評估著話裡的可信度，良久之後她開口：「我不會把葉藺讓給任何人，包括妳，簡安桀，希望妳記住這一點。」走前她還說了一句：「祝妳早日出院。」

我聽著覺得好笑，這時手機響起，我拿起來看，號碼依然是陌生的。

「喂？」

「妳在哪裡？」聲音有點熟悉。

「你是？」

對方靜默了一會兒才道：「席郗辰。」

那一瞬間，我清晰地感覺到自己的手指顫動了一下，繼而又恢復平靜。

「有事？」我沒有想到會是他，畢竟他應該是能不跟我接觸就不會接觸的人。

「簡小姐，您可真是貴人多忘事。」他的聲音冷淡。

我忘了昨天要回簡家，可是那又怎麼樣？為何他的口氣像審判？我回不回，在何時回，他皆無權過問。

「我知道了，謝謝你的提醒。」

「不客氣。」沉穩內斂的語調夾雜著一絲不快。

真是討厭的人，我心中輕哼，正要掛掉電話，那頭的聲音又一次傳來：「既然簡小姐已經知道了，那麼容我再問一句，簡小姐何時回簡家？」

我停頓了一秒笑道：「席郗辰，你不覺得自己有點多管閒事了？」

「給我一個具體的時間。」他沒有搭理我的嘲諷，清冷的嗓音聽不出半絲起伏。

「敢問席先生，你現在在用什麼身分跟我說這句話？」各種層面上我都沒有必要向他交代這些事情。「我想我不用跟一個『外人』交代自己『回家』的時間吧？」我諷刺他，亦似在諷刺自己。

「簡先生，也就是妳的父親，他需要知道妳過來的具體時間，以免不必要地空等著。」他的聲音有點嚴肅，好像一直在等的人是他。

我猜測，這個人只是存心想跟我過不去。「過兩天吧。」言語上的冷嘲熱諷已經對他沒有多大作用，那麼耗費精神的話說下去也沒意思，我乾脆敷衍。

「簡小姐，妳大概沒有聽清楚我的話，我的意思是『具體』時間。」

我咬了咬牙。「明天。」

「好，明天。」停了一下，他說。「如果需要，我可以派人去接妳。」

「我還認得回去的路。」

「希望如此。」

之後朴錚過來，陪了我一上午，傍晚的時候幫我辦了出院手續。期間林小迪和莫家珍也都過來了一趟，確定我沒事後，小迪才依依不捨地回了臺灣。

開車回去的路上，朴錚從西裝口袋裡掏出一疊紙張遞給我。「妳早上打我電話讓我訂的，明天下午去上海的飛機票，還有，後天早上上海飛法國的飛機票。一定要這麼趕嗎？才剛回來。」

「哥……我以前好像都沒這麼叫過你，謝謝你，謝謝你這些年對我的照顧。我在國內讀書的時候，我們都不好意思互稱兄妹，這麼些年過去，我們年紀也長了，更加叫不出哥哥妹妹。但我想說，一直以來，在我的心裡，你都是我最親的兄長。這座城市，除去你，已經再沒有讓我留戀的人。既然這裡對我已毫無意義，就沒有多停留的必要了。」

朴錚聽完，點了點頭。「明天早上送妳去簡家，完了送妳去機場。」

我笑了笑。「好。」

抵達朴錚的公寓時我先下了車，朴錚去地下車庫停車。因為外面太冷，我剛想先行朝公寓大門走去，卻突然被身後的一雙手臂拉住，過大的力道使得我不得不轉身。

不太明亮的光線下，一張過於漂亮的臉龐映入眼簾——葉藺！

此時的他，有些憔悴，有些落魄，那雙桃花眼裡布滿血絲。

在驚嚇過後，我試圖掙脫被他拉著的手腕，因為被抓得很痛。「葉藺——」

話沒說完，灼熱的氣息撲面而來，下一秒我的脣被他的嘴脣堵住，我的腦子一片空白。等我回過神，他已將頭靠在我的肩膀上，囈出一聲呢喃：「妳不要我了嗎？」聲音有點淒涼。

像是受到了蠱惑，我抬起手情不自禁地撫上那頭柔軟的黑髮，帶著些許眷戀。

葉蘭的身子一僵，抬眸看著我，眼中有東西閃過，亮麗激悅，慢慢地他低下頭再一次接近我的唇，我身體一顫，猛然驚醒！意識到自己的失防，我用力將他推開——葉蘭有些措手不及，狼狽地退後一大步，身子直挺挺地站立，盯著我。「簡安桀，妳還要不要我？」他溫柔的嗓音試圖瓦解我所有的防禦。

這個狡猾的男人啊！

「葉蘭，別玩了，你想說什麼就直接說出來吧。」我不想再去費心揣測他的心思。

他的表情有點受傷，看著我的眼神深邃莫名。「簡安桀，我愛妳。」

我的心猛地一跳——這樣的話，現在真的不應該說了。

「我愛妳——聽到沒有！我愛妳！」我表面上的淡然讓他開始急躁起來。

「我們六年前已經分手了，葉蘭。」我聽見自己的聲音竟然很平靜。

「我愛妳！」他執拗地說著他想說的話，提高的嗓音是令我懷念的。

我直視他。「葉蘭，我們已經分手了。」我清晰地告訴他這個事實，也告訴自己。

「我不要跟妳分手！」他抓住我的雙手。「我後悔了，我不要跟妳分手，我說我後悔了！我不要跟妳分手了！」

「葉蘭，是你說的，你要跟我分手。」這樣的爭吵，像回到了六年前，讓我不由自主地微微發抖。

「是妳逼我說的！妳不在意我，妳一點都不在意我，妳說妳要去法國，我害怕，我生氣，我說要分手，我想讓妳緊張，我想讓妳留下來！可是，可是……」說到最後他的聲音裡竟然有點悲戚。「可是妳還是去了！」他抬頭看著我。「妳永遠都可以做得那麼決絕，那麼乾脆，乾脆到讓我覺得妳從來就沒有愛過我！」

不在意，不愛，就不可能允許一個人在自己身邊待六年。

原來一直以來他是這麼認為的。這樣的不被瞭解，即使在分開的六年後聽到，還是痛徹心扉。

「葉藺……」我說得很慢、很輕，但是每一個字都很清晰。

「我愛你，曾經。你說要跟我分手的時候，我很傷心，真的很傷心。我是被趕出家的。我去找你，我說我要去法國，被迫去那個連語言都無法溝通的地方。我只想找你。可你說『我們分手，簡安桀』。」

——簡安桀，妳要去法國妳就去啊，跟我說什麼，我是妳的誰啊，說穿了什麼也不是！

「但是，就算你說了分手，我還是想你，剛到法國就想找你，我真的很想……很想你能給我一點希望，哪怕只是一句好話。我終於鼓起勇氣打電話給你，接的不是你，她說，你不想接我電話。當時我站在街道上，怎麼也想不起回去的路，即使那條路我走過不下十遍，我想問人，卻不知道怎麼說他們的話。」

「葉藺，我們在一起六年，不是六十天。剛開始幾個月，我幾乎天天作夢都夢到你。有很長一段時間，我甚至都不想醒過來，因為在夢裡面，你在我身邊。」

「第二次，也是最後一次，我打電話給你，其實不應該打的。但是當時我很害怕，一早起來，我發現跟我同宿舍的女孩子，在那裡唯一跟我算得上朋友的人……死在浴室裡。員警來了，把我帶去取證盤問，問了一天一夜。我被放出來的時候，身體、精神都快要崩潰……我只想找你。那一次之後，我決定不再找你。」

「葉藺，是我。」

「有事？」長久的沉默之後傳來的是冷漠無情的聲音。

「我……想你，葉藺。」人是唯一一種有精神感情的動物，尤其在脆弱的時候，會特別想去依賴某個人，一個對自己來說極其重要的人。

「是嗎，妳想我？如果妳打電話過來只是想跟我說這些，那麼，恕我不奉陪了。」

「葉藺，我想見你，我……我想辦法回去一次，我們——」拋開自尊與驕傲，我謙卑地懇求著他。

「可我不想見妳，一點都不想。如果可以，真想忘掉與妳之間的一切！」

我抬頭看向他，他震驚地望著我，最後抓著我的手慢慢地鬆開了，有些踉蹌地退後幾步，隨即笑了起來。

「簡安桀，妳好狠。說這種話，是想讓我徹底沒臉再出現在妳面前？如果我說我一直在等妳回來，妳是不是聽著都覺得反胃？呵呵呵……看來落得這可悲又可笑的地步，都是我活該。」他邊說邊退，步伐凌亂。

我看著他最終轉身離開，一向傲然的背影顯得有些蕭瑟，心裡不可自欺地有點刺痛。

我狠嗎？

一旦否定之後就絕不會再去接受，被一次次傷害之後就不想再抱任何希望，如果這叫作狠，那麼我是狠的吧。

都說幸福是相同的，不幸有千萬種，我嘗過太多苦痛，如今已經膽小如鼠。

這時，朴錚的電話打了過來。

「我朋友打我電話，我有點事還得出去一趟。妳到家了嗎？」

「嗯，你去忙吧。」我說著，回過身，竟看到席郗辰站在不遠處的路燈下！

第三章
我變成什麼樣都與你無關

高䠷的身形站在那裡，他的表情在昏黃的光線下顯得深沉難辨。

「簡小姐。」聲音是一貫的冷沉。

我不知道他在這裡站了多久，也不知道他究竟聽到了多少，我沒有吭聲。

只是今天真的已經足夠了，太疲憊的心態無力再應付更多，我想無視他直接走人——但顯然這是我的奢想。

他走向我。「如果可以，請簡小姐妳跟我回簡家。」低沉的嗓音停頓了一秒，他又加了句：「現在。」

現在？我皺眉，壓下心中的煩躁。「席先生，你好像忘了我們約的是明天。」

他直直逼視著我。「現在。我想妳應該有空。」

「席郗辰，我不得不說，你真的很自以為是。」

他似若未聞，逕直說道：「請吧。」

我有點生氣了，這種情況任誰都會生氣，我不知道他為什麼要來招惹我，這根本是沒有必要的！

「明天上午我會過去。」我不再多作停留，轉身朝公寓大門走去。

「妳父親明天去新加坡。」

我霎時停住了腳步！

他是什麼意思？告訴我，被簡家趕出來的簡安桀已經沒有隨時隨地回簡家的資格了，還是想要告訴我，即使是見親生父親，也要看那位先生有沒有空見我？

時至今日，對於席郗辰，我不得不承認，我怕他並且——恨他。是的，恨，六年前，他打我的時候，那一瞬間的刺痛，帶給我的是揮之不去的羞辱以及一錘定音的罪名。

我回身看向他，臉上很平靜，六年的歷練畢竟讓我練就了一些世俗和虛偽，不再如從前般軟弱無能。

「如果是這樣，那麼麻煩你轉告我父親，今晚這點時間也不必浪費在我身上了。他明天要忙，我明天下午也會離開這裡，不管這次是因為什麼事情要見我，想來也不會重要到哪裡去，就當我白來一趟。我想席先生你應該會很樂意幫我轉達這種話吧？」

我剛說完，席郗辰就三兩步跨到了我面前，我沒料到男人的行動可以這般快速，一下子有點反應不及，而等我意識到該有的害怕想要退開時，手臂已經被他抓住。

「妳什麼意思？」他的眼神有些懾人。

如果說葉藺的接近是讓我慌張的，那麼面對席郗辰的接近就是驚嚇與害怕了。

我試圖用手臂隔開他，卻發現他抓得不緊，但是很牢。

「你放手！」

「放手？難道他碰妳就可以？」他的眼中有著隱忍的憤怒，如果不是這般近距離的直視我絕不可能發現。雖然，我並不知道他的憤怒所為何來，甚至覺得莫名其妙，畢竟這種局面下該生氣的人是我才對！

「我想你沒有資格管我的事情！」

他看著我，眼眸黑亮逼人。

再一次開口，他的聲音已經恢復冷靜：「如果我沒有理解錯誤，那麼簡小姐妳的意思是，妳明天就會回法國？」

「差不多。」我明天下午去上海看母親，後天一早飛法國，不過，我想我沒必要跟他解釋那麼多。

「差不多？」他的語調回復傲慢。「那麼簡小姐，妳今晚一定得回簡家。」

「可笑！你拿什麼身分來跟我說這個『一定』？」

「法律上，我算是妳的兄長。」席郗辰說這話的時候聲音有些森冷了。

這太新鮮了！我忍住想要大笑的衝動。「別拿這種無聊的關係來壓我！聽著就讓人噁心！」

「很好！我也是——」突來的手機鈴聲打斷了他接下去要說的話，席郗辰從衣袋裡拿出手機，看了我一眼，皺眉接起。「……對……好。」

下一刻他將手機遞過來。「妳父親。」

我看著他，又看向那支全黑色的手機，良久才接過。

「安桀，是我拜託郗辰去接妳的。妳現在能過來嗎？」父親說話的語氣生疏客套不似親人。

事實上如果沒有這通電話，前一刻我是真的決計不再回去了，失望多了人就會死心。可我到底不想白白回來一趟，既然來了，有些事還是解決掉好，為了以後的日子可以好過點。

掛斷電話，我將手機遞還給面前的人。我走到社區門口去攔計程車。

他跟上來。「妳一定要這樣嗎？」

我側過頭看他，然後笑了。「你不是說過我怕你嗎？我承認，我怕你。」

席郗辰想要說什麼，但終究沒再開口。

一輛車子停到我面前，我沒有猶豫地坐了進去。

在車上我給朴錚打電話報備了下，便閉目養神起來，畢竟接下來要應付的事會讓我筋疲力盡。

簡家，我還是來了。

傭人開了門，這次倒沒有將我拒之門外，而是客氣地讓我進去，說簡先生在書房裡。

我走到二樓書房門口，站了好久才敲門進去。明亮的燈光，一絲不苟的擺設，滿櫃子的書籍，都昭示著一位成功商人的嚴謹與威儀——站在窗邊望著我的中年男人——我的父親簡震林。

「來了。」他的聲音中透著不自然。「安桀，爸爸都好幾年沒見到妳了……妳長大了不少。

這些年，我讓妳回家，妳都不願回來，這次找妳母親去說，妳才總算肯回來見我一面。這幾年，妳過得很辛苦吧？」他走向我，慈祥地開口。

「還好。」

「妳要喝點什麼？茶還是果汁，我讓林媽給妳——」

「不用，謝謝。」在這裡待的時間應該不會超過一盞茶的時間。

他被我的冷漠弄得無以為繼，尷尬無言，直到傭人來敲門。「簡叔。」低沉的嗓音伴隨著開門聲而來。

「哦，郗辰，回來了啊。」簡震林並沒有問起我與他為何是前後腳回來的，他走到紅木桌後方坐下，也招呼我們過去坐。

我站在原地沒有動，席郗辰與我擦身而過，走至桌前坐下。

簡震林看著我，眼中一再示意我前去坐下，但我沒有，我依舊站著，而且，站得很直。

半晌，他嘆了一口氣，眼中有著無奈。「安桀……」嘴脣動了動，似是在思慮，最終開口道：「安桀，我對不起妳。」

我有些愣怔，沒想到他竟然會這麼直接地道歉。

「妳今天願意回來，我真的感到很欣慰。這麼多年來，我一直很自責，都沒有盡一點父親應盡的義務，讓妳在外吃苦受累。」

這些話聽著應該是感人肺腑的，但此時此刻，我能感到的卻只有麻木。

「其實，您不必如此。」這些虛應、這些客套、這些感化人的言辭是真的不必用在我身上了。「您沒有對不起我，至少，您給我錢花了。」

簡震林的臉色有些難堪，試著開了幾次口都沒有發聲，最後他說：「安桀，妳是我唯一的女兒。」

這句話讓我的胸口隱隱作痛，我終於忍不住諷刺道：「父親，我知道，我是你的女兒，可是，你還有一個兒子，不是嗎？」

毫不意外地看到簡震林錯愕而窘迫的表情，突然覺得有些可笑，我沒有想要當惡人，只是一再地被傷害讓我覺得很憋屈。

「妳不該這麼說話。」一道聲音響起。

我笑了一笑。「我該說些什麼不該說些什麼，難道還要取得你的同意不成？席郗辰，你未免管得太多。」

他皺著眉站起身，有些不認同地看著我。「六年的時間的確讓妳改變了不少。」

我咬了下唇，轉向父親。「找我究竟有什麼事？」我不想再在這裡浪費時間。

「安桀，其實郗辰——」

「我千里迢迢來這裡不是為了來談論他的。」我冷冷地打斷父親接下去可能有關於席郗辰的言論。

簡震林嘆息，朝席郗辰點了下頭，而後者正以一種讓我難以理解的深沉目光看著我。

之後，他拿起桌面上的一份檔案向我走來。我強迫自己站在原地等著他的接近。

席郗辰將檔案遞給我，我沒有伸手接，只淡淡看了一眼，是一份房產轉讓協議書。

「我不需要。」我力持鎮定。

「安桀，妳不喜歡我們……」他似乎察覺到「我們」有些不妥，頓了下再開口，語氣謹慎了些：「妳不喜歡我和妳沈姨他們住在這兒，我……他們可以馬上搬去別處。」最後那句話說得斷斷續續。

他為什麼要做到這地步？我沒發表任何意見，只是面無表情地望著他。

「安棨，這些年我一直很後悔，妳去國外後，從沒有主動跟我聯絡過……妳是我唯一的女兒。」簡震林說著，有點語無倫次。

這真的是我在商界叱吒風雲的父親？六年的時間讓他蒼老許多。

我終究還是留了下來，可憎的心軟瓦解了那份決然。

當清晨的第一縷陽光透過窗簾的縫隙照射進來時，我睜開了眼。昨晚睡得不好，但也睡著了。我看著眼前熟悉的景物：淺黃色的牆壁，床尾的牆上掛著我畫的山水畫，讓我有種錯覺像是回到了從前。直到手上傳來暖意，我轉頭去看時，不由心下一驚，馬上坐起身。

我瞇起眼看著蜷縮在我旁邊熟睡的小男孩。

這是什麼情況？

我克制住心裡的詫異和反感下了床，拿起手機走到窗邊，深呼吸了兩次，給朴錚打了電話。

那邊一接通我就說：「機票要麻煩你幫我退了。」

「妳打算在那裡留幾天？」

「我想不會超過一週的。我媽那邊我會跟她說。」

「好吧，但他們要有一點對妳不好，妳就走，別勉強自己。」

「不好？呵，事實上，剛好相反。」說這話的時候，連我自己都覺得有點過分平靜。「你放心吧，再糟糕的事情我都經歷過，現在已經沒有什麼事能打擊到我。」

結束跟朴錚的電話，我回身，那孩子已經醒了，正抱著枕頭坐在床尾，一雙黑亮的大眼睛看著我。

我揉了揉太陽穴，有點頭痛，不知什麼時候落下的病根，神經緊繃的時候就發作。

「姊姊。」小男孩小聲地叫了一聲。

「昨天你是怎麼進來的？」我確定睡前把門鎖了，而更讓我覺得匪夷所思的是他進來我竟然毫無所覺！

那孩子不回答，反而笑了起來。「太好了，姊姊跟玉嶙說話了！」他說著就要下床，卻不慎一滑，直接摔了下來。我看著他爬起來，表情可憐地揉著被撞到的額頭。我沒有想要上前安撫的意思，逕直進了洗手間。我想我沒必要去適應這種橫空出世的親情。至於他為什麼會出現在這個房間裡——只要不是鬼魂就好。

從洗手間出來時，我原以為那個小孩已經離開，卻發現不僅小孩沒走，甚至還多了個大人。

敢情這房間現在成公共場所了。

席郗辰抱著簡玉嶙坐在床沿，給他揉著額頭，臉上表情柔和。

「如果你們想要上演親情天倫，建議換個地方。」

席郗辰看到我時眼神閃了一閃，隨即又隱下去，他放下簡玉嶙，朝我輕描淡寫地說了句：

「下樓去吃早餐吧。」

我沒想到他會說這個，在遲了一秒後習慣性地拒絕：「不用。」

「用這種方式來表達不滿，並不明智。」他說。

我剛想再開口，他已轉向簡玉嶙說：「先去洗臉刷牙，然後下樓吃早飯，好嗎？」語氣輕柔，他似乎只有在跟這小男孩說話的時候，才回歸到人性的一面。

「妳也一起來。」他抬頭對我說。

我想他這句話是對我說的沒有錯，但是那份附帶過來的溫柔又是怎麼回事？想來是一時忘了我是簡安桀而非簡玉嶙。

不過，我自然是不會跟他們一起的，對著自己避之唯恐不及的人吃飯，我怕消化不良。

眼角看到簡玉嶙正一步一步朝我靠近。

我下意識地挺直了身子，並不介意自己再多幾條惡行惡狀。

「姊姊……」他走到我身前，試圖牽我的手時，我厭煩地避開了。

席郗辰皺眉。「妳應該看得出來，玉嶙很喜歡妳。」

他的話讓我一僵，眼神隨之黯下去。「喜歡？那麼我是不是應該來叩謝一下你們的這種廉價恩賜？」

席郗辰回視著我，深色的眼瞳浮起一抹抑鬱。

突然響起的手機鈴聲打破一室靜默，是朴錚的號碼，我想了想，向陽臺走去，也刻意地不去在意房間裡的那兩個人。

「怎麼了？」

「是我。」

我一愣，倒也沒太大驚訝。

「我知道妳不會接我的電話，所以……」

「有事？」

那邊頓了三秒，聲音拔高了兩度：「不要每次都只會跟我說這句話！」

我嘆道：「那要我跟你說什麼呢？」

「我想見妳，現在，不要說不行！我不介意在朴錚這邊等到妳出現。」

「……九點，朴錚住處附近的那家咖啡店。」他一向沒什麼耐性，卻出奇地有韌性。我想了一下，還是應承了下來。而我也希望有始有終地跟他道一次別，因為我今後可能再不會回到這裡。

「我說了是現在！」急的時候他習慣用命令口氣。

「葉藺，你知道，我可以不去的。」

那邊想了片刻，最後妥協道：「好，九點，我等妳。」

我掛斷電話，望向遠處的景色，雪已經化得差不多了，早沒有了那種白茫茫一片大地真乾淨的純粹。我以前病懨懨的又內向，不開心的時候就躲在這裡看日出日落，後來去了陌生的地方，被迫地去接受、去面對，然後在一次又一次的挫敗中，終於有能力撕掉那層脆弱的外衣，慢慢地變得自私、惡毒、無情……

我撫上右手的上臂，低頭看花園的圍牆，那些殘留在牆角倔強而不願妥協的殘雪看上去有些灰頭土臉。我盯著它們，眼睛一眨也不眨，已經回不到從前了，即使現在想再做回懦弱的簡安桀也是奢望。

我轉身回到房間裡，席郗辰已經不在，意料之中。只是簡玉嶙還在，甚至在床上笨拙地折著被子。

「不用弄了。」回頭直接讓傭人來換過一套。

他把雙手背到了背後。「對、對不起，姊姊。」

「你很緊張？」我下意識地問。

「我、我……」

看來真的很緊張。「好了，沒什麼事的話，你先出去吧。」我實在不想應付這些人，小孩也是。

我走到床邊放下手機，轉身向更衣間走去。

「姊姊！」背後傳來的童音有點急迫。

我回頭，簡玉嶙滑下床向我跑近幾步，忽然意識到什麼，又匆匆地退了好幾步，然後站定看著我。

「有事？」

他搖了搖頭，頓了一下又連忙點頭。

「到底是有還是沒有？」

「姊姊要出去？」

「嗯。」

「姊姊要去哪裡？什麼時候回來？」他說著又向我挪近幾步，不過我想這舉動他自己並沒有意識到。

「小少爺，我想，我沒必要向你報告我的行蹤吧。」

「不是的，我、我……」

我覺得我的頭又疼了。「你到底想要說什麼？」

「我……啊，對了，哥哥說如果姊姊要出去的話可以讓司機大伯送，這樣就不怕、不怕姊姊會迷路了。」

我皺眉，什麼亂七八糟的。「好了，我知道了，沒有其他事了吧？」如果還有，我想自己也沒那耐性再去理會，斷然會直接轉身離開。

「沒有了。」簡玉嶙笑著跑回床尾，套上拖鞋。「那我去刷牙了！」他咧著嘴，跑了出去。

我低頭看自己的手，有些顫，我在心裡默默念了一句：簡安桀，妳無須怕，他是活的。

我換好衣服出門，對面走廊上，席郗辰也剛好從他的臥室出來，開門的動作在見到我時停頓了一下。

他一套正統講究的黑色西裝，襯托著高挑修長的身形。我一直知道他長相出眾，打量了他兩秒，最後笑了笑率先下樓，他跟著下樓，兩人之間隔了十步的階梯。

面對他，我隱隱會有種喘不過氣的感覺，害怕、厭惡、逃避，眾多的情緒夾雜在一起，最後卻只是微笑，我都覺得自己有點不正常了。

「要出去？」低沉的聲音從身後傳來，他走得很慢，刻意的慢，自覺地與我保持著那十步的距離，不走近也不拉遠。

見我不答，他又說道：「我送妳，順路。」語氣很平淡。

「不敢勞煩。」

走到一樓看到傭人已經將早點準備好，這裡的一切我都很陌生，包括早餐，包括餐桌，包括人。

「席先生。」

「林媽，麻煩妳帶玉嶙下來吃早餐。」

我走出大門，走到社區的那條林蔭大道上，這是一段下坡路，兩旁都種滿了藤本植物，一到夏天，豔麗多姿。

出了社區就有公車站牌，已經有人在等車，大都是學生，穿著校服。

我走過去，挑了個人最少的位置等車。

十分鐘後，一輛白色車子從我面前開過，在第一個十字路口熟練左轉，消失不見。

我微微一笑，閉上眼眸。

不知過了多久，我有些感應般地睜開眼，便撞進了一雙深黑眼眸中。

席郗辰的身上沒有危險的訊息，可是，他在生氣？他的表情沒有太大的波動，但隱約有著惱意。

「走吧。」他說。

我收起一切情緒，擺出最自然的姿態。「你不覺得自己的行為很可笑？」我側頭看向三公尺外的白色車子，去而復返，這可不像是他會做的事情。

「並不。」他竟然回答得一本正經。

「你可真有空閒。」

「我送妳，公車不適合妳。」

這觀點可有趣了。「呵，席郗辰你高貴。」既優雅又高貴，而就是這份高傲讓我覺得難以忍受。

他的眉頭攏起。「妳知道我什麼意思。」

我笑道：「我可不覺得我們已經熟悉到瞭解彼此想法的程度。」就算知道我有點潔癖，可又關他什麼事？

他眼中有不贊同。「逞一時口舌能讓妳覺得快樂？」

我一愣，哼道：「你不說，我還不知道自己原來有這種喜好。」這話中諷刺的成分顯而易見。

不過細想下來，這種逞能似的言辭並不是我會說的，但每每在面對眼前這人時頻頻惡言相向。

「簡安桀，六年的時間，我該慶幸妳變得能說會道，還是惋惜妳竟然變得如此尖酸刻薄？」

我胸口一悶。「我變成什麼樣似乎都與你無關。」

他看著我，冷靜自持的表情不變，下一刻，他上前一步拉住我，拖著我往路旁邊的車子走去，他的手抓得很牢，我一時掙脫不開！

我有些惱了。「你到底想怎麼樣？」

「我不認為妳會自願上車。」

「哈！很高興我們意見一致！」

「妳的固執可以不必用在這種地方。」

「席郗辰！」我甩不開他緊固的手。

「不要鬧了，好不好？」他忽然停步，傾身過來附在我耳邊低語，這樣的距離簡直是曖昧了，而他的聲音也像是在跟簡玉嶙說話般，溫和輕柔，甚至，還有一絲異樣的情緒存在。對於他的又一次搞錯對象我感到無所適從，也有點惱羞成怒。「席郗辰，你簡直莫名其妙！」

「莫名其妙嗎？」他看著我，像是在自言自語又像在對我說，說完淡淡一笑，那笑容看起來竟然有點慘然。

第四章 我們本來就無話可說

手腕被抓得越來越緊，甚至有些發疼。「席郗辰！」

面前的男人看著我，不再言語，沒有動作，卻也沒有鬆手。

「席郗辰，你到底想怎麼樣？」我發誓自己這輩子沒這麼大聲過。

「厭惡嗎？」他伸出空著的手撫上我的臉頰。

感覺到一股冰涼激顫全身，但這一刻我卻奇異地做不出絲毫反應，比如說避開，比如說狠狠打掉那隻讓我深惡痛絕的手，而是傻傻呆愣在原地。「你……」

「既然都已經這麼厭惡了，那麼，再多一點也無所謂。」他忽然像想通了什麼，聲音平靜：「走吧，妳不是有要見的人？」

我對他的自以為是咬牙切齒。「席郗辰，你聽不懂人話是嗎？你不該來惹我，你，你也不應該會來惹我！」

他垂眸，只是說：「走吧，妳要遲到了。」

「你簡直不可理喻！」我氣極。

「那麼，不理也沒關係。」

如果殺人可以不用坐牢，那我現在一定會殺了眼前這個人。我恨恨地瞪著他。「席郗辰，我不想跟你有任何交集，以前不想，現在不想，以後更不想！我不知道你為什麼要來惹我，但是，我拜託你別再做這種無聊的事了！」正想再一次掙脫掉那隻手，突來的昏眩感湧上來，下一刻我便陷入了一片無邊無際的黑暗之中。

感覺有人把我抱起，隱約聞到一股淡淡的薄荷香味。

醒來時是在醫院，又是在醫院，我苦笑。

「以前應該是發生過交通事故，而顯然那場事故對她的身體機能造成了莫大的傷害，而且她本身的體質也相當差，基本上生病昏眩是常有的事，以後盡量不要讓她……」

「醒了？」席郗辰三兩步走到我床前。

穿著白袍的年輕醫師也跟著走過來問我：「感覺怎麼樣？還頭暈嗎？」

我問：「幾點了？」

醫生愣了一下。「下午兩、三點吧。」

席郗辰看了醫生一眼。「你可以出去了。」

年輕醫師走到門口，關門前又回頭笑說了一句：「老同學，看你緊張成那樣我還是頭一次，真的。」

席郗辰擰眉，最後轉向我，語調是我熟悉的冷淡：「住一天院吧，其他方面也檢查一下。妳身體……太差。」

「不用。」我下床穿好鞋子外套，不多停留一秒，開門出去。

他沒有上來攔。

我去了跟葉藺約好的地方，他人已經不在，我打他電話也是關機狀態。

之後我去朴錚家裡睡了一覺。我不知道自己睡了多久，感覺一直在昏睡與清醒間游離，浮浮沉沉，這期間不停地作著一些夢，但夢到了什麼，自己卻怎麼也看不真切。

凌晨時分驚醒過來後便再也無法入睡，睜著眼睛等天亮。

早上我聽到外面有動靜，走到客廳，看到朴錚在廚房裡做早飯，他見到我就說：「昨天我下班回來，進客房看到妳躺在那兒，嚇了我一大跳。妹子，咱以後能不這麼玩嗎？心臟病都被妳搞出來了。」

「對不起。」我道歉，走到他身邊。

「什麼時候回法國？」

「再等等。」

朴錚不贊同。「妳到底在等什麼？妳看妳，才在那邊待了一晚，精神狀態就差成這樣。」

「我有我的想法。」

「通常妳的想法都讓人很難苟同。」

「朴錚，你知道我心裡一直有疙瘩，我必須得解決它，否則我一輩子都寢食難安。」

朴錚皺眉。「那孩子又不是妳害死的，妳幹麼寢食難安？聽哥的話，今天收拾一下，就回法國去。」

我搖頭。

朴錚又氣又無可奈何。「沒見過比妳更傻的人了！」

「我不傻，我只是不想再作惡夢。」

簡家，傭人開了門，我進去後便直接上二樓，進了自己的房間。房間竟然已被人打掃過，床上用品也一律更換成新的。正納悶著，窗外傳來一陣笑鬧聲，我走過去看，樓下草坪上簡玉嶙正和一隻大型薩摩耶犬嬉笑玩鬧，而一旁的席郗辰坐在藤椅上翻看書籍。難得的冬日陽光，這兩人倒挺會享受。

「咦？姊姊，姊姊……」簡玉嶙眼尖看到了我，仰著頭向我跑近幾步，結果沒跑出兩步就被身後的薩摩耶犬撲倒在地。

「芮德。」一聲低沉的輕喚，薩摩耶犬乖乖趴回旁邊的草地上，不再玩鬧纏人。席郗辰放下手中的書，走過去將簡玉嶙扶起，拍去他身上的草屑。然後他抬頭，對上我的視線。

我別開頭，我是真的看不懂席郗辰。

我記得第一次聽說他，是沈晴渝說她外甥在廣慶大學讀書，事出有因過來暫住簡家。據說他雙親早些年因意外事故去世了，他父母分別有公司，他母親那邊的暫時由沈晴渝在幫忙打理，等到他大學畢業便轉交給他。我第一感覺是這人應該很難親近。果然，那天我下樓，他從玄關進來，手上拎著行李袋，一身深色便裝，袖口挽著，舉手投足間有些漫不經心，很年輕，相貌出色，神態淡漠。當時他只跟我父親打了一聲招呼便去客房休息，我站在樓梯口，他與我擦肩而過。

之後一段時間裡，雖然我們同住一個屋簷下，卻極少接觸。我在書房看書，他進來，點下頭拿了東西便出去。就算同桌吃飯也很少交流，偶爾幾次我下樓吃早點，看到他坐在餐桌前拿著掌上型電腦瀏覽東西，他看到我，道聲「早」便起身走開。他的語氣行為都是恰到好處的有禮客氣，但我感覺得出來他不願跟我多接近……我一直在想，這樣的人是不是總是覺得自己是高人一等的？

但我想我這輩子都不可能會明白他的想法，對於席郗辰我敬而遠之……我無法否認每次在他面前自己總是下意識地去注意他的手，我害怕他可能還會對我做出什麼，六年前的那一幕我無能為力將它從腦海中刪除，我對他只有排斥。

而我現在只盼他能一如既往地跟我保持距離。

「簡小姐，外面有位姓葉的先生找您。」傭人敲門進來。

葉藺？

等我走到大門口，看到葉藺站在那裡，我慢慢走過去。

「昨天，抱歉。」

「不要跟我說話。」他陰沉著臉看著我。「至少現在，我不想聽到妳說話。」

我不再試圖開口，站在一旁，等著他。

片刻之後葉藺開口，語氣苦澀：「簡安桀，妳還要我嗎？」

雖是對他喜怒無常陰晴不定的性子早已熟知，但是這種問題還是讓我有些措手不及。

他伸手將我拉進懷裡。「妳還要不要我？」

我沒有掙扎。「葉藺……」

「我想去找妳的，但是我沒有辦法……我想妳總會回來的，我等著就行了。」

我不知道他所謂的沒有辦法去找我是什麼意思，我只能輕聲道：「我回來了，但我們回不去了。」

他抱緊了我一些。「我不想要這樣的結果！」

「葉藺，那你要我怎麼做？」

他抬起頭看著我，目光充滿明顯的懇求。

我伸出手撫上那張漂亮的臉頰。「你希望我回到你身邊，是嗎？但是，六年的時間是那麼長。」

他的眉頭慢慢皺起。「妳什麼意思？」

「你以前愛看我畫畫對嗎？但我現在再也不能畫了。我以前想念你，後來也不想了。你覺得你放不下我，可能是錯覺……你看，這六年我不在，你還是照樣過得很好，至少，不是太差。葉藺，我們曾經相愛過，只是後來走散了。如今走得太遠，回去的路都已經忘了。所以，放開我吧。」這是我走之前想跟他說的話，我閉了下眼睛，說。「楊小姐來找你了。」視線望著馬路對面的楊亞俐。「她愛你，至少，比我愛你。」

我轉頭對上葉藺的視線，那雙眼裡，有著痛苦以及……恨意？

他鬆開了我。

「簡安桀，妳根本不知道我過得怎麼樣！妳這些話練習過幾遍，說得這麼熟練？我也真賤，一次一次來討難看！」葉藺退後一步，口氣冰冷徹骨：「說得這麼冠冕堂皇，不就是想讓我死心嗎？好，我會如妳所願。」

我看著他開了車離開，看著楊亞俐發動車子跟著他離去。

一場感情裡，最傷心的人，不是求而不得，是不得不忍痛割捨。而他永遠也不明白，他那些衝動的冷落言語有多讓人絕望，以至於，我不敢再去期盼什麼。

我在大門口的花壇邊坐下，揉了揉有些發脹的眼，自己想想都覺得挺沒用的。

「外面很冷，進屋裡去吧。」

突如其來的冷沉嗓音讓我渾身一凜。

這算什麼？來取笑我？

「早餐妳吃過了嗎？我讓林媽給妳熱著粥。」他平淡地說著：「妳的身體不好，飲食需要規律。」

飲食規律？他是在說哪一國的笑話嗎？

我回頭看向站在我身後一公尺外的席郗辰，他也在看著我，眼神深邃，帶著某種憂傷。

「進去吧。」

「不要來煩我。」我現在只想靜一靜，不想任何人打擾，尤其是他。

席郗辰的表情依然平靜，靜默片刻他說：「隨妳。」說完就走了。

我不懂席郗辰，自然更不會特意花精力去思考他，畢竟這樣的人我本來就不想多接觸。大概離開這裡後，這一輩子也不會再見到他。

昨晚一宿沒睡，下午太睏，免得又暈倒丟人現眼，自己補了一覺，主要也是因為時差一直沒調整過來。

滿天紅霞時醒來，屋子裡多了一股食物的香味，一份簡單清淡的晚餐擺在床頭櫃上。

簡玉嶙揉著眼睛，像是剛被人叫醒。「粥是哥哥拿進來的。」

「然後？」我笑。

「哥哥說姊姊起來了，喝粥。」聲音漸漸微弱，最後消失在被褥裡。我不知道這次簡玉嶙又是什麼時候睡在我旁邊的。這幾天可能真的太累，導致人遲鈍了很多。

還有，這房間的門鑰匙是人手一把嗎？

接下來兩天，我沒再出去，很奇怪地倒也沒有再和那位空閒得異常的席先生碰面，也不知是他有意避之還是真的那般巧，但我為此慶幸。後來從傭人口中得知，席郗辰其實已經不住這裡好些年，這次據說是我父親拜託他過來照顧我幾天，我聽了心裡冷笑，怎麼可能是照顧我？照顧簡玉嶙才對。

想到這簡玉嶙，連日來的糾纏讓我頗為煩擾，小孩子的認知能力讓他完全不懂什麼叫作拒絕，我心裡更是忍不住想，他們也真放心讓他跟我在一起。

而我在等的沈晴渝一直沒有出現。

這日下午，楊亞俐很意外地出現在了簡家。「我是來跟妳談他的。」

我將咖啡杯放下，自然清楚她接下來要談論的是誰。

楊亞俐看著我，顯然對我的態度不大能接受。「簡安桀，我真是搞不懂妳心裡到底是怎麼想的。」

我笑道：「有時候甚至連我自己都搞不清楚自己，更何況是楊小姐妳。」

「妳也不必這麼冷嘲熱諷，我知道自己沒有資格說妳，但是……」她說到這裡停了會兒。「葉藺他——」

「楊小姐。」我打斷她。「妳確定我們要談他？」她的眼裡有著明顯的排斥，雖然隱藏得極好，但還是能感覺得到，討厭我卻不得不心平氣和地與我對坐著，交談最不想與我交談的話題。

「葉藺他現在很不好。」

既然她想說，那麼我配合。「妳不會是想要告訴我，這都是因為我的緣故吧？」

「妳心裡比誰都清楚不是嗎？」她按捺不住，冷冷發作。

「是嗎？」我朝咖啡裡加入兩杓糖，並不介意她的失態。

「葉藺是模特兒，也算是藝人，他這兩年發展的勢頭很好。妳也知道他的脾氣本來就狂妄，而現在更是……如果被媒體抓到他不好的把柄報導出來，對他的影響很大。他可以不以為意，但是我不行。」

我皺眉。「妳到底想要說什麼，楊小姐？」

「我承認，妳對他的影響很大，不管是以前，還是現在。」說到這裡楊亞俐突然停了下來，看著我頻頻往咖啡中加糖，皺眉道：「但是，葉藺的身邊只能有我，我今天來找妳，就是希望妳以後不要再出現在他面前，我知道這種要求很過分，但妳幫不了他，反而只會拖累他。」

所以我拜託妳，別再回來。」

我笑著端起咖啡喝了幾口，沒有接話。

「席先生。」傭人的聲音從玄關傳來。

我一愣，楊亞俐也是，不知是不是我多想，楊亞俐在聽到席先生這稱呼時有些坐立不安。席郗辰走進客廳，看到我，轉頭看了眼坐在我對面的人，向她微點頭致意後便直接走向樓梯口，手剛剛撫上樓梯的扶手又停下，他轉身看向楊亞俐。「如果楊小姐不急著回去，可以留下來用晚餐。」

楊亞俐自然沒有留下來吃飯。楊亞俐走後，我看著席郗辰，他居然認識楊亞俐！明明是完全不相干的人。「你認識她？」我還是問了出來。

他看了我一眼，淡淡地說：「機緣巧合。」

機緣巧合？這理由倒是簡潔明瞭，我不再自討沒趣。

「妳想知道什麼？」席郗辰走過來站在沙發邊，有點突兀地繼續剛才的話題。

「我不認為你會說。」我放下咖啡杯，說：「其實你也不必說，因為那都與我無關。」他跟楊亞俐怎麼認識的？為什麼會認識？對我來說都無關緊要，而我之所以會問，只因覺得這也許會跟葉藺扯上點關係。

「是嗎？」席郗辰的目光帶著審視味道，卻沒有再開口。之後他側身，將跑下樓衝進他懷裡的簡玉嶙扶住。「下次不許跑這麼急了。」口氣略有責備之意。

「婆婆說吃晚飯了。」小孩子笑看著我，滿臉的期待。「姊姊我們一起吃，好不好？」

我看著他，最終沒有拒絕。

「乖，去洗手。」席郗辰溫和道。

之後在餐桌上，簡玉嶙突然指著我的左手驚叫出聲：「姊姊用的是左手呢！」

我忘了這是我回國以來第一次跟他們同桌吃飯。

很久後我才聽見自己平靜的聲音道：「出了車禍，右手廢了，自然只能用左手。怎麼，有什麼問題？」

席郗辰看著我的眼神有些複雜，最後低聲道：「他還小。」

我好笑。「你那麼怕我傷害他，就別讓他出現在我面前，這才是最安全的。」

「妳──還真的是個不討喜的女孩。」

沒有料到他會這麼說，胸口像被人揍了一拳，暗暗壓下湧上來的不快，我冷哼道：「席郗辰，對於我，你瞭解多少？妄下評斷豈不可笑！」

「妳會在意我的看法？」他看著我，問得冷然。

我「哈」了聲。「多謝你的提醒，的確不需要在意！」

「妳的倔強不會給妳帶來多少好處。」過了一會兒他又說了這麼一句。

「我怎麼樣不勞你費心。」我不客氣地嘲諷回去。「還是我應該更軟弱一些好讓你可以盛氣凌人得更徹底？」

他看了我一眼，說：「現在故意曲解別人的意思倒也像是妳的強項了。」我不知道他這話裡有沒有諷刺的成分在。

我笑道：「不要說得好像你很瞭解我似的。什麼強項弱項？席先生，我跟你只是比陌生人多了那麼一層可笑的關係罷了。」

瞬間那張英俊的臉上隱隱浮上來一層涼意，我頓了一秒，不明白此時他眼底的那抹澀然是因何而來。實在是看不透他，有時候，不，事實上，我根本不想看透他。

「如果沒有那層關係，會怎麼樣？」

我皺眉。「不要說一些讓人聽不懂的話。」

他用一種極其複雜的眼光看著我。「簡安桀，妳怎麼可能會不懂——」

我迅速打斷他：「我想我們大可不必在這種莫名其妙的問題上浪費時間。」

他的表情陰暗不明。誰也不再說話，話題就此打住。我暗暗握了握桌下的右手，恢復平靜與漠然。

側目看到簡玉嶙正盯著我看。對於這個小孩我也不是沒感覺，但難以明白的是為什麼他會無緣無故喜歡我，畢竟自己與他以前未曾見過面不說，就算現在見的那幾面，我也都是對他不假辭色的。

「簡小少爺，看著我吃東西你會比較容易下嚥嗎？」

簡玉嶙立刻低下了頭。「對不起，姊姊……」

「他是妳弟弟。」

「是我不好。」小孩再次開口。

「那又怎樣？」我調回視線，對上那雙深沉的黑眸。

兩人都沒有說話，一旁的簡玉嶙也意識到氣氛的不尋常，不敢再插話，頭垂得更低。

我決定起身，因為這頓飯已經難以下嚥。

「妳到底在害怕什麼？」席郗辰跟著站起來。

「害怕？」我立定。「恕我愚昧，不明白你在說什麼！」

他繞過餐桌走向我，我內心一顫，語氣生硬地道：「對了，我怕你不是嗎？」

「妳怕玉嶙。」他步步緊逼。「呵，很不錯的觀點。」

我深深閉了閉眼睛。

「簡安桀。」

我的語調沉下來：「席郗辰，我究竟哪裡得罪過你？你要這樣一再針對我？」

「妳覺得我是一直在針對妳？」

「難道不是？難道席先生還對我恩惠有加不成？」我一臉嘲諷，他的眼神有點莫名的憂傷，我突然笑了。「無話可說？哦對，席郗辰，我跟你本來就無話可說！」說完毅然離開了餐廳。

胸口有點悶，我與他好像註定了一樣，每次見面都是劍拔弩張、不歡而散。

我回到房間，忍不住回想剛才的對話。

席郗辰這人雖然性情冷淡，但又有股形於外的霸氣，在外人看來他是天之驕子，足夠優秀足夠完美。這樣的人完全不需要從我身上得到什麼，但我不是傻瓜，他多次的接近如果只是為了讓我難堪已經說不過去，可如果真如自己所猜測的那樣，他試圖想要改變與我之間的關係，出於某種原因，而這種原因是我拒絕去猜測的，那麼，局面又該如何掌握呢？

事實上，簡安桀與席郗辰永遠都不可能和平相處，我打從心底裡不喜歡他，那種不喜歡是帶著厭惡與仇視的。其實結論早就擺在那裡了不是嗎？別的路根本不必多走，我所要做的只是墨守成規而已。

「姊姊。」熟悉的討好聲打斷了我混亂的思路，簡玉嶙站在我門口。

「如果我說我不歡迎你，你會出去嗎？」

預料之中的搖頭，我不再浪費口舌，隨便他去。出了房間，我下樓時看到傭人在打掃，隨口問道：「席郗辰呢？」

「席先生回房了。」

我進廚房拿了礦泉水，回到二樓時我不由停步看向那扇緊閉的房門，心想：不知道讓他幫忙把簡玉嶙拎出房間是否可行，畢竟前一刻還在飯桌上冷言相向，更何況……想了一下我還是走過去，敲了門，過了一會兒門才被拉開。我一愣，因為很顯然，他剛從浴室出來，只穿了一條黑色長褲，半裸著上半身，頭髮凌亂而潮溼，與平日的嚴謹形象相比，多了三分不羈三分性感，老實說，非常，非常讓我不習慣，我想我來得真的不是時候。

「簡玉嶙在我房間。」

他看到我也有些驚訝，轉身走回床沿拿白色襯衫套上。「有事？」他問。

「簡玉嶙在我房間。」意思再明白不過，而我相信他也明白了。

「可以談一下嗎？」

我的腳步略有停頓。「我不認為我們之間有什麼好談的。」

「葉先生是魅尚旗下藝人，我想妳應該聽說過。」

我停下腳步。

「近期內——」席郗辰的口氣像是在斟酌著如何表達，又像是在壓制著某種突如其來的澀意。「他可能會有些麻煩。」

「我不知道原來席先生也愛管娛樂圈的事情。」

「席氏是魅尚的上家。」

我瞠目，看來我真的是孤陋寡聞了。「幹麼跟我說這些？」我指葉藺。

「妳會想知道。」

「那麼，多謝你的自以為是了。」

「簡安桀，如果給彼此機會，我們可以和睦相處。」

和睦相處？

我不想再搭理他不知所云的話，簡玉嶙他愛管不管！結果還未等我走出兩步，席郗辰已經來到我面前，擋住了我的去路。他的表情複雜，帶著某種濃到化不開的憂鬱。「期限，給我定的罪，期限是多少？」

我深吸一口氣，因為他這突如其來的不尋常的注視，我的心臟不由收縮著，一時覺得氣悶難當。「誰有那麼大的能耐給席先生你定罪？」

「有，簡安桀，妳知道，妳一直都有！」他的雙眸幽暗不明，閃爍著某種危險，下一秒，他的嘴唇印上來，我的呼吸被奪去。過多的驚嚇讓我一時忘記反抗，當他的舌極具侵略性地侵入口中時，我慌了，想掙脫開他，他的右手滑入我的髮中壓制住我的掙扎，吻逐漸加深，我的身體已經全部貼上他滾燙的胸膛。

「簡、簡小姐，席先生，你們……」

窒息感撤去，我感覺到他把我擁在懷裡，我神思恍惚地望著前方一點。

「林媽，妳去簡小姐的房間把玉嶙帶去他房間。」朦朧中聽到的低沉嗓音已經恢復一貫的冷靜，只是隱約多了一絲喑啞。

去。

感覺他側頭親吻我額邊的頭髮，我才意識到自己一直任由他抱著，我猛地推開他向樓下跑

我的行為足以被稱作落荒而逃，我焦躁不安地在花園裡來回走動，外面零下的溫度，我只套著一件薄毛衣，卻一點都不覺得冷。年少時我跟葉藺都很少接吻，就算偶爾親近，都只是輕輕碰觸，這席郗辰簡直是……我一直以為他足夠克制和理智，卻原來不是，不免溢出一抹苦笑。顯然，我們之間涇渭分明的界線已經被他弄得模糊。

想起今天傭人跟我說過，我父親今晚就會回來，如果父親回來而沈晴渝還是沒有出現，那麼我不會再等下去，畢竟那句道歉可以不說的，即便會一直心懷愧疚。因為我更怕再待下去會得不償失。

席郗辰喜歡我？這可真是我遇到過最滑稽的事情了。

正在這時，有車燈閃過，黑色轎車開進了旁邊的車庫，我站在光線昏暗的花叢邊，看著父親下了車，然後是沈晴渝。看來，我很快就可以離開這裡。

我在外面又留了一刻鐘，當我走進客廳時，父親在打電話，一旁成熟幹練的女人抱著簡玉嶙在說話，歲月似乎未在她臉上留下多少痕跡。

父親看到我，結束通話。「安桀。」他踟躕著走到我面前，找著可以說的話題：「我剛還問林媽，妳人去哪了，這麼冷的天，怎麼跑到外面去？」

我不動聲色，靜等下文。

他看了眼沈晴渝。「前段時間妳沈阿姨正好也在新加坡，所以這次就一道回來了。」

我「嗯」了一聲。

父親看我表情如此冷淡，有些不知該如何繼續，嘆了一聲才又道：「妳跟妳阿姨也是六年沒見，難免生疏了，以後多多相處就好。」

我不由笑了，我跟她，從未熟悉過。

「安桀。」沈晴渝終於出聲，笑著走過來。「之前就聽妳爸爸說妳回來了，我本來想趕回來的，可抽不出時間，哎，結果拖到了現在。倒也巧，跟妳爸爸同一天回。安桀，歡迎妳回家。明天我在家，我們可以好好說說話。」

「好。沒其他事我先上去了。」我走向樓梯處，繞過站在那裡的男子上了樓。

關上房門，我卸去一身的防備和疲乏。

第二天，我下樓，客廳裡沒人在，電視倒是開著，而那刻電視節目裡播放著的人竟然是席郗辰，我也不知自己是出於什麼原因，總之我停了下來。

「我們這期《Celebrity》非常榮幸地請到了席氏CEO席郗辰，席先生。」女主持人專業地開始，慣例地獲得一片掌聲。

席郗辰坐在單人沙發上，穿著剪裁合宜的黑色西服，修長的雙腿交疊著，客觀地評價他，真的是優雅又華貴，再加上他本身有種淡鬱的氣息讓他又多添了幾分神祕感。

「我們節目組也曾邀請過不少成功企業家，但我敢說，席先生，您是我們節目有史以來請來的最年輕也是最英俊的一位企業家，據我所知，您還未到三十歲？」

「是。」席郗辰很簡潔地答了一聲。

「您這麼年輕就有了這麼大的成就，真的很讓人欽佩。」

「我父親，也就是席氏控股的創始人，他是一位非常敬業的企業家，我只是在他給我的平臺上發揮而已。」

「席先生真是太謙虛了。據我們所知，席氏控股有限公司這五年來發展得如日中天，席先生對於管理企業一定具有獨到而又正確的見解。」接著主持人連續問了一些關於企業經營管理理念的問題，而他也做了該有的回答。

我看了一會兒，就去廚房找了兩塊麵包就著水吃了。出來的時候，女主持人正面朝臺下觀眾說：「接下來我們響應一下觀眾的需求，基本上是女性觀眾的需求，請教席先生一些私人問題。」立即獲得一片掌聲。

席郗辰頷首，風度頗佳。

「席先生一直很低調，我們都好奇席先生結婚了沒有？」

「還沒有。」

「果然還是單身貴族中的一員！」女主持接著又半開玩笑道：「但不要告訴我，席先生您打算永遠當單身貴族？」

「我會結婚。」他說。

女主持接話道：「席先生的意思是不是表示目前已經有適合的結婚人選了？如果是的話，我想現場和電視機前的不少未婚女觀眾要對那位小姐表示羨慕和嫉妒了。不知能否請席先生稍微透露一下這位未來的席太太是何許人呢？」

「我很樂意，但是我想她不喜歡我談論到她。」

「前兩天他去錄的，從沒參加過這種節目，倒也遊刃有餘。」不知什麼時候沈晴渝竟站在了我的後側，然後她走到我旁邊，笑著跟我說：「這是阿姨在負責的電視臺節目，我跟他說了好幾回，總算是給了我一次面子。」說到後面變成了自言自語：「不過，郗辰什麼時候有了看中的女孩子了？」

我開口：「看來你們都過得很不錯。」

沈晴渝的表情有些不自然。「安桀。」

我深呼吸了一口氣，才緩緩說道：「那年的事故，我父親和妳的外甥都認為是我故意的，妳應該最清楚我是不是。」

她的臉色難看起來。「以前的事情，我們都別再放在心上了，後面的日子我們大家好好過。」

我輕笑了一聲。「妳別擔心，我只是想跟妳說，我一直深感內疚，我沒有抓住妳，讓妳的孩子死了。但那場意外並不是我的錯，妳很明白，所以，請妳讓妳死了的那孩子別再來找我。」

「妳……」沈晴渝驚訝地看著我。

我沒有再等她說什麼，上樓去收拾行李。一進房間我的胃就抽搐起來，痙攣噁心得讓我不住乾嘔，我跑去洗手間，吐出了一些清水。

我在法國曾看過心理醫生，因為晚上不敢睡。

我洗了把臉，走回房裡，剛將行李收拾好，傭人就敲門進來告訴我，中午我父親會回來，說要跟我一起吃飯。

我沉吟，最終還是沒用地點了頭。當面道別，自此再不牽掛這裡的一切。

但我怎麼也想不到，我只希望能得到一點公平的善待，卻連這樣的要求都是奢想。

吃飯前，傭人來跟我說我父親讓我去書房。

我走到書房門口，敲門前我望了眼走廊盡頭的窗外，天空灰濛濛的很壓抑，想來會有一場冬雨要來。

「進來。」

我推門進去便發現氣氛的不尋常，父親、沈晴渝，甚至連席郗辰都在，父親與沈晴渝站在桌前交談著什麼，坐在一旁的席郗辰低著頭，瀏海擋住了光線，陰影在眼瞼處形成，顯得深沉莫名。

「安桀。」沈晴渝和善地叫了我一聲。

「有事嗎？」這樣的氣氛讓我沒來由地覺得不安。

「有事，而且還是好事。」沈晴渝笑著說。

「安桀，爸爸跟妳說件事情。」簡震林的聲音過於嚴肅謹慎，這更讓我覺得事情不會太簡單。

簡震林走過來，遞給我一張照片，照片上是一名長相端正的男子。「這位是陳淇鈞先生。」

我愣了一下，隨即不敢相信地盯著他，簡震林的眼中有著心虛。我不由退後了一步，排山倒海的窒息感席捲而來！手上的照片滑落，雙手垂在兩側慢慢握成了拳。

「安桀，我只是想為妳做點什麼，我想補償妳。」簡震林的聲音乾巴巴的。「我希望有人可以照顧妳、愛護妳，陳淇鈞先生為人耿直、地位崇高、事業有成，對妳，是再好不過的人選。」

「安桀，妳不用擔心也不要胡思亂想，陳先生他很看重妳，雖然你們相差七歲，但是老夫少妻感情更能長久。」

「妳如果答應，我明日便跟陳先生提。安桀，妳要相信爸爸，爸爸是不會害妳的，爸爸之所以會這麼做都是為了妳好，為了妳的將來。」

「夠了！」我終於無法再克制地大叫出聲，我沒有想過要報復他們——報復父親對我的遺棄，報復沈晴渝的誣陷，但並不代表他們會放棄一次次對我的傷害、踐踏！

「安桀？」

我看著眼前字字句句說要「補償」我的父親。「你真偉大，父親，竟然為了自己的生意不惜召回六年前就被趕出家門的女兒！陳淇鈞先生是吧？」我彎腰撿起腳邊的照片。「他看上我，看上我什麼？我的這張臉，還是我這副破敗的身體？你有沒有跟他說過你女兒心理有疾病，你有沒有跟他說你女兒甚至右手還是殘廢的？」

「什、什麼？」

他驚詫的表情讓我想笑。「你連我之前過的是什麼日子都不聞不問，你憑什麼管我的將來？為了我好？多麼偽善的藉口，你何不直接說你想要利用我來幫你獲得更大的利益，這樣豈不真誠？至少這樣，我就不會覺得這麼倒胃口！也許這樣，我可能會大發慈悲地幫助你也說不定！」

「安、安桀，妳說妳什麼？殘廢……」沈晴渝過來想要拉住我的手。

我甩開她的碰觸。「沈晴渝，妳明明心裡很不喜歡我，卻偏要裝出一副關切的模樣，給誰看？不累嗎？」

沈晴渝有點著急了。「安桀，我沒有不喜歡妳，我只是、只是不知道怎麼跟妳相處……」

我冷笑，一一掃過眼前的人，震驚的父親、緊張的沈晴渝，以及一直坐在那裡垂著頭的席郗辰。

「我本來還想，這次突然找我回來是為什麼，是不是想要為這麼多年的遺棄說聲對不起？原來是想要把我當作籌碼來聯姻。你們給陳先生看的是我哪張照片？出國前的？十七、八歲那時候的？陳先生喜歡未成年的？還有這幢之前說要給我的房子，是給我作嫁妝用的？你們可真大方。」

「安桀，妳不要這樣。」

「不要怎樣？你們現在是想要聯合起來把我送人啊！這樣我也不聲不響？我已經不是從前的簡安桀，我不會再軟弱無能到任由你們丟棄，更不可能被你們利用和作踐！」

「安桀，為什麼妳要這麼偏激呢？」簡震林的身體顫抖得猶如寒風中的枯葉。「還有，妳的身體到底是怎麼回事？為什麼右手會殘廢？」

我強制自己不讓眼淚流下來。

「如今再說這種廉價的關心之語，只會讓我更憎恨你。」

簡震林狼狽地看著我，錯愕不堪。

我拿出那張一直放在口袋裡的信用卡，扔在簡震林面前。「這是還你的，裡面一分都不少，以後，我與簡先生您不再有任何關聯。」

我說完最後一句話就轉身離開，背挺得很直，帶著我所有的驕傲，證明著這一次簡安桀並不是被趕出簡家的！我走出玄關，穿過花園，任由冰冷的雨點打在身上。當我跨出那扇鐵門時，我想，這次是真的徹底結束了。

記得有首詩裡有一句話，她說：「美麗的不是那幢小樓，是小樓裡的那個故事。」換在我身上便成了「小樓依舊是那幢美麗的小樓，我在這樓裡經歷的，卻從來跟美好無關。」

淚水順著雨水滑落臉頰，滴落到腳下冰冷的路面上。

「哥，帶我離開這裡吧。」我倒進撐著傘朝我跑來的朴錚懷裡。

第五章 你什麼時候變得如此天真了

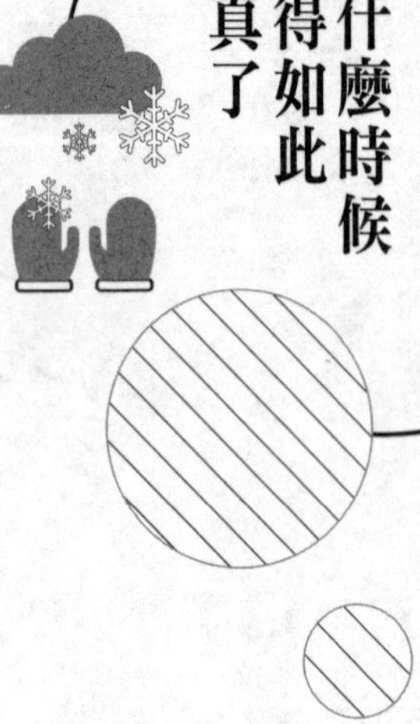

四月，巴黎的天氣溫和宜人。回來小半年，心情已沉澱，彷彿有種寂滅後的泥洹之感。母親那邊最後也沒有去成，因為離開時的自己太糟糕，而且，她可能也並不想見到我，因為我從小到如今的不爭氣。所以我只簡單地打了一通電話，告訴她我不去上海直接飛法國了，母親的回覆沒有令我意外，她說路上注意安全。

以前我總是努力著想要得到別人的認可，現在我不求聞達，不求多少人喜歡我，不求多少人維護我，我只求自己心安。

週六的清晨，我背著繪畫工具去一處景色優美的近郊寫生，那裡有一座教堂，是早期哥德式風格的，週末的時候會有不少人來禱告。教堂附近有一所年代久遠頗具名聲的小學，學校的老師時不時會帶學生出來做課外活動，有一次有孩子跑過來看我在畫什麼，看了一眼就失望地說：「妳畫得不好看。」我笑了笑，我又重新開始畫畫，用左手畫，從零起步。

今天天氣很不錯，現在還太早，中午的時候，應該會有不少人來這邊的草地上野餐和享受陽光。

我找好景後，架好畫板，拿出畫筆和顏料，開始慢慢描繪起這金紅朝陽下的波光麗景。

我起初來法國，學了一年語言後就開始進修繪畫，因為我從六歲開始畫畫，有基礎，自己也喜歡，但大二那年右手不能用後，不得不轉去傳媒科系，學影視廣告。於是我在法國的一年半繪畫學業作廢，從頭念起，因為影視廣告跟繪畫同屬藝術系，跨度不是很大，所以這次轉系除去對不能再畫畫有遺憾，並沒有給我帶來多大困難。其實起初那幾年，最大的難題是我自身的狀態。

下午回宿舍，遠遠看到馬丹太太朝我招手，乾枯的頭髮在風中飛揚，蠟黃的臉在陽光下閃閃發亮。

馬丹太太等我走過去，就笑咪咪地跟我說：「Anastasia，親愛的，有人來找妳，是跟妳一樣的東方人，長得很漂亮，他等了妳一上午，現在還在，就在宿舍後方，妳快去找他吧。」

在這裡我並沒有相熟的東方人，就算有也都只是點頭之交，沒有熟到會上來找的。

「謝謝您，馬丹太太。」我朝宿舍後方走去，心中猜測著究竟會是誰。

當我看到站在草坪上、背靠著一棵法國梧桐在玩手機的葉藺時，有些驚訝，他一身白色乾淨的便裝，略長的頭髮已削短，看上去精神許多。

我朝他走過去的時候他也抬起了頭。

「什麼時候來法國的？」我走近他率先開口，連自己都沒想到竟然可以做到如此平靜，也許是真的什麼都放下了的緣故。

「昨天。」

「哦，來玩嗎？」我本來想他來法國可能是來參加什麼時裝活動，但想起來巴黎時裝週三月就已經結束。

葉藺看了我好一會兒才又淡淡地開口：「有空嗎？陪我吃頓飯？」

「好。」我說。「不過我得先把東西放下。」我指了指身後背著的東西。

「我等妳。」

我笑著點了點頭。

回到宿舍，我的室友正抱著吉他在調音，她是新加坡華人，中文名叫梁艾文，我們基本都用中文交流。

「Anastasia，早上有人找過妳，他等了妳一上午。」

「嗯。」

我放下東西，去洗手間洗手，出來後又聽到她問：「妳見到他了？」

「嗯。」

「我以為他走了呢，說實在的，他長得可真帥，是妳親人嗎？」

「不是。」

「男朋友？」

我對這種試探並不是很喜歡，但還是可有可無地答了：「不是。」

「Anastasia，把他的電話號碼給我！」梁艾文放下吉他跑到我面前，樣子很興奮。「既然不是妳的男朋友，那麼我去追求也OK吧？」

我不禁好笑，倒也挺實際地提醒她：「他可能馬上就會回中國。」

「距離不是問題。」梁艾文擺擺手，一副無關緊要的模樣。

我沒想到她會這麼說，不像開玩笑，不過──「我不知道他的號碼。」

梁艾文看了我一眼，有點不高興了，走開時還喃喃自語：「哎，穿著黑色西裝的王子啊……」

黑色西裝？

我不解，葉藺穿的是白色的，哪來的黑色西裝？我搖了搖頭，否定內心的某種猜想。

跟葉藺的晚餐，我帶他去了離大學不遠的一家義大利餐廳。

「這家的菜還不錯。」我說。

「妳常來？」

我笑了。「怎麼可能，這裡消費挺高的。我是以前在這兒打過工。」

葉藺望著我，表情一直有點深沉。

「這段時間比較忙，否則我會帶你去逛一下巴黎的。」我實話實說，我在重新學繪畫，加之馬上要畢業，我的畢業作品還需要修改，我還想在畢業前出去旅行一次，地點已經選好了，是一座古老的城鎮。

「我要結婚了。」

我微愣。「嗯。那恭喜你。」

「簡安桀，我最不想要的就是妳的這句恭喜。」葉藺冷聲說著，眼裡有一股倔強。

「但是，葉蘭，我能給的就只有這句恭喜了。」

他忽然一手按住額頭，笑了起來。「妳是真的不在意我了。」他看著我道：「妳不用怕我還會瘋瘋癲癲地纏著妳，我願賭服輸！我就是想來看看妳。以前我想來找妳，但是來不了，現在我有能力來了，卻已經沒用了。妳說這人生是不是特幽默？我父母，酒鬼賭鬼，我妹妹，以前我跟妳說過幾次吧，比我小七歲，很乖，很懂事，但從小到大都在看病，那年妳來跟我說妳要出國了，我就想，出國要多少錢？五十萬？一百萬？而那時我身上連五十塊都沒有，還欠著人家好幾萬。」

「我不知道……」

「妳當然不知道，我還沒無能到跟女朋友哭窮。」他拉住經過的服務生。「給我一瓶酒，我今天很開心，我要慶祝，因為這是我跟我愛的人首次一起在你們法國吃飯。」他說的是中文，我不得不幫他跟服務生說對不起。

葉蘭不鬆手。「給我一瓶酒聽不懂嗎？」

我起身走到他身邊。「行了，你別鬧了。」

「我沒鬧啊，我就想要喝酒慶祝，這都不行嗎？」

迫不得已，我只好跟服務生要了酒，最後看著他一杯杯地喝，等他喝去半瓶紅酒後我制止他：「可以了。」

葉蘭靠在桌面上。「我很難受，安桀，我很難受……我現在有種感覺，妳長大了，我卻依然停留在十幾歲，妳走之前，那時候……」他說著聲音低了下去，之後許久沒有動靜，像睡著了一樣。我忍不住伸手去撫摸他的額角。

我們就這樣從中午坐到了晚上，他偶爾說幾句話，都好像只是在說給曾經年少的我聽。

他說：「安桀，我們去操場上走走吧。」

他說：「安桀，老師來了妳叫醒我。」

……

我最純粹的那幾年是與他度過的，我沒有後悔過。只是他跟我都明白，我們終究是在時間的長河裡錯失了彼此，即便當初我們都背負著不得已的苦衷。

我在服務生的幫助下將他弄進了計程車裡，好在他身上有飯店的房卡，我把人弄到了目的地，離開葉藺那邊已經快凌晨。

回到學校宿舍，在一樓的大廳裡，我看到有人站在那裡。法國現在這麼受歡迎嗎？誰都跑來了！還是深更半夜。不過轉念一想如果是他的話，我也不奇怪。

「回來了？」他說，語氣沉穩。

我直接走過大廳往樓梯口走去，完全地漠視他。

我不想見到他，我甚至連想都不願去想他。他是我那些不堪記憶的一部分，我每一次的狼狽離開他都見證了。

「妳到底要任性到什麼時候？」身後傳來的聲音是平靜的。

什麼叫作任性，不想再理睬叫作任性，那麼他跑來這裡的行為又叫作什麼？看笑話還是落井下石？

「為什麼妳每次都只會落荒而逃？」

即使自己再怎麼不想去在意，他的這句話還是成功觸痛了我，他很瞭解怎麼樣讓我難受。

我轉過身望著他。「席郗辰，你到底想要幹什麼？」

我一向不在意他，卻常常被他的態度攪得必須要去正視他。「人要懂得適可而止，我已經不再打擾你們，所以麻煩你也別再來打擾我！」

等我合上宿舍的門，我長長呼出一口氣。

我簡單洗漱了下就上了床，黑暗中聽到梁艾文開口：「聊聊？」她沒等我回答就開了燈，翻身坐起，弄出很大的動靜。「下午我又看到他了。」

這時我才真正確定，她口中的他是指誰。

「我跟他說了會兒話，哎，他真冷淡。但看他的舉手投足，還有穿衣，應該地位不差，他好像還擦了點香水，但我分辨不清是什麼牌子的。」她的口氣越說越興奮：「上午我在樓下遇到他，住在這幢宿舍裡的華人就我們倆，我就知道這人可能是找妳的，因為，妳知道，妳長得還算可以。我就上去問他，是不是找 Anastasia 簡，還真的是。我就跟他說妳一早就出去了，他說沒關係，之後就坐在樓下的椅子上等，本來我以為這人一定很愛慕妳呢。但傍晚的時候，我再見到他，馬丹太太跟他說，妳跟別的男孩子走了，他也沒說什麼，所以我想你們之間應該沒什麼。哦，他在法國這邊是不是有公司？我聽到他打電話說中午開會提到的事宜要如何之類的。Anastasia，妳有在聽嗎？我跟妳講了那麼多，妳是不是也應該跟我說一點妳知道的？」

「我對他不瞭解。」

「叫什麼，事業如何，總知道吧？」

「不清楚。」

「Anastasia，妳真沒意思！」她說完關了燈，倒頭就睡。

我在黑暗中努力清空自己的腦子想要快點入睡，可過了大概半小時依然毫無睡意。我打開床頭的檯燈打算看點書。我拿過抽屜上放著的法語詞典，書已經翻爛了，想起剛來這邊的那兩年，走在路上、去餐廳吃飯都在恍恍惚惚背單詞。

「喂，妳開燈我怎麼睡覺？」

我看了她一眼，她一直在玩手機。「等妳睡的時候我會關的。」

「好，那我現在就要睡了。」她把手機丟開，看著我。

我沒跟她計較，關了燈，經過幾年的離家生活，對於人情的涼淡早已司空見慣，也學會了不在意。

連親人都尚且如此，何況是非親非故的人。

第二天起來，我帶上我的筆記型電腦，電腦裡有我的畢業作品，還有我的繪畫工具以及幾件換洗衣物，就出發去了我之前準備要去的小鎮。

昨晚夢裡一直有道聲音折磨著我，我不知道他在說什麼，只是那種咄咄逼人的熟悉感讓我不安。這不安促使我將畢業前的這趟旅行提早。

在去小鎮的火車上，我翻到行李袋裡一件陌生的男性外套——先前從衣櫃裡拿衣服時，錯將它當成了自己那件黑色風衣。這件深色西裝沒有任何花紋，但是牌子極好，應該挺貴。

我零星回憶起來，是我在法國第一次給葉藺打完電話那天，我茫然、傷心、無助，天又下起了大雨，我就在一家小商店門口一直站到天黑，直到後來體力不支暈倒，我隱約記得有人把我抱起，然後去了醫院。這件衣服應該就是那人留下的，蓋在我身上卻忘了拿回去。

我正想將衣服塞回袋子裡，卻又發現衣服的右邊口袋似乎放著什麼。出於好奇我翻了出來，是一些歐元以及兩張信用卡。那人會不會太粗心了點？還有一張被折疊整齊的畫紙，我將它打開——午後的廣場、噴泉、鴿子、行人……

畫紙的最下方留著幾行瀟灑俊逸的字——

5月18日，陰天。

她在那裡坐了很久。

我希望她不認識我，那麼我便可以走過去坐在她的旁邊，至少不是我，她應該不會馬上走開。

最後的簽名是大寫的E。

我一直相信世上沒有那麼多的巧合，有的只是一些人的處心積慮。

中午時我終於到了那座歷史悠久的小鎮，我在鎮上找了一家小旅館入住，隨後帶了點錢就出了門。

這座小鎮坐落在法國邊界，鄰近瑞士，環境原始天然，我沒有目的地走著，腳下的街道像一條細長的絲帶，柔和地鋪在那裡。兩邊的屋子外觀都很老舊了，多數是石頭壘砌的，但因為是春天，那石頭堆砌的牆縫裡有花兒開著，小小的，五彩繽紛。街道上少有行人，很安靜。

我就這樣逛了一下午，最後飢腸轆轆地進了一家外牆壁上爬滿了藤本植物的小餐館。

「中國人？日本人？」為我服務的大鬍子大叔用法語問我。法國人很驕傲，就算他們懂英文，他們也不會用英文跟人交流。

我用法語回答他：「中國人。」

大鬍子聽我會說法語，臉上帶上了點笑。「想要點什麼，小姐？需要一杯酒嗎？我朋友的酒莊自己釀的。」

我不能喝酒，所以搖頭。「給我一份沙拉、一份魚、一杯水，謝謝。」

「好吧！」大鬍子搖搖擺擺地走了。

我看了眼四周，有兩人坐在古舊的吧檯前喝著酒，偶爾聊兩句，我前方的座位上坐著一位滿頭白髮的老太太，她正低頭翻著一本書。這裡的人似乎都過得不緊不慢的。

在我用餐的時候我聽到我身後的位置有人坐下，大鬍子去招呼，那人用英文說：「咖啡，謝謝。」

我怔住。我不明白他這麼不厭其煩地跟著我是為了什麼。

我回到了巴黎，甚至避到了小鎮，他還要步步緊逼到這地步？

就算古時的傀儡魯定公，被逼急了也會罵掌權的季平子欺人太甚！我還不是傀儡呢！我終於忍不住回頭，用中文一字一句地跟那人說：「席郗辰，做人要有底線！」

他跟我隔著一張小圓桌。他外型偏文雅，但蹙眉的時候總給人一種陰鬱感，他輕聲說：「因為妳聽我說不到兩句話就走。」

我感覺到有人已經看向我們，於是放了錢在桌子上就起身出去，站在石子路上等。沒一會兒他出來了，我冷聲道：「好，你要說什麼？你說，說完了你就滾。」

他背著光站在我眼前。「他也傷害過妳，妳可以對他心平氣和，為什麼對我不行？」

我不可抑制地乾笑兩聲，我真是要佩服他了。「他？葉藺？你跟他比？席郗辰，你什麼時候變得如此天真了？」我毫不掩飾地譏諷。

但這次他一點都不生氣，反而笑了一聲，但我看不清他的表情。「妳是連想都不願去想我喜歡妳這種可能。」

我跟他從認識到現在少有交集，有的也都是些不愉快的經歷，他的喜歡是不是來得荒唐？

我沒有耐心再陪他糾纏於這種沒有意義的話題。「席郗辰，我真的不想離了國還一而再，再而三地見到你，別再跟著我！」

之後我回到小旅館沒再出去，窗外的天色漸漸暗沉，不知何時不大不小的雨淅淅瀝瀝地下了起來，打在屋外的大樹上沙沙作響，冷風從開著的窗戶吹進，我坐在床上等著時間過去，直到房間裡變成漆黑一片。

隔天清早，雨停了，我起來簡單洗漱完，拿了畫具就準備去寫生。旅館的主人，一位法國婦人給我準備了一份早飯，她說是算在房費裡的。我不由感嘆，這小地方的物價還真的挺便宜，房錢是一晚二十歐元。她放下餐盤就又去廚房了。我想：既然免費，而我現時可以算是身無分文的人，所以不浪費地坐下來將早飯吃了。

出了小旅館，我走了與昨天相反的方向。一路羊腸小徑、樹蔭層層，走了約莫二十分鐘，遠遠望到前方殘垣斷壁，隱約能看出以前這裡應該是一座小面積的城堡，法國城堡太多，不說那些已登記受保護的，更有不少古城堡遺跡殘存在全國各地。

我繞著殘破的外牆走了一圈，法國人有巴黎，這種地方早已經被他們遺忘了吧？遊客更是不會來這裡遊玩。

但我卻很喜歡這份古老的美麗，我不急於將它描摹，事實上我如今能力也有限，畫不出這種滄桑與靜謐。我將畫具放下，穿過一扇破敗的拱門，裡面的地面已經被侵蝕得看不出本來的面貌。我走到更深處，草木叢生、坑窪不平，中途甚至被絆了兩次。當我感覺到有些晃眼時，身後有道聲音叫我：「安桀！」而就在我回頭的那一瞬間，我感覺到四周景物劇烈震動，然後腳下驀然一空，下一秒人直直地往下墜。

塌方！恐懼傳遍全身，我連尖叫都來不及。

天空消失在眼前，我感到有人抱住了我，然後是沉沉地落地，之後我便昏了過去。

等我醒來，一股青苔的腐朽氣味撲鼻而來，耳邊有水滴的聲音。四周一片昏暗，只能隱約看清點東西。

竟然有這種事！突然起了滑稽的念頭，也許上帝給我準備的是活埋的結局，讓「簡安桀」以這種方式消失在人世間，倒也乾淨俐落，連葬禮都省了。

一開始的麻木感過去，疼痛漸漸襲來，一時倒分不清到底傷在哪，只是奇怪痛楚並沒想像中厲害。我後知後覺地感覺到身下不是冷硬的碎石，反而有幾分溫暖。

我想到什麼，忙掙扎著想起來，但腰卻被他一隻手死死攬著，前一刻的經歷又讓我手腳發虛。我動彈不得。「你還活著嗎？」我力持冷靜，不願去深想他「見義勇為」背後的意義。

耳邊響起一聲輕微的悶哼，我等腰部的束縛鬆開，連忙翻身坐到一邊，黑暗中一地的碎石硌得我難受。

「妳……沒事吧？」他的嗓音有點沙啞。

「我還死不了。」

我聽到他低沉地笑了一下，隨即連咳了兩聲。「那就好。」

「席郗辰，你是跟蹤狂嗎？」我猜他一定是一路跟著我來的。這人真變態！

「我有幾天假期。」他說，聲音在這地底下聽起來有些蒼涼。「每一年的這時候，我都給自己放幾天假，做一些自己想做的事。」

我管他放假要做什麼，跟蹤我就讓我覺得反感，但我沒力氣再跟他爭論。我的眼睛已經慢慢適應這裡的光線，可以勉強看清這是一條狹長的甬道，前面一堆碎石堵死了去路，碎石上方應該就是我們掉下來的地方，而後面是一片幽暗。

現在該怎麼辦？難道跟他一起死在這裡？

我隱約看到旁邊的人站了起來，在牆壁上摸索了一陣，接著聽到輕輕的連續的啪啪脆響，像在敲擊什麼東西，閃現出點點火星，之後是突如其來的光明，他不知用什麼點著了一把幾乎破爛不堪的火把。

密道更清晰地呈現在眼前——被青苔與滲下的水侵蝕得凹凸不平的地面，牆上承載火把的那些金屬鏽跡斑駁。

我起身，這才看到他拿著火把的那隻右手上有些血跡，而左手握著一塊懷錶，金屬鍊子繞過他的指尖靜靜垂著，表蓋上一顆璀璨的藍寶石極為醒目。

「昌樂藍寶石，在被地質勘探人員發現前，是被山村裡的老人拴在菸荷包上用來打火點菸的。沒想到今天它還能恢復原本的作用。」他跟我低聲解釋。

「沒有打火機？」微微的訝異過後，我就又懊惱自己多餘的好奇。輕微搖曳的火光在他臉上跳動。「我不抽菸。」

不知為何這平白無奇的話裡竟讓我產生了另有隱情的錯覺。

「以前法國的貴族有修建密道以備不時之需的習慣。或者是為暗度陳倉，或者是為逃離迫害。」席郗辰望了眼前面堵死了通道的那堆碎石。「既然是密道，這邊走不通，另一頭肯定有出口。這座城堡不大，地道也不會修太長。我們應該很快就能出去。」

眼前的男人，擅長隱忍，既冷漠又工於心計，話總是說一半嚥一半，讓人摸不清他真實的意圖，如此直白的闡述倒是頭一次。我促狹地道：「席先生還真是無所不知無所不能。」

席郗辰看了我一眼，淡淡道：「走吧。」說完舉著火把走到我前面，向黑暗中走去。

第六章 對妳，我從不反悔

我跟在他身後一公尺左右走著，他右手的血好像一直未止住，我告訴自己別去多管閒事——既然他自己都不在乎。我又想到我的手機放在外面的包裡，那麼他的呢？

「你手機有帶在身上嗎？」

「沒帶。」

他這種大忙人竟然出門不帶手機！

「今天我不想被別人打擾。」

我冷笑，心想：我也是。然後又聽到他說：「這地道如果有岔路，我們會浪費一點時間。」

又是一句解釋，有種安撫的味道。

我現在確實又渴又怕，筋疲力盡。

「不用擔心。」

「如果最終發現所有出口都被堵住了呢，也有這種倒楣可能的，不是嗎？」畢竟連「塌方」這種事都能遇上。

那道修長的背影停下，轉身與我對視，火光在他的眼中閃爍不定。「我會讓妳出去。」

「你有幾成把握？」

「我會讓妳出去。」他重複道，平淡的語氣裡多了幾分淡鬱。

我笑道：「的確，我必須出去。我想席先生你應該知道為什麼。」我不怕死，但是現在我不想死，不想同他死在這裡。

席郗辰的臉色變得有點不好看。「走吧。」

火光隨著他的行走晃動著，我停了一下跟上去，大概又走了十來公尺，水滴聲大了些，苔蘚類植物也明顯增多。

「地面很滑，小心一點。」

還以為他會一直沉默下去。我沒有搭腔，因為感覺到自己的體力已經不行，我開始不動聲色地扶著牆走，希望能節省一些力氣，在找到出口前不至於在他面前倒下。

「還好嗎？」近在咫尺的聲音讓我心驚地抬頭，然後反射性地揮開要扶我的手。

「不要碰我，席郗辰！」我的情緒已經壓抑到極限，因為這種環境，因為眼前這人！

剎那間周圍一切歸於死寂，他看著我，神情冷峻，慢慢地眼中浮上來一層沉痛，然後他猛地將我拉進懷裡，那力道有種不顧一切的放縱。我驚覺後要掙扎，卻換來他更緊窒的相擁，我感覺到他灼熱的氣息吹在我的耳垂，這讓我難以忍受！我聽到他喑啞地說：「妳信不信，就現在，在這裡，我不管對妳做什麼，出去後，沒人可以把我怎麼樣？」

「你這瘋子，你放開我！」這樣的席郗辰我未曾見過，讓人心驚！

「就算是瘋子，我也是為妳瘋，簡安桀，安桀……」他的聲音逐漸柔了起來：「我要怎麼做，妳才能原諒我？才能不再恨我、不再排斥我？」

他鬆開了我，但眼睛依然緊鎖著我。這樣的話、這樣謙卑的語調、這樣坦誠的眼光，我心口某一處好像被人抽動了一下，刺心之悸。我壓下心底所有的慌亂直視他，原以為自己早已百毒不侵，結果卻仍被他挑起心緒！

「告訴我，我到底應該怎麼辦？」他抬手伸向我的臉，帶著平和的懇求。

臉上的冰冷觸感讓我驚醒，我打開他的手。「我說過不要碰我！」

「為什麼我會允許自己來找妳？妳一向對我趕盡殺絕。」他看著我，眼中充滿哀傷。「安桀，妳對我不公平，妳一開始就將我徹底否決，我做什麼都像在做無用功。可明知道得不到絲毫回應，我還是無法放手，真是像足了傻子。」

我壓下滿腔氣悶。「我不知道你在說什麼！」

「妳知道的，妳怎麼可能會不知道？妳那麼聰明……」他苦笑出來。「妳知道怎麼把我弄得痛不欲生，怎麼把我推向深淵。」

「你胡說什麼？」這樣的反駁連自己聽著都覺得無力。

「即使是死罪也應該有期限的是不是？那麼，我可不可以選擇提早服刑？」

「你到底在胡說些什麼？」對於這種完全不能把握的狀況，我開始有點手足無措，冥冥中感覺有什麼事情要發生。

「我不是胡說，我只是……」火把掉在了地上，火光暗了暗，隨後我被他抵在了後方的石壁上。因為他一隻手放在我腰後，我的後背並沒有感到很疼，但也逃脫不了，而他眼中的悍然不顧更是讓我的心不由一凜。我想起那天的強吻，以為他又要……「席郗辰，不要逼我恨你！」

「妳已經恨了不是嗎？」他在笑，但又帶著一種悲情的決絕，然後我感覺到自己的手裡被塞入了一樣冰冷鋼製的東西，在我意識到是什麼時，他已抓住我的手猛然刺向他的胸口！瞬間，鮮血染紅了他那件白色襯衣，暈出一朵詭異的豔紅色牡丹。

我目瞪口呆地看著他，他是瘋了嗎？手上溼熱的感覺讓我不得不承認這一切並不是幻覺！我死命地推開他，席郗辰踉蹌地退後了兩步，頹然地靠在了後面的牆上，即使相隔一段距離，我依然能清晰地聞到那股血腥味。

「你真是瘋子！你真是瘋子！」

沾血的軍刀滑落，我轉身向密道深處跑去。他憑什麼這麼做？荒謬至極，荒謬至極！

地道裡是伸手不見五指的黑，我拖著沉重的雙腿拚命地向前奔跑，耳邊的風強勁得就好比此刻自己徹底慌亂的心。直到被一塊石頭絆倒在地，膝蓋重重地磕在石道上我才停止。火辣麻楚的感覺傳來，竟讓我覺得好受——席郗辰，你為什麼要來這裡？為什麼會出現在這裡？為什麼要……亂了，全都亂了！

也不知過了多長時間，我爬起來一瘸一拐地往回走。當我看到他靠著牆坐在地上，眼睛閉著，心下不由一驚，跑過去抓住他的肩膀。「席郗辰！」我發現自己的聲音有些顫抖：「不是說要帶我出去嗎？現在是什麼意思？反悔了？」

他緩緩地睜開眼，開口是未曾有過的溫柔：「我會帶妳出去。」他伸出未沾血的手撫上我的臉。「安桀……」掉在地上的火把只剩下奄奄的一息，那一縷火光搖曳了下，終於熄滅。

「對妳，我從不反悔。」

這樣的親近在沒有絲毫光亮的黑暗中更加讓我不知所措。

「如果早知道這樣能換得妳停下來聽我說會兒話，我會早點這麼做。」他氣息微弱。

「你真的是……瘋子。」

「對不起，嚇到妳了。」他的聲音帶著歉然。「我只是不知道該怎麼辦了。」

我淡嘲：「你席郗辰那麼能幹，怎會有事能難倒你？」

「對妳我一直都是束手無策的。」溫和的聲音有些許不自然，然後他將頭抵在了我肩上。

「我們確實要快點出去才行，否則我可能真的會死在這裡。」他的聲音越來越弱。

我咬牙切齒道：「我來這種破舊的地方逛是傻，但你自殘更蠢。」說著，我扶著他吃力地站起來。「現在怎麼辦？火把都滅了，怎麼走？」

「那把也燒得差不多了，這附近的牆上應該還有，我找找。」

「你的傷……」我有點無措地制止他。「我來找，你站著別動。」

我聽到黑暗中他輕笑了一下。「我不動。」

我反身去摸牆壁，果然很快就找到了一把，但黑暗中我又不知道席郗辰在哪兒了，可又實在叫不出口，只好伸著手像盲人走路一樣摸過去。沒一會兒我的手被一隻溫暖的手抓住，五指交纏，他問：「找到了？」

「嗯。」我抽出手，把火把交給他，他用藍寶石在牆上摩擦，再次點著了火。

再度亮起的空間裡，我看到他臉色蒼白。「你……」

「我沒事。」他掩嘴咳了一陣，費力道：「這密道現在看來應該沒有岔路，我們走到頭就行了，再堅持一下，應該馬上就能到出口了……安桀？」

我們被困應該還不久，我卻好像挨了三天三夜無食無水的日子。我咬了咬下脣，一陣陣昏眩席捲而來，終究體力不支地陷入黑暗。

鼻息間聞到一種清香，那是淡淡的薄荷味。

我感到有暖和與乾爽的東西包圍著我，醒來入眼的是雪白的天花板，窗外是藍天白雲。

我睜開眼呻吟著坐起來，覆蓋在我身上的西裝外套隨著我的起身而掉落，膝蓋上之前摔傷處包著一塊格子方巾。沒有天空，沒有天花板，映入眼簾的還是那斑駁的甬道，和不明不暗的火光。

剛才的溫暖原來是夢。

席郗辰跪坐在旁邊，眼中滿是焦慮，見我清醒，他鬆了一口氣的同時也有些許尷尬。脣齒間的那股清淡香味還未徹底散去，我下意識地摸了下脣。我看著他，他的右手垂在身側，沒了西裝的遮掩，潔白的襯衫上那朵絳紅的牡丹更清晰地呈現在我眼前。不可否認他有張好看的皮相，稜角分明的臉，高挺的鼻梁，英俊不凡。發現我目不轉睛地盯著他，他側過臉輕咳了一聲。

我睡了一下，頭腦清明了一些。

他胸口襯衣上近乎黑色的嫣紅似乎沒有染開去。

我又望了眼他的右手，為什麼血比一開始看到的時候要滴得多了？

手又受傷了嗎？

什麼時候？

腦中有什麼閃過，剎那間如醍醐灌頂，渾身冰涼！我竟然又一次被這些虛假的表象給欺騙了！怎麼忘了呢？這席郗辰多有城府，他怎麼會做那種損己的事？

先前的無措還有因他而起的擔憂，還迷亂地殘留著悸動的尾音，現在卻成了嗤笑我的笑話。

席郗辰站起身，卻彷彿昏眩般停滯了下，右手扶向石壁穩住身體，一縷血絲沿著石壁崎嶇的紋路滑下。

「可以起來嗎？」他低頭問我，扯起的笑容是一片溫柔，放下的右手狀似不經意地擦過牆面，把那血抹去。

「我在妳……睡的時候，去前面看過，再走十多公尺，就有階梯可以上到地面，但打開地面石板的開關損壞了。」聲音漸漸弱下去。

我站起身，不動聲色地聽著，眼瞼垂下遮去一切情緒。

「除非……」他欲言又止。但我不想再聽他多說，只想盡快離開這裡。我向前走去，席郗辰跟在我後面，斷斷續續有悶咳聲傳到我耳朵裡。我冷冷一笑，其實你何必如此？再也沒了想去關照的心情，因為明白了其中的虛假。

當我看到前方有天然的光線時，我加快了腳步，在光灑下來的地方停住，而且，前面也沒有路了。這裡的牆壁保存得相對完整，上面還刻著一些浮雕，但略顯粗鄙，破敗的石梯就在角落裡。我剛要去找他說的「開關」，就被他拉住了手。他的臉異樣絳紅，站不穩似的向我這邊靠過來。

「席郗辰！」我下意識地低喝。

他站住了身體，搖了搖頭，好像是想要讓自己清醒點，但我看著卻都像裝模作樣，事實上，他就是在裝模作樣！

心中的隱忍已經到了極限，滋生出另一種報復的念頭。

「席郗辰，你喜歡我什麼？」我沒有推開他，甚至更靠近了他一點，慢慢問：「是我的身體，還是可笑的靈魂？」

席郗辰像是呆了，任由我的手藤蔓般攀上他的身體。

注意到那件白色襯衫已經溼透，那朵紅牡丹被汗水染淡了顏色。

「我是不是應該感動，有席先生你為我如此費盡心思？」我一顆顆解開那排整齊扣著的衣扣，露出他光潔的胸膛。

手指輕輕劃過那道短短的創口，停留在他起伏的心口上。

「你應該刺進這裡的。」我說，感覺到手下的身體明顯緊繃，連指尖下的起伏都似停止。「這麼淺的傷，應該無關痛癢才對。衣服上的那些血，是在你刺向你自己時，握著我的手又向前抓住刀刃流下來的吧？你右手一開始就受了傷，是為了之後這場可笑的戲事先做的準備？我不知道原來席先生演戲都這麼敬業。」

沒有回應。身上的重量漸漸壓了下來，濃重的呼吸吹過我耳邊，讓我心下一跳，用力將他推開。

席郗辰趔趄地摔在岩壁上，右手重重地撞上斑駁的牆面，許久沒有聲音。

他倚著牆，凌亂的黑髮下神色陰晦不定，血從握緊的右掌指縫間流下，一滴滴墜落。

「對，苦肉計，雖然老套，但是對妳會有效。」席郗辰看著我，然後笑了。「因為簡安桀足夠冷淡卻也足夠心軟。」

「……」

「妳不想和我一起死在這裡不是嗎？所以那一刀沒有刺實，妳該慶幸的。」

他是什麼意思？是在諷刺我的無能嗎？對！這鬼地方，如果沒有他在，我是無能為力去應對的。

席郗辰的身體緩緩向左側移動，最後靠坐下來。

「階梯就在這裡，妳上去吧。」突然隆隆聲響起，石階頂部的石板隨著他這句話，奇蹟般地打開，亮光逐漸擴大，我抬手擋去刺目的白光，當適應過後回頭看向他。「你不走？」雖然此刻自己完全不想去搭理他。

他靠坐在地上。「石梯年久失修，不該妳先走一下試試？而且我死了也跟妳毫無關係不是嗎？」

「的確是沒有關係！」我的回答是反射性的，但是，心中的猶豫無法忽略。

「還是妳在眷戀？呵，『生未同衾死同穴』倒也浪漫。」他見我不動，又不緊不慢地吐出無恥且傷人的話語。

我極力控制自己的情緒，不再去管他是否會跟上來，反正最後總會上來的！拖著虛弱的身體，踩上斑駁的石階，當我踏過最後一級階梯，腳下是久違的地面，這種死後重生的感覺讓我有種不真實感。

雖然我很不想去理，但還是忍不住往下望了一眼。

他看著我，嘴角還帶著笑，但眼神有些渙散彷彿沒有聚焦。「安桀，如果妳不想再看到我，這是最好的機會，只要出去後，不要跟任何人說我在這裡，不用一天，我就會死在這裡，從此以後，妳不用擔心我會再去找妳……」他的身體慢慢地向側邊滑落，隨後隆隆聲再度響起，正當我莫名其妙時，腳邊的石板重新閉上，砸起一片煙塵，那古老機器的轟鳴聲也隨之止息，而眼前密合的地面，就像剛才那洞口從來沒有存在過一樣。

「我死了也跟妳無關。」愣怔中耳邊只迴響著這句話。

這場景荒謬得像生離死別。

第七章 我有一輩子的時間可以等妳

病房裡，白色的牆壁，白色的床單，空氣裡有消毒水的味道，這一切都讓我熟悉，只是這一次，躺在病床上的不是我。

我站在床邊，昏睡中的人顯得憔悴而無害，面部線條柔和，平日裡的孤傲已不見，有的只是一臉蒼白。

我低頭看向他被紗布厚厚纏著的右手。

「打開地面石板的開關損壞了，除非一直有人按著，否則就會關上。」在後來的救援中，我才知道他後面沒有說的話。

「病人胸腔內有少量出血，右手尾指肌腱斷裂，手背嚴重損傷，手掌傷口更深，需要縫合手術。」

從醫生那瞭解到的消息又讓我沉默很久，我們掉下去的時候他護著我，自己摔得很重，卻一直沒有說。

真真假假，一環接一環，小心翼翼地打著手中的牌，利用、欺騙、動之以情，最後連自己的生命都算計在內。如果我真的不管不顧任由他去，他是不是也不後悔自己就這樣葬送在那裡？

這麼精明的人，處理起感情來卻生澀到幾乎笨拙。

他的眼睛緩緩睜開，看到我時臉上有些意外。「安桀……」開口的嗓音沙啞艱澀，他說完伸手過來握住了我的手腕。

「我去叫醫生。」我盡量讓自己冷靜以對。

「等等——」他略顯艱難地坐起，如深潭般的眼眸未移開分毫。「我沒事，妳別走。」

我被他看得不自在，偏了偏頭。「席郗辰，我不會為了感激你而去接受一份愛情。」

「我知道。」他說。「只是，我以為妳不會回來。」

「你的苦肉計演得很成功。」我微微嘲諷，之前經歷的一切現在想來都還有點心驚，如果沒有想通他的傷痛不是作假，如果我沒有他所說的足夠「心軟」……當員警、醫護人員過來的時候，我發現自己握著手機的手一直在顫抖。

「是因為……內疚？」

我面無表情地看著他。「不要試探我。」

他苦笑一聲。「安桀，我真的做什麼都沒有用了嗎？」興許是受傷的關係，讓他看起來有點脆弱。

「席郗辰，你回國吧，不要再來了。」不見就不會去想太多，包括愛也好恨也罷，就像我對葉藺，一寸相思一寸灰，當相思耗光，愛也就只剩下灰燼。

「我做不到。」他若有所思地看著我，隨後將我的手拉到嘴邊印了一吻，那種輕柔的觸感不由讓我一陣心慌。「妳已經寬恕我了對不對？」

「我不是神，寬恕不了任何人。」

他把額頭靠在我的手上，喃喃道：「妳是……」後面的話我沒有聽清。「現在這樣已經足夠了。」

我不知道席郗辰竟然這麼容易滿足，這樣的他，對我來說很陌生。

「你休息吧。」掙脫開他的手，我拿起地上的背包，向門口走去。

「安桀——」他叫住我。「我希望妳知道，我不會做任何讓妳難過的事。還有……對不起。」

我沒有答，開門走了出去，最後那句對不起晚了六年，現在聽起來卻已經雲淡風輕。

我回了學校，梁艾文對於我衣服上沾了不少泥土回到寢室一事，沒有提出絲毫疑問，我們向來少有牽扯。除了之前在「西裝王子」這件事情上。

我洗了澡，躺在床上後又不由想起席郗辰。地道裡猶如脫離現實世界的一次經歷，我想這一生都很難輕易忘記了。

但我想，也只是不忘而已。

之前收到小姨的簡訊，問我畢業後要不要去芬蘭她那邊工作定居。我跟我母親並不親近，尤其在她離婚後，而我跟我小姨反而比較親，可能是因為我跟她有很多的相似點，就像我們都喜歡繪畫，有相同的人生觀，只求得一人心，不離不棄相守百年。只可惜小姨一生愛的兩人都英年早逝，她的第一任丈夫在建築工地出意外去世，第二任，也就是朴錚的父親，因為肺癌而離開人世。小姨沒有子嗣，朴錚是她的繼子，我是唯一跟她有血緣關係的後輩，所以她對我極為照顧，甚至連我的學費，除去來法國第一年我用了簡震林的錢，後面都是靠自己申請的助學金以及小姨的資助過來的，生活上更不必說。

以前我跟小姨說我不喜歡國外的生活，現在我已明白，人不管在哪裡生活，海邊抑或沙漠，陪在身邊的人是誰才是最重要的，所以我會去芬蘭，只因那裡有我最親的親人在。

次日一早我去圖書館修改畢業作品，我沒打算再去醫院探望席郗辰，其實事情發展到眼下這樣已經出乎我所料。

但中午我回宿舍打算將冬裝和部分書籍先整理寄去芬蘭的時候，又翻到了那件西裝，現在我已經能確定，這衣服是席郗辰的，他護照上的英文名叫 Elvis。

更甚者，他的護照上每年都有出入法國的紀錄，或一次，或兩次。

明明決定不去醫院了，但我卻還是去了。既然是他的，當年他也幫了我，理該還給他。我心想：如果能將東西歸還，又不用見到人，那最好不過。我不知道為什麼，現在竟有點不敢面對他。

晚上的醫院比白天冷清很多，我到住院部的服務臺找值班護士，說明了事情，對方一聽名字，沒在電腦上查，便說：「Elvis 席已經出院，傍晚辦理的出院手續。」

我驚訝。「出院了？」

「對。不過他留了地址。」護士簡潔地說了一下後就遞給我一張紙條。

我接過紙條。他料到我會來？

我多少有一點強迫症，或者說執拗，就像回國時一定要完成的一些事，再怎麼牴觸也會去做。

紙條上的地址是塞納河旁的一家飯店，我叫計程車去了那邊，在飯店前臺將東西以及二十歐元小費交給接待人員。「麻煩交給Elvis席先生，他住在你們飯店。」

對方接了錢和袋子，向袋子裡看了一眼。「一件相當不錯的衣服。等等，這是信用卡？」

我忘了我將信用卡和錢都放在衣服口袋裡面了，而外國人在金錢方面都很敏感。果然他又將袋子遞了回來。「對不起，小姐，還是妳自己交給他吧。」隨即幫我查了房號。「他住1507，妳可以坐電梯上去。」

我想，我損失了二十歐元。

坐電梯上去的時候我不禁想，今天是不是要過五關斬六將，才能見到那位高高在上的席先生？

在1507門外，我踟躕了一下終是按了門鈴，只是沒有想到來開門的會是一名陌生女子。

「請問妳找誰？」她講的是英文。

我想她應該是中國人，所以我直接用中文說：「我找……席郗辰。」

她笑了笑，也馬上改用了中文，但不是很熟練：「妳有什麼事嗎？他在與人通電話。」

「麻煩妳把這袋東西交給他。」我剛想把東西遞出去，就有人從正對著門的陽臺上走入房間。與他對視上的那一瞬間，我便後悔自己來這裡了。

這時，我的手機響了起來，我看了眼號碼，對面前的女人輕點了一下頭，退到旁邊接了電話。

電話那頭靜了大約五秒鐘才低聲開口：「安桀，是我。」

「嗯。」估計他打電話給朴錚了，這次回法國，我換了手機號碼，除去小姨、朴錚和我以前的主治醫生，小迪她們我尚未來得及告知。

「我現在在機場，八點的飛機回國。」

「嗯。」

「呵……」他的聲音啞了啞。「我只是想跟妳說聲再見……想再聽聽妳的聲音。」

「……嗯，一路平安。」

那邊靜了片刻。「平安？呵，我倒希望能出點什麼事才好。對不起，也許我不該打來的。」然後主動掛了電話。

我被他莫名的態度弄得有些無語。

「妳找我？」溫和的聲音由身後傳來。

我回過身，迎視那雙有著一分難得愉悅的眼睛，他站在門口，穿著睡衣，眉宇間還有幾分病態。

「妳去醫院找我了？」

「你……提早出院沒有關係？」本不該多此一問的，但嘴上就這麼問了出來。

他笑了。「我不想把時間浪費在醫院裡。」

似乎話中有話，但我不想多探究，走過去將袋子遞給他。「我想這是你的東西。」

他看了一眼，隨後又笑道：「為什麼說是我的東西？」

我看他沒有要接的意思便放在了門邊的地上，他一直看著我，似乎還在等我說什麼。

「其實你沒必要做這麼多，真的。」我不想承一些還不了的情。「再見。」

「安桀。」席郗辰叫住我，拿起那袋子。「既然妳說這是我的東西，我想核對一下有沒有缺失什麼。」

「……」如果意志稍微薄弱一些，如果自己脾氣稍微差一點，我想我一定會發火。

「郗辰，要不我先走？」之前為我開門的女人拿了公事包走到門口。

席郗辰轉過身，對著那女人恢復一貫的從容。「好，再聯絡。幫我向妳父親問好。」

「一定！注意身體，過兩天我還想約你一起吃晚飯。」女人說完朝我笑著揮了下手，我習慣性地禮貌頷首。

等那女人一走，席郗辰便一把拉住我的手，將我帶進房間並關上了門。我被他的眼神看得無措，直接走到旁邊的沙發上落座。房內燈光明亮，牆上的液晶電視開著，在播放法國地方電視臺的娛樂節目。

「咖啡還是開水？」

「如果你已經核對完了……」

他倒了一杯水過來。「沒有。畢竟這麼多年了，我需要想一想當時衣袋裡究竟留了哪些東西。」

我暗暗握緊了手。「席郗辰，不要以為你幫過我一、兩次，就覺得自己可以任意羞辱我。」

席郗辰選了我對面的沙發坐下。「我沒有要羞辱妳的意思。」

我頓了一下。「好，那麼我可以走了嗎？」

「妳從醫院裡走出去的時候，我就想，妳肯定不會再來看我了，但我還是忍不住妄想那萬分之一的可能，所以我留了字條。妳來找我，我很開心，甚至，可以說是欣喜若狂。」他輕聲說。

我咬了下嘴唇。「我來還東西。」

他輕輕笑了一笑。「剛才那人是我法國分公司的負責人，有點公事要談，我身體不好，就讓她直接過來這邊說了，她父親跟我父親——」

「你不需要跟我解釋什麼。」

他明顯愣了一下，下一刻嘴角輕揚，聲音卻有些苦澀：「對，我忘了，妳是簡安桀，我看我是太不知好歹了。」

我無奈地站起身，第三遍問：「你已經核對完了嗎？我可以走了嗎？」

「我攔妳了嗎？」他的口氣變得有點差。

跟這種性情變幻莫測的人理論簡直是自討苦吃。我彎腰拿起沙發上的包包，卻被他抓住手，我的心不由得一顫，有種不寒而慄的感覺。

「安桀，妳可以讓我快樂得稍微久一點嗎？」他坐在沙發上，仰著頭看我。「我前一刻還在天堂裡，下一秒妳的態度又清楚地告訴我，妳從來沒打算主動接近我，妳來只是為了還某樣東西，然後還完就走，妳甚至並不在意我房間裡是不是有其他的女人。而妳跟他通電話，我就需要很大的毅力讓自己不去多想。」

「你在指控我嗎？」我看著他平靜地問。

他沉沉地笑了笑。「是，我在指控妳，但是顯然沒有資格。」他道了歉，然後放了手。

我在原地站了兩秒，沒有說再見，走到門口剛打開門，他忽然從我身後伸手將開了一半的門又按上。我要再開門，他已經把我抱住。他身上有藥水的味道以及他特有的清淡薄荷味。背後的人壓低著聲音說：「妳自己要來找我的。」

我本以為自己對他已有所瞭解，但偶爾他的行為又會讓我覺得很陌生，繼而倉皇失措。

「席郗辰。」

他的聲音帶著無奈：「妳知道，我不會傷害妳。但妳一定不知道，我有多愛妳。」

我以前怕他，也恨他，回國那幾天，我總不情願面對他，可就算現在不再恨，但那種畏怯也還是存在。

「我打妳的那一次，是我活到現在做的最後悔的一件事情。」他悲傷地說著。「妳當時在發抖，神思都不在了，呆呆地看著我，我得去救樓下的晴姨，但又怕妳恍恍惚惚出點什麼事，就打了妳，想讓妳清醒一些……結果卻讓妳怕了我那麼多年。我跟妳說過，對妳，我一向束手無策，那一次就是最好的印證。」

我訝然，可平靜下來又只剩下悵惘，即便知道了他當初沒有惡意，但，有句話怎麼說的呢？事已至此，局面已定，就像蝴蝶效應，蝴蝶輕輕扇動翅膀，給遙遠的國家帶去一場颶風，就算知道蝴蝶無心，但事實上災難所產生的後果還是存在在那裡了。

「我要走了。」我說，但不可否認心跳得有些快，不知為何。

身後的人沒有動，我感到後頸處有點溫熱，我握著門把的手不由顫抖了下，他吻了一下就鬆開了，然後我聽到他冷靜的聲音說：「我不急，我有一輩子的時間可以等妳。」

他說愛？

愛真的可以這麼輕易就有？

在宿舍裡，我翻著那本法語詞典想讓自己心靜下來，卻是徒勞無功。

他說一輩子？

我有些自嘲地想：我度日如年慣了，一輩子有多長，我都無法想像。

可別人的想法我無法控制，就像我改變不了自己一樣。所以，就這樣吧。

隔天早上，一位中國同胞跑來宿舍找我，其實我跟她認識已有四年，偶爾在中國留學生的聚會交流活動裡碰面，交談過幾次，彼此還算能聊，主要是這人特別能說會道。她這次過來是想讓我明天去幫忙拍一場展覽的照片，她的理由很充分，我們都是中國人，而她需要幫忙。

「妳認識的中國人不只我一個。」她長袖善舞，交際面極廣。

「但是只有妳上過藝術攝影課程，我記得沒錯的話妳還得過我們學校的 Croire 攝影獎是吧？妳真的很有藝術天賦！就當我 Tina 姊求妳，幫我一次。」她雙手合十作祈求狀。「這次活動我可是好不容易才拿到的入場資格。我們社團的攝影師這週有事回國去了，我真的找不到其他人了。」

「其實你們社團只是要一些開幕式照片，等那邊展覽結束後上網搜查一下就有許多。」

「我們不要千篇一律，我們需要的是獨一無二。」她自說自話。「就這麼決定了，我明天來叫妳。」說完拿了包便跑了。

事實證明我對同胞真的是比較能容忍。

隔天跟著 Tina 去了展覽的地方，坐了將近二十分鐘的公車，連我在內一共去了四個人，其中我只認識 Tina。

開幕式是上午十點，我們來得算早，但門口已有人在入場。Tina 給了我們入場牌後，說要去給我們買咖啡。我說我先進去看看。

進入展覽場地，裡面布置頗宏大，大廳搭著簡約大氣的舞臺，後面就是展廳，目前還未開放。我逛了一會兒，很意外地碰到了一個認識的人，其實也稱不上認識。

「嘿，我們還真有緣呢。」眼前的人正是先前我在席郗辰住的飯店裡遇到的人。「上次沒有自我介紹，我叫方華，妳好。」

我沒打算說自己的名字。「妳好。」

「妳來看展覽？」她看到我手裡拿著介紹冊。「20世紀80年代到現在的所有經典廣告，我想妳一定會不虛此行。」

我正翻到由兩隻獵犬當主角的跑車廣告上。「嗯，有一些很有趣。」

她也注意到了。「這兩位明星呀，印象深刻。」

這時我看到 Tina 在不遠處頻頻對我使眼色，我正打算告辭過去。

「妳跟郗辰——」方華遲疑著開口。「Sorry，我可能不應該過問，你們看起來關係匪淺，我的意思是他待妳很友善，我認識他多年，未見過他對女孩子這麼在意過。」

我應該是聽明白了她的意思，於是客觀地說道：「我跟他並不熟。」

「我想至少應該算是朋友吧。」她笑了笑，明顯有些不相信，但是對方顯然很懂得拿捏分寸，不再多探問：「如果有機會，下次我帶妳去參加影展，那比這有意思得多。」

有工作人員過來找她詢問事情，我正好抽身，Tina 已經跑過來。「簡同學，原來妳認識展覽的主辦人員之一，我們走運了！」

「我不認識。」

「剛才跟妳說話那人就是！」她一臉愉悅。「竟然能搭上這麼厲害的人……」

「我只負責拍照。」我聲明，實在怕麻煩。

「放心，妳只要幫忙引見一下剛才那位女士，接下來我會處理，oh yeah，我們第五大學的學生石破天驚！」

我無語。「哪有這麼誇張的。」

「有，同學——」她語重心長地拍了拍我的肩膀。「妳真的是真人不露相啊。」

半小時後，開幕式開始前五分鐘，我在周邊處等 Tina，我不知道她又去幹麼了。眼睛正四處留意，下一秒卻被前方一道出眾的身影吸引過去。身材修挺，一身淡咖色正裝襯得他無比風雅，其實看到方華在這裡，我就應該想到他也有可能會在。我想他是先看到我的，而此刻他望著我的眼神讓我竟然不能夠太坦然。

「喂，那兩人呢？」Tina 終於出現。

我轉回頭，指了指某處，再次回過頭去時已不見他。

開幕式準時開始，主辦方致辭，然後是剪綵，最後是參觀。

「我一直認為外國人的五官比較英俊，現在我想說剛才剪綵的那一排名流裡，只有那名中國男子才是最英俊的。」Tina 說著，轉頭問我：「簡同學，照片拍得如何啊？」

「妳回頭自己去看吧。」

「ＯＫ，我信妳，等會妳再拍幾張作品就行了。現在我們去攻採訪，妳先幫我介紹那位女士認識，然後我再看看能不能讓她幫忙介紹一些別的『名流』。」

我無可奈何。「我盡量吧。」

其實走到那邊的時候我是有些猶豫的，畢竟我跟方華一點交情都沒有，算起來還是前一刻才認識的，而眼前那幾名被眾人圍著的「名流」中自然也有他，出色的外型、從容的姿態總是很顯眼，他側頭也看見了我。

方華見到我，笑著走了過來。「不去裡面看展覽？」

Tina在一旁屢屢暗示，我只能硬著頭皮開口：「方小姐，我朋友想認識妳。」

我將Tina介紹給方華後便走開了。周圍吵鬧的人群讓我覺得悶，打算去外面透透氣，有人卻拉住了我的手臂。

「席總，你怎麼過來了？」方華的聲音，她在大庭廣眾之下沒有直呼其名。

Tina反應很快，跑到我身邊恭敬道：「席先生您好，我們是第五大學的學生，我姓冼。不知道您有沒有時間，我們想請您做一期簡單的採訪。」

「採訪？」他看了Tina一眼又看向我。

「雖然我們是校刊，名氣比不上大型媒體，但是請您務必考慮一下我的提議，這對我們來說很重要，很關鍵。」

「妳什麼時候開始做採訪了？」他問的是我。

真是頭痛。「今天。」

一名男子過來跟席郗辰低聲說了幾句。他點頭示意對方先過去，然後俯下身子在我耳邊輕聲說了句：「妳等我一下，等我十分鐘，我想跟妳談一談。」

我有點訝異於他在這種場合跟我親近，且態度曖昧，而那樣子似乎不等我答應便不會走開。

我怕他某方面的執著，便隨口應允了。

他拉著我的手稍稍用了一下力，暗示某種約定的成立方才鬆開，他讓身旁的方華將他的名片給Tina。「妳們想採訪的時候可以聯絡我。」

「親愛的同學。」Tina 等他們一離開便湊近我。「妳介不介意我八卦一下？」

「我說介意妳應該還是會說吧。」

「妳明明看上去是很簡單的人，我認識妳這麼多年，妳不交男朋友、不參加學生 party、不亂玩，每天不是在圖書館看書就是去校外打工賺錢，甚至我大前年還聽說妳沒錢交學費差一點就被退學了——」

我哭笑不得，不是退學，而是轉系，但這些年我一直缺錢倒是真的。「妳想說什麼？」

我走到展廳拍照，Tina 跟在我身後。「他不會是妳男朋友吧？」

什麼邏輯。「不是。」

「還好還好，我心理平衡一點。」她拿著手上的名片道：「CEO啊，還是做傳媒業的，這種人的確跟我們八竿子打不著。」說著她又習慣性地拍拍我。「其實，我覺得妳這孩子還挺乖的，既然妳跟他是相識的，有這種難得的機會還是可以把握一下的，雖然追求起來難度係數肯定是很大的，不過可以試試嘛。」

「既然妳都說難度大，我又何必浪費時間。」

「話不是這麼說的同學，總要試試吧。妳試想一下，如果有這樣一位男朋友，哇，那簡直……至少不用再擔心沒錢交學費被退學。」

我笑出來，這時候手機響起，是簡訊：「妳忙好就坐電梯下來，我在地下車庫等妳。」我已經懶得去猜他怎麼弄到我的號碼的。

「Tina，我先走了。」我把相機還給她。

「喂——」她叫住我。「妳去哪？」

「隨便走走。」隨後我用手機發了一條簡訊。「抱歉，我有其他的事，不必等我。」

巴黎有多小，才能在這樣的情況下都能遇到。但不管怎麼樣，也只能是萍水相逢而已。正如Tina說的，我跟他是那麼不同，就算只是站在一起，在外人看來也都是不搭調的。

我本以為今天不會再有出其不意的事跳出來挑戰我的神經，直到接到曾經治療我的主治醫生的電話。我出車禍那次多虧她，後來她從巴黎調職去了里昂市，我們每年都會聯絡幾次，她的子女跟我差不多大，但都在美國，我耶誕節不去芬蘭就會去陪她過節。而這次她跟我說了一些事，讓我緘默很久。

第八章
這樣妳會不會有一點心疼

聽到走廊前方的腳步聲，我抬頭，對上那雙明顯有些詫異的眼。

任誰深夜看到別人坐在自己飯店房間門口都會覺得有些怪異的，更何況這人之前還爽過他的約。

「這麼晚來打擾你……」我站起身。

他深深地看了我一眼。「妳從來都不會打擾到我。」

我苦笑，不去在意他的言外之意。

他轉身開了門，然後側身讓我進去。「等了很久？」

「還好。」

我一沾到柔軟的沙發，疲憊感就席捲而來，他倒了杯開水遞給我。

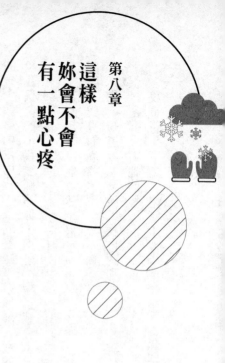

「很累？」他坐到我旁邊。

「有一點。」

我閉著眼，很久之後聽到他放柔了的聲音：「到床上去睡，妳這樣睡會難受。這麼晚，別回校了。我睡沙發，或者，再去開一間房。」

「席郗辰。」我睜開眼看向他，他的眼神很溫柔，帶著一些小心翼翼。

「今天Mary——以前治療過我的醫生，我想你也認識，她打電話給我說了些話。」

我看到他的眉頭皺了皺。

我嘆息道：「我這輩子欠你的是不是都還不清了？」

有些地方不需要再拐彎抹角的時候，他也不會再去裝糊塗，這點他跟我很像。

「是。妳反感了嗎？」

我搖了搖頭。「不，我不至於得了便宜還賣乖。」我有些認真地說。「我感謝你為我所做的——你讓她幫助我，我的雙腿沒有殘廢，我的左手還能用，這一切，說得坦白一些，都是你給我保留的，我很感謝你，但是，除了感激——」

「妳不要說得太絕對。」他突然站起身打斷我。「別說得太絕對。」

我站起來，他竟然小退了一步。「安桀，我不需要妳感激我，我只希望妳看到我時不要再閃躲，認真看看我。」

我不知道該怎麼辦。我自認那些年不欠誰什麼，卻沒想到一直在受他庇佑。我口口聲聲說著恨，卻又受著他的恩。

我重新坐下來，用雙手撐住了額頭。席郗辰跪在我前面的地毯上，平視著我。「安桀，妳不開心不是因為我嗎？發生了什麼事？」

「Mary 得了血癌，已經是晚期。」我說這話的時候眼睛紅了，我跟 Mary 雖不常來往，卻似親人。她跟我坦白了當年對我照顧有加是因為某人的「拜託」，她跟我說「孩子，對不起」。

「她可能活不到今年的耶誕節。」

席郗辰將我抱住，輕聲安慰：「妳去看她……妳要是願意，我陪妳去。」

「她不讓我去。」我今天太累了，不想再去想我跟他之間的事，也不管他將我抱得有多緊。

最後敵不過疲憊和睏乏，我朦朧睡去。凌晨三點多突然轉醒，我發現自己竟然安然地睡在臥室的床上，四周一片安靜，沒有人的氣息。我起身去洗了一下臉，看到鏡子裡的自己第一次感覺到不確定。

不確定自己對他是不是有了點鬆懈以及動容。

那天早上我離開得很早，沒有見到席郗辰。

事實上，接下來的一段時間我都沒再見到他，而我最終還是去見了 Mary。Mary 老了很多，她的孩子也都已經從美國趕了過來。她一見到我便跟我說她最愛的莎士比亞：「愛的力量是和平，從不顧理性、成規和榮辱，它能使一切恐懼、震驚和痛苦在身受時化作甜蜜。孩子，妳需要這種力量，妳需要快樂起來，妳太不快樂了。那天，那位先生來找我，求我一定要治好妳，他的眼睛裡滿是慌張和憂愁。他跟我說，因為某種原因他不能當面照顧妳。我親愛的孩子，如果他現在依然這樣牽掛著妳，為妳傷神，妳該回頭找找他。妳別為我哭，我只是去了別處，那裡也有花兒有鳥兒，或許還能找到我的丈夫，我不會寂寞。」

Mary對死看得很淡，也許是因為她當醫生看慣了死亡。

離開時我們鄭重地道了別，因為明白此生可能不會再見。

回去的火車上，我一直看著窗外，春末晴朗的天看起來特別高遠，即使到了傍晚，夕陽西下的時候，那漫天的紅霞也不是那麼沉沉的像要壓下來。這時的遠山是紅色的，讓人有種絢麗至極的感覺，但當夕陽全部落下，一切又歸於平靜。

回到學校後，因為臨近畢業，越來越忙，我偶爾會想到他，這其實不稀奇，因為以前我也會想起他，但那時候想到他情緒是很壓抑的，就好比人悶在水中，現在想起他，有種淡然感。

而當有一天，我手忙腳亂地收拾好書和筆記本從圖書館出來，看到他站在圖書館正門口的大型圓柱旁，穿著一件修身的深色風衣，撐著一把黑傘時，我心裡竟微微有點波動。

我不知外面何時下起了雨，才傍晚，天色卻已經有些暗。他走過來幫我撐傘。「前段時間我回國處理了一些事情。我沒有跟妳說，是因為我不知道妳想不想聽。」他淡聲解釋。

「你怎麼知道我在這裡？」

「妳的朋友，之前採訪完後，我留了她的電話號碼。我打了她的電話問她妳在哪，她說妳這些天，基本天黑前都在圖書館。」

那期校刊我前兩天看到了，Tina真的挺厲害，採訪到了好幾位「名人」，他排在版面的首位，但內容最為簡潔，也沒有附帶照片。

之後兩人默默地走著，想起以前我們在一起時總是會冷冰冰地爭論，這樣的安靜讓我生出一絲尷尬。

但跟後面要發生的事比起來，這點不自然又完全不算什麼了。

「Anastasia，我喜歡妳！我愛妳！」眼前，在雨裡張著雙臂攔住我們去路的法國男生，從去年開始便追求我，即使我明確告訴過他我沒有興趣交男友，但他還是時不時地對我做出一些驚人的事。雖然自由、獨立、不受羈絆是法國人的特性，但他們沒有考慮過這會不會予人不便。

「Anastasia，他是誰？」

「誰也不是。」我說的是法語，身邊的人應該是聽不懂的。「Jean，我說過你不能再這樣讓我為難。」

「可是我愛妳。」

「不，你不愛我，你只是不能接受我拒絕你。Jean，在下雨，你該回去了。」

「在雨中淋雨，妳不覺得很舒服？妳要不要一起來？」他說著要拉我，但被席郗辰先一步攔住了手。席郗辰比 Jean 高一點。

「好吧好吧。」他聳肩。「Anastasia，那我下次再來找妳，告訴妳我愛妳。」

在法國那麼久，我依然很難理解法國人的一些思想。

「誰也不是嗎？」

我愣了一下。「你懂法語？」

「只會一點。」他低聲道：「看到那人可以這樣無所顧忌地跟妳表白，我竟有點羨慕他。」

我抿了抿嘴，沒有說話。

這時雨下得更大了，滴在傘上劈啪作響，一隻肩膀上滴到了雨，我瑟縮了一下，感覺到他的手伸向我的腰，我下意識地退開一步，於是，我整個人都站在了雨裡。

他眼中暗了暗，但馬上將傘塞給我。他的頭髮很快便溼了。「那人說淋雨很舒服，確實。」

「席郗辰。」

他抹了下臉。「妳到宿舍後好好休息吧。」

我要走近他，他搖頭。「妳跟我走在一起，身體一直是僵的。我會在法國待一週，還是那家飯店那間房間。安桀，妳如果願意見我……妳找得到我。」

我看著他離開的背影，他一直是高傲的，但有時又憂鬱非常。我不知道自己竟有這麼大的能耐，能讓這樣堅毅如磐石般的人輕易受挫。

回到宿舍，梁艾文一見我就說：「聽說 Jean 又去找妳麻煩了？他的朋友在推特上說的。他到底喜歡妳什麼？妳明明無聊得要死。」

我沒有理會她，直接趴在了床上。

本來我以為如果我不找他，他可能有一段時間不會來找我。結果隔天一早我就接到了他的電話。

「安桀，妳現在有空嗎？」

「有事？」我正要去導師那邊。

那邊遲疑了一下。「我現在在醫院，妳能不能過來？」

「醫院？」我有些驚訝，心裡閃過一絲擔心。

隨後聽到他連嗆了兩聲。「如果妳沒空就算了。」

「等等。」我聽他要掛電話了。「哪家醫院？」

半小時後，我叫計程車趕到醫院。我一找到他，就看到他臉色呈現出不健康的灰白。

「你……怎麼回事？」

席郗辰苦笑。「昨晚回去有點感冒發燒，以為睡一下就會好，沒想到到早上……我怕是肺炎，就過來醫院看看，還好，只是咽喉感染和高燒。」

國外不提倡打點滴，除非嚴重到要做手術，所以醫生只幫他在手臂上注射了一針，然後開了些藥。

我把藥拿回來時，他竟睡著了。我坐到旁邊的椅子上，他微斂著眉，滿臉倦容，我看著他，第一次安安靜靜地想他，也想自己。

我不得不承認他與我或多或少有了牽扯，其實這種牽扯已經持續了很長的時間，只是，我一直不願去深究。

我看向他手掌心的傷痕，這傷口是上次在地道裡留下來的，確切地說是他自己劃上去的，想起那段經歷，依然讓人心慌。我不由伸手拂過已結成疤的傷口……感覺他的手指慢慢合攏，將我的手握在手心。

「我以為妳不情願來的。」他依舊闔著眼。

「不要總是你以為。」我輕聲嘲諷：「你不是一向很能自我保護嗎？」在法國，卻頻繁進醫院。也許他不應該來這兒。

「是，但當我在想一些事，而那些讓我覺得情緒很低落的時候，我已經無暇顧及自己身體上有多難受。」

我心口不由一緊。

「這樣妳會不會有一點心疼？」他睜開了眼看我。

「席郗辰……」

「妳是不是覺得我很無恥？只是一點感冒，都借題發揮叫妳出來。」

對待感情他真的像孩子，小心翼翼又異常敏感，每每試探、情不自禁地碰觸，可當我冷情拒絕後，又自覺地退到最合適的距離，然後，等待著下一步的行動。

而我又能比他好上幾分？現在細想起來，也許以前恨他只是因為遷怒，加上對父親懦弱的寬容，當自己的委屈與憤恨無處宣洩，便自私地全部轉嫁到他身上。

「我是有一點心疼。」我的坦白換來他驚訝的注視，我嘆息。「也有點無恥。」

我知道自己對他除了「感激」還有些別的什麼。

昨夜，我想了很多，想起小姨、朴錚、葉藺、席郗辰、母親、父親、沈晴渝、林小迪、莫家珍……

我把所有經歷過、相處過的人都想了一遍，我不知道自己為什麼獨獨與席郗辰這樣牽扯不清，也許是命運的安排，只是可悲的是，兩人的冷淡冷情讓彼此都不輕易表達出情緒，然後相處就變成了一種艱辛，直到最近……在上一次的塌陷事故之後，席郗辰變得異常柔和，似是放開了一些東西，或者說更堅持了一些東西。只是不及格的情商，讓他不知道該如何處理這份感情。

我現在已經很清楚地回憶起了自己在國外第一次暈倒，有人抱起我，那張雨中的臉跟眼前的一模一樣。

我聽到他叫我的名字，一遍一遍，很輕很柔。

我害怕在陌生的環境裡生活，那些不認識的人，那些驕縱肆意的外國同學，那種自私自利的生活。

我學語言時的第一位室友，對我幫助很多，有一次她酒後無意中說出：「Anastasia，他說，帶妳去吃飯，帶妳熟悉這裡的一草一木，帶妳走過街道，不要讓妳迷路。我愛的人要是像他那麼好，我就不用再傷心了。」

我每年會收到一份生日禮物，沒有留名，但都是當時我最需要的。

車禍住院那段時間，我精神不振，幾乎每一天都睡不著覺。直到真的睏倦到不行，才會淺睡一會兒，我感覺有人握住我的手，很溫暖，很小心。我不知道他是誰，但卻奇異地讓我安心。我醒來時，房間內空無一人，心中若有所失。

「安桀？」淡淡的聲音響起，含著溫柔。

我突然覺得有些無奈，也有點放鬆，我說：「席郗辰，我來，是因為我想來。」

他當時的神情，我想是喜悅至極的。

但是我們都清楚，兩人的關係不會這樣就促成。我們之間還有很多的問題，我只是覺得我應該對他好一點。

我跟席郗辰離開了醫院，我因為有事還要去見導師，所以兩人在醫院門口就分了手，走前他溫聲說：「妳明天可以來飯店看我嗎？」

我最終點了頭。

第二次敲1507那扇門，開門的依然不是他，而是一位西裝革履的中年男士。

席郗辰坐在沙發上，正在翻檔案，白色的棉布襯衣配著一副銀邊眼鏡，有種說不出的溫和與儒雅。我第一次見到這樣的他。

「席總，有人找。」

席郗辰抬起頭，看到我就放下了手裡的檔案，朝我走過來，臉上帶著淡淡的笑容。

他先跟那位男士說：「這企劃案沒問題，可以實施，你回去跟他們開會說吧。」

那男人點了點頭，拿了茶几上的文件就走了。

我把買來的那束百合插入房間的花瓶裡，我想：我畢竟是來看望病人的。

「生病工作似乎不好。」

席郗辰一愣，眼中的笑意更濃。「妳的這句話我可否認為是關心？」

「……」

席郗辰輕嘆一聲：「我知道妳現在只是在試著接受我，是我太過急切……」他看著我，眼神直接。「但是，安桀，我的心一直都很貪的。」他苦笑一聲。「如今怕是連我自己也控制不住了。」

「你要我怎麼做？」我嘆道，我忘了之前說過他有時候像小孩，而小孩最擅長得寸進尺與耍賴。我是從來不知道高高在上的席郗辰竟然也有這樣一面，事實上，這樣的他我以前是不敢想像的。

席郗辰的笑容瀰漫開，撩起我垂在腰側的長髮。「不，妳知道，妳什麼都不必做，我不會勉強妳，也不會試圖顛覆妳的生活、妳的觀念，事實上現在這樣的妳，已經是對我的恩賜，只是，人的貪念都是無止境的，尤其是這樣東西他想了太久太久……」他抬起頭，那種凝望大膽到放肆，我突然有點緊張，不自覺挺直了身子回視他。「我只是希望在我付出的時候，妳別推開，不要讓我覺得自己是在演獨角戲。」

他低頭看到我的手。「手受傷了？為什麼？」他拉起我的左手，微微皺起了眉，注視著我手背外側稍顯深的傷口，想要碰觸但沒有碰上去。

我試圖掙脫未果，也只能隨他去。「買花的時候不小心劃到的。」以前葉藺總喜歡送我花，但凡節日他都不會錯過，後來我到了法國，自己也養成了買花的習慣，手上的傷口就是今天去相熟的花店時被玻璃瓶劃的，當時並沒有注意到那只花瓶上有缺口。

席郗辰望了眼窗前桌上的那束新鮮百合，若有所想。

之後他帶我去飯店餐廳吃飯。他偶爾掩嘴咳嗽一聲，在敞亮的餐廳剛坐下，我便讓服務生倒一杯溫水。實在看不慣他這麼咳。

「感冒藥你有吃嗎？」

「昨晚吃了，今天還沒。」他回答。

我們點完菜後，服務生走開時說了一句：「你們這一對情人可真漂亮。」法國人浪漫，說話更是無所忌憚。我希望他沒聽懂，但顯然我總是低估他。

席郗辰看著我，嘴角揚起一抹淡笑。

我現在有點懷疑他所說的「只會一點法語」的真實度。

他好像能看穿我一般。「我真的只會一點法語，我能聽懂一些，但說和寫基本不行。」他說著目光更柔和了。「他說我們是情人，妳沒有反對。」

我只是覺得跟陌生人不需要多解釋什麼，誤會也好事實也罷，反正不過只是一面之緣。但他卻像抓住了什麼關鍵。「安桀，我很高興。」

我在桌下無意識地折疊著餐巾。「嗯。」

「我們現在在一起，是嗎？」

他所說的在一起是字面意思的話，我不反駁。但我知道他不是……「席郗辰，你什麼時候也開始變得這麼患得患失了？」

「因為是妳，所以我才會患得患失。」他拉住我放在桌上的手，眼睛黑亮。「安桀，我們已經開始了是不是？至少，我認為妳已經允許我開始了。」

我有點心慌，手抽動了一下，但沒抽出。「你不覺得……太快了一點嗎？」

「不覺得。」

「我可以說你是在強人所難嗎？」我不由嘆笑。

他抓著我的手放到脣邊，閉上了眼睛輕言喟嘆：「我真的……很想妳，很想妳。」

我像是受了什麼牽引，一動不動地任由他輕吻我的手，不知過了多久，到最後連自己是如何回答他的也記不大清楚了。我只記得隱約聽到他說：「以後別買花了。雖然妳的所有東西我都想要珍惜，但是花，請讓我來送給妳。」

午飯後我要回校，他要送我回去，我反對，他還有點燒，說話的聲音也都是虛的。而他好像真的很瞭解我，沒有堅持送。

我剛進宿舍就見梁艾文跟另外一個女生 Audrey 坐在床上聊天，Audrey 在講一個德國男人有多無趣：「他都不跟我做愛。」

「一個德國男人嚴謹，但放在一起，就成一群瘋子了，兩次世界大戰還不都是他們發動的？」梁艾文說。

「我寧願他是個瘋子！」

我從她們旁邊經過，進了洗手間洗手。

「男人沒一個忠誠的，Carll 還不是同時跟三個女人交往，Ken 也是！」梁艾文不滿。

「Ken？想當初他還找過我。」Audrey 笑得得意。

「Anastasia 簡看不上的男人妳還搶著要！」

她們並不介意我的存在，沒有忌憚地說著。

「我上次看到的那東方男人才叫出色！可惜……」梁艾文的聲音，語氣裡萬分惋惜。

我剛擦乾手，袋裡手機響了，我拿出來看，果然是他。

「到了？」溫和的聲音。

「嗯。」

「沒有打擾到妳吧？」聽得出他自己也不大自然，算起來這應該是我們第一次心平氣和地通電話。

「嗯。」

「安桀。」他柔柔地低語。「明天能早點過來嗎？如果妳要忙畢業作品，可以到我這邊來做。」

「有事嗎？」

「沒事，就是希望妳過來，或者我過去陪妳？」他輕笑，似乎自己都覺得有點不好意思。

我望著盥洗臺上那盆蘭花的葉子，低聲道：「再說吧。」

那邊似乎嘆息了一聲：「好。先別掛……妳難道不想對我說點什麼？」

「什麼？」想到前一刻兩人剛分開，我有點窘迫，對這種如情人般的對話還是不大習慣。

「不，沒什麼。」頓了頓他又開口，語氣依然溫和：「那麼，明天再聯絡。」

「好。」

掛斷電話，我握著手機出了會兒神，一轉身，發現 Audrey 正靠在洗手間門口看著我。「男人？」

我但笑不語，繞開她走向自己的書桌。

「我就說妳也不是什麼安分的料，他們還真當妳是瑪利亞轉世。」Audrey 說。

我沒回話，坐下翻看書本。

隔天一早起來，我一拿起手機就看到小姨已經抵達法國的簡訊，以及她的三通未接來電。

小姨的航班是八點到，而現在已經八點半了。

我來不及驚訝，匆匆忙忙換好衣服就趕去機場。

機場門口那道火紅色的成熟麗影讓我會心一笑，看到她比什麼都好，真的。

小姨也看到了我，快步上來將我抱住。「安桀！」

「妳怎麼突然來了？」

「驚喜嗎？嚇了一跳吧。」小姨上上下下看我。「我收到妳寄的包裹了，看著妳那些衣服，我就特別想妳，正好公司有幾天假期，我就來了。」

熟悉的嗓音讓我覺得安定。「累嗎？先去找家飯店休息一下？」

「不用，我在飛機上已經睡了一覺了，差點沒落枕。找一家咖啡店坐坐吧，陪小姨好好聊聊。」

巴黎最美的咖啡店之一坐落在塞納河畔，坐在這裡就可以看塞納河的日出日落。

小姨看著我道：「安桀，妳好像變得開心了一點。本來我還擔心這次妳回去又發生了那樣的事會很難受。看到妳這樣，不管是什麼原因，小姨安心很多。」

「我是見到妳才開心的。」這是真話。

小姨笑了。「妳見到我是會開心，但是，不同。」

我不明白不同在哪裡。

放在咖啡圓桌上的手機亮了下，我察看，是席郗辰的簡訊：「妳過來嗎？」

我回過去：「不來了。有事。」

小姨等我放下手機就問：「誰啊？朴錚嗎？」

我想了想說：「小姨，席郗辰妳還記得嗎？」

「沈晴渝的外甥。」

「是。最近，我一直在想一件事情，妳當年收到的那筆錢，有沒有可能是他寄來的？」過去那些絕處逢生的經歷，到頭來如果都是由他一手轉變，那麼，我最終該拿什麼回報他？

小姨問：「他現在在法國？」

「嗯。」

「妳剛才是在跟他發簡訊？」

「是。」

小姨輕嘆了一口氣。「安桀，我相信妳，相信妳清楚地知道自己在做的每一件事。」

我斟酌了一下措辭說：「不光那些錢。我因為室友自殺被扣留審查，小姨妳當時在德國一時無法趕來，但那時確實有律師出面保釋了我，他說是政府派來的法律援助，我以前不清楚，後來多少明白法國政府不可能這麼慷慨周到。還有，我被撞傷的那一次。」

小姨眉頭開始鎖起，神色中夾雜著一份凝重。「這席郗辰……六年前我只見過他幾次，說實在的並不是好接近的人，事實上，如果要打比方的話，安桀妳呢，只是表面上不喜歡他人接近，而他，卻是冷漠到骨子裡的。」

「小姨想說什麼？」我低嘆。

「安桀，妳跟我唯一說過他的，是他讓妳有很長一段時間走不出陰影，每一次夢裡驚醒過來都帶著深深的負罪感。妳以前恨他的不是嗎？」

我望了眼咖啡杯裡漂浮著的冰塊。

「而妳現在卻想把一份恨變成一份愛？」

我抬頭對上小姨探究並且憂心的眼睛。「小姨……」

「雖然這席郗辰的為人我到現在都還不是很清楚，但是，安桀，我可以明確地告訴妳，他並不適合妳，他太複雜，是的，太複雜。如果妳所說的一切，或者更多，真的是由他一手掌控的，那麼，我只能說，他真的很厲害。」

席郗辰站在窗前，翻著那本我一直放在床頭的法語詞典。他穿著一套淺咖色休閒裝，優雅的側面被晚霞映照出了一層紅暈，柔軟的黑髮覆在額際，遮去了眸光。

我陪小姨去飯店入住後回學校，想回來拿點換洗衣物和筆記型電腦再過去，結果一開宿舍門就看到了他。

我愣了好一會兒，直到他回頭。

「我……室友呢？」

他把書放回我的床頭。「她出去了。」他只簡單地說了這麼一句。

「陪我出去走走好嗎？」他過來拉起我的手，語調很溫和卻也不容拒絕，有的時候我覺得其實席郗辰比葉藺更為霸道。

傍晚的校園一派寧靜，天還沒有全黑，那種越來越深的藍色像極了天鵝絨的質感。周遭的羅馬式建築安靜地佇立著，道路兩邊的路燈依次亮起，是那種暖暖的光，映照著與它們比肩而立、枯葉落盡的一排排椴樹。

「畢業後，我會去芬蘭。」我想這件事我需要告訴他。

拉著我的手緊了緊。

我自顧自地說著：「你什麼時候回中國？」

「妳小姨也來法國了是嗎？」席郗辰站定，伸出手將幾絲落在我眼前的頭髮勾到耳後。

他與我之間的對話總是有些詞不達意，閃爍其詞，過了片刻我才說：「上午來的。」並沒有問他為何會知道這件事，很多事情，似乎已經成了定律，他不說，我也不會去問。

「如果是簡安桀的小姨，那麼，我是不是應該去拜見一下？」

「……」

席郗辰輕笑。「跟我說話，每次都需要考慮了才能說嗎？」指尖滑過我的左臉。

我被那指上的冰涼激得一顫，臉撇開了。

就在這一瞬，我感覺到眼前的那隻手停滯了下。再聽他開口說竟是以往熟悉的語調：「我知道了。」

我的胸口忽然有些悶，想掙脫開他的手，他又不讓。「你來找我有什麼事？」此刻我只想說點什麼來打破這種沉悶，我不喜歡未知。

「我來找妳從來都不是為了什麼事。」他語帶苦楚。「我只是想見妳而已。」

我看著他，不接話，事實上我也不知道這話該如何接了。

「妳去芬蘭，我回國，是不是要跟我兩不相見了？」

他這話不知為何讓我有點生氣，我說那話只是為了告訴他我將來是怎麼安排的。

我用力抽出手，剛轉身，他就由身後將我用力抱住。「安桀，我們吵架了是嗎？」

我一怔，為他的動作，更為他的話。

吵架，而不是冷嘲熱諷。

攬在腰側的手改而抓住了我的肩，他將我轉身面對他，修長的手指捧起我的臉，吻輕輕印下，很溫柔，像清風拂過水面，淺淺的碰觸。

對於接吻我向來是不喜歡的，事實上以前葉藺的吻也只是讓我不至於排斥而已，可是，每次席郗辰的吻卻總是讓我感到胸口異常的鼓譟，即使是這樣的柔情似水。

我感覺到有風吹過臉頰，風裡帶著不知名的花香。

第九章

十二年，夠嗎

昨天的「吵架」最終應該算是和好了吧。我想。

「怎麼了，心不在焉的？」

我緩過神來，笑道：「不，沒什麼。」

我跟小姨要去大宮看一場畫展，因為時間還早，就坐在香樹麗舍大道街邊的露天椅子上聊天，旁邊是一位老先生，戴著一頂黑帽子，正低頭看報紙。

「可妳的表情告訴我不是沒什麼。」

我對小姨的「盤問」一向沒辦法，只能轉移話題道：「看完畫展，妳還想去哪裡？」

「怎麼？不想陪小姨了？有約會？」

我哭笑不得。「沒有。沒有約會。」

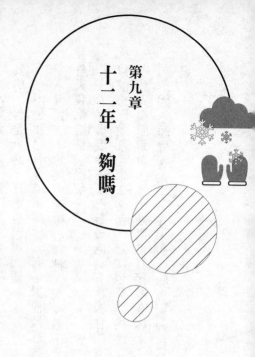

小姨嘆了口氣，拍了拍我放在膝蓋上的手。「我昨晚上也想了很多，那人做了那麼多，妳不會無動於衷。」

我看著前方路面上的兩隻鴿子。「是。畢竟我也只是個平凡人。」

「他可不見得是個平凡人。」

我側頭看小姨。「小姨，妳真的不喜歡他。」這是一句肯定句。

「沒有人會喜歡處處算計的人，就算他的出發點是好的，但這種人，如果哪天他對妳沒愛了，妳該怎麼辦？」小姨最後還是嚴肅地道：「安桀，你們是不是已經在一起了？小姨並不願左右妳的人生，但我還是要說，我並不贊成妳跟他在一起。」

老實說，我自己也不知道跟他到底會走到哪一步。

小姨說了在一起，其實我們還只是在學著怎麼在一起。事情發展到今天這局面，是始料未及的，但是分開，好像也已經很難。

不是我已有多離不開他，而是對他殘忍我已經做不出來。

但我並不想讓小姨勞心費神，至少眼下我不想破壞她的興致。最後我跟小姨說：「今天一整天我都陪您遊巴黎。」

看完畫展後去了巴黎幾處具有代表性的景點，愛麗舍宮、協和廣場、巴黎聖母院……小姨以前來巴黎都是來去匆匆，這次也算盡興。

入夜回到飯店，小姨累得直接躺在床上了，感慨不得不服老。

因為睡覺還太早，我不想將時光輾轉反側地浪費在床上，於是跟小姨打了招呼就去樓下逛。

小姨住的飯店就在香榭麗舍大街附近，我慢慢地往凱旋門的方向走去，望到遠處的艾菲爾鐵塔，這座巴黎的標誌建築，剛造起來的時候法國人覺得它很難看，甚至還提議拆除它，後來卻成了法國人無上的光榮。果然人、物的好與壞有時候是分背景、分時間段的。

我又想起席郗辰，他到底是好還是壞我無法下定論，但他對我的好我已否認不了。

我想著他，他就來了電話，這也真是神奇。

「妳在哪裡？」

「快要走到凱旋門。」

「我去找妳？」

「好。」

十分鐘後，我站在凱旋門下，入夜後遊客少了很多，我仰頭欣賞著頂上的浮雕，不管來過幾遍，這件經歷了兩百年風吹雨打依然精美絕倫的藝術品，我還是看入了迷。我就這樣兜兜轉轉看了幾圈，直到我感到有人正目不轉睛地盯著我這邊看，我才回頭看去，是一名外國男子。

他笑著朝我走過來，友好而直接地跟我搭訕：「妳好。」他說的是英語。

我回了法語的「你好」。

「妳的聲音很動聽。」他的嘴角揚起，這次說的是法語。

「謝謝。」

「願意跟我一起在這附近走走嗎？」

我正待開口，肩膀上有一隻手臂輕輕環上，有人從我身後將我摟住，然後是流利的英文：

「抱歉，她只能由我陪。」

我側頭就看到那張英俊出色的臉，直覺說道：「這麼快？」
席郗辰隨後拉住我的手，五指滑入緊緊相握。「失陪。」他這話是對對面的外國人說的，很有禮。
他說完便拉著我往前走去。
「怎麼了？」他的步子有點急躁，從容不再，看起來更像是在鬧彆扭。我有些摸不透。
「我現在看到別的人對妳有跟我一樣的想法我都受不了。」
「……」
席郗辰突然停步，靜靜地看著我，過了片刻他嘆了一聲說：「安桀，我愛妳。」
我頓了下，這是他第二次說「愛」。上次我沒有任何表示，這次我應了聲。
席郗辰眼中有笑意，隨後將我拉進懷中。我任由他摟抱著，巴黎是浪漫之都，隨處可見擁抱擁吻的情侶，路人不會多看。
情侶嗎？
我聞著他身上的味道，有種很久沒有過的安心感。「席郗辰，要去見見我小姨嗎？」
大概有五秒鐘的時間，他的身體一動未動。
這是一種承諾，我會跟他試著走下去的承諾。
「小姨一定會生氣……」愧疚的話被窒息的熱吻吞沒，也不知過了多久，他退開，將額頭抵著我的，兩人的氣息都有些混亂。
我平息心中的波動。「以後在公眾場合你能不要吻我嗎？」即使這裡這種行為司空見慣，我還是覺得不自在。但我得承認，最讓我不自在的還是因為他的親近。

我聽到他低喃：「情難自禁。」

回到小姨的飯店已經快晚上八點。

「知道回來了。」坐在床尾看電視的小姨回眸一笑，但當她看到我身邊的人時，表情凝固了。

「小姨，他是席郗辰。」

小姨站起來。「我沒忘，不用介紹。」

我為難，走過去抓住她的手，有種道歉的意思。

小姨看著席郗辰，眼神中有著顯而易見的不贊同。「年輕人，我給你機會，你現在離開，我不會多說什麼。」

席郗辰只是淡然點頭致意，便跨步進來。

「說起來，我也算是你的長輩。」小姨板起臉。

「是。」他微微一笑。「您是安桀的小姨，自然是我的長輩。」

我還是第一次聽他用「您」。

「你應該知道，我不喜歡你。」

「您喜不喜歡，並不重要。」

小姨一愣。「有沒有人跟你說過你很冷漠狂妄？」

「不在少數。」

「為什麼找上安桀？」

席郗辰轉頭看向我，眼中是只有我才看得懂的溫柔，而這樣的溫柔竟讓我有點坐立不安。

「我去燒水泡茶。」

「膽小可不像妳了，安桀。」小姨不讓我走開。

我一滯，笑道：「小姨說笑。」

「林女士。」平淡的語調聽不出絲毫情緒。「我不希望她為難，更不希望您讓她為難。」

「怎麼？開始教訓起我來了？」

席郗辰面無表情。「安桀愛戴的長輩，我勢必尊重。」

「如果我不是安桀愛戴的長輩，你會怎麼對我？既然話都說到這分兒上了，我也不隱瞞了，這兩天我讓國內的朋友找人查過你，這事安桀並不知道。我想說，年輕人，你的事蹟可豐富了，我活到這把年紀，還是第一次看到這麼『年輕有為』的人。」

席郗辰看了我一眼。「林女士，有什麼問題您可以直接問我，不必如此費心。」

「怎麼，緊張了？放心，你應該知道以你的才幹，外界能查到的也就這麼一點。」

「妳想知道什麼？」

「跟聰明人講話就是輕鬆。我不管你怎麼走到今天這一步，我也不管你有多富有，多有水準多有能力，我只想知道你接近安桀的目的是什麼，別跟我說是愛。」

「那麼——」冷沉的嗓音多了幾分輕柔：「迷戀呢，這理由可以接受嗎？」

小姨頓了頓，回頭看向我，我只笑笑，但緊張感已從心底泛起。

「十二年，夠嗎？」

不知，竟是這麼久，十二年嗎……

小姨冷冷一笑。「沉默寡言？外界對你的評論似乎有所出入，你覺得我會相信這些浮誇的言辭？」

「妳的相信與否對我來說無關緊要。」

小姨冷哼道：「聽你這話你還相中我家安桀十年八載了，為什麼現在才說？」小姨的話有點嚴厲了。「尤其安桀在外受苦的這幾年裡，你怎麼沒來找她？明著來。」

「拓展事業。」席郗辰的眼眸波瀾不驚，看向我。「她出國時，我剛接手父母的企業，底下一團亂，而簡震林還未失勢。我要確保自己有足夠的能力保護她，才敢站在她面前。」

點到即止的幾句話，卻讓小姨震驚得一時無法言語。我亦然。

「你還真是偉大，還幫安桀報復簡家？」

席郗辰溫柔的眼神依然緊鎖著我。「她不會想報復別人，所以我並沒有多做什麼。簡震林一直太過貪心，貪得無厭，失勢只是時間的問題。我只不過是靜觀其變。」

並沒有多做什麼而不是並沒做什麼。我忍不住苦笑，聽他講話是真的需要花心思聽。但不管他做了些什麼，我竟覺得自己都不會再去質疑他了。

「小姨怕是要生氣好久了。」我送席郗辰到飯店樓下，按了電梯，又忍不住回頭望了眼關上的房門。

席郗辰牽起我的手，十指交纏，有些小動作他慣做。「生氣了？」

「我沒有生氣。」我搖頭，不知是不是我的錯覺，席郗辰每次都很擔心我會生氣，即使只是在一些小事上。「倒是不知道你的口才這麼好。」

「安桀，我不懂什麼花言巧語。」走進電梯裡席郗辰就把我抱進懷中。「我從沒說過迷戀這種話……」他輕吻我的臉頰、眼瞼。

「有監視錄影。」

「那就讓他們看吧，我不介意。」

我介意……

「安桀，雖然那六年妳對我的恨讓我很受煎熬，但我又矛盾地欣喜著因為那份恨而讓妳記住我六年，妳知道，以妳的性子，六年的時間，妳一定早就把只有幾面之緣的人忘得乾淨徹底。」

我被他印在後頸的吻弄得有點癢。「席郗辰……」

他嘆息：「妳要體諒我，我想了妳十二年。今晚去我住的地方？」

「你……」臉上不由升起一抹臊熱。

他沉沉笑道：「妳在亂想嗎，安桀？」前一刻引得我亂想的人如是說。

他抱著我的力道變重了些。「安桀，以前妳很牙尖嘴利的。」

這人是在挑釁嗎？

「跟我說話，安桀。」他的手指觸碰我的耳朵，我感到他指尖傳來的熱量，在此之前，我印象中的席郗辰一直都是冰冷的。「否則，我恐怕要亂想了。」

「這算不算……斯文敗類？」我呢喃。是否該慶幸飯店的工作人員懂中文的可能性很低？

我如今終於真正明白那一句：事在人為，莫道萬般皆是命；境由心生，退後一步海闊天空。

風輕花落定，當天氣步入深秋，我畢業到芬蘭也已半年，適應良好，雖然芬蘭的主要語言是芬蘭語和瑞典語，但好在他們教育普及程度高，英語也是他們的主要流通語，所以基本的交流可以，生活的問題也就不大了。

而工作，我應聘進了一家廣告公司，華僑開辦的，華人跟當地人各占一半。

今天週末不用上班，我吃過早飯，跟小姨說了聲，就騎著自行車出門了。小姨的公寓靠近一所大學，環境優美不輸巴黎我的那所母校，所以有空我都會去走走，散步或騎車，當鍛鍊身體。

我一路騎進學校，昨晚下了一場雨，但現在已雨過天青。綠樹滴翠，不知名的果子被雨打下，在路上砸出了一地的紅色水窪。

在我逛了一圈要騎出學校的時候，一道聲音從我背後喊：「嘿、嘿，小姐，請妳等一下！」

我停下車回頭，一個棕髮男生氣喘吁吁地跑過來，他有一張朝氣蓬勃的純西方面孔。

「有事？」我跟對方用英文交流。

「我是美術系的學生，我上週也看到妳了，我覺得東方人都很美，妳更加像畫中的人，我可不可以請妳當我的模特兒？」

「模特兒？」我注意到他身後背著的畫板。

「對，不會耽誤妳太多時間的，只是簡單的人物素描。」眼神非常誠懇。

我想了想，正待開口手機就響起。我看了下號碼，對面前的人點頭道了聲歉，就推著車子走出幾步，一接起，那邊低沉的嗓音傳來：「一早就想打過來，但擔心妳還在睡。」

「嗯。」

「現在在忙什麼?」柔柔的,有幾分誘哄的味道。

我跟他這段時間都是遠距離交流,畢業半年總共只碰過四次面。

「不忙,在騎車。」

「大學裡?」

「嗯。」

那邊應了聲,沉默兩秒後傳來一句低喃:「安桀,我想妳了。」

雖然不是第一次聽到他類似於甜言蜜語的話,但我還是有些不大自然,岔開話題:「你那裡現在……」我看了下錶換算了下。「凌晨四點多吧?」

我清晰地聽到一聲嘆息。「嗯,大概吧……」

大概?

我沒多想他含糊的言辭,看了眼身後依然站著的男生,笑道:「有人找我當素描的人物模特兒。」對於一切牽扯到美術繪畫的,我都會有幾分偏心。

「認識的朋友?」語氣平常。

「不認識,學校裡遇到的學生。」

「學生?年紀應該不大。」

「是,挺年輕的。」我沒什麼特別涵義地說著。

「男生學繪畫,挺難得的。」

「嗯。」的確是滿難得的,繪畫需要細心與耐心。「郗辰,你等等。」

我走回那男生旁邊，讓他這麼等著總不好意思，我說：「我現在沒有空，下午或者明天行嗎？」

對方一聽立刻說ＯＫ。「謝謝！我叫 Oliver。」說著他在空白的素描紙上寫下了名字和電話，撕給了我，再次開朗地道謝：「謝謝，妳有時間打我電話吧！再見！」

我被他的笑容感染，也放鬆了點心情，笑著道了聲「再見」。

波瀾不驚的嗓音響起：「他給妳留電話號碼了？」隱約還帶著笑。

我將手機貼近耳邊。「嗯。」

「安桀，我想我現在就想要見到妳，應該也快了……」平平的語調，然後是電話被掛斷的聲音。

這簡短而略顯冷淡的回答以及被掛斷的電話讓我一時不解。

我正要騎車走，卻在抬頭時停住了動作。

前面馬路上從計程車上下來的男人，一身白色棉質襯衫，淺咖色亞麻褲，襯得他身形修長又文雅，他下了車後走向我。

我收起前一刻不小的驚訝，等著他站到我面前。

「妳的表情看起來並不想見到我。」他說著就俯下腰，有些涼的唇覆上我的。吻很淺，我想是他克制了。

「不是說你要下週才能過來嗎？」

「提早了。」席郗辰牽住我的手。「非常想念妳。」

聚少離多，但相處卻變得越來越自然。

「走吧。」

我問：「去哪？」

「陪我。」他說得理所當然。「我想接下來兩天，妳會很忙。」

我們坐在計程車上，一路朝海邊而去，當車子停在一幢純歐式的小別墅前方，我驚詫不已，我本來以為只是來看海景。「你在芬蘭……買房子了？」

席郗辰付錢後拉著我下車。「這房子我是在網上看到的，讓朋友幫忙處理，今天我也是第一次看到實物。」

房子建在平緩而鬱鬱蔥蔥的山坡上，一條寬廣乾淨的瀝青路延伸至遠處，連接蔚藍的海面。

「我知道妳喜歡含院子的，還滿意嗎？」席郗辰問。

「很漂亮。」我拉開白色的小門走進去，一條石子路通向屋簷下，兩邊是草坪和花卉。左右瞧了瞧，附近的住戶都關著門，只聽到風鈴的聲音。

我回身。「我們以後要住在這裡嗎？」

「如果妳願意。」

我忍不住輕笑了一下。「席先生，我現在是不是正應了那句『貴人照應，一生衣祿十足』的話？」

席郗辰看著我，幽深的眼眸熠熠生輝，然後他忽然把我抱起轉了一圈。「安桀，我在熱戀。」

我被他轉得有點暈，腳落地才說：「嗯，目前的狀況好像是的，當然，如果你……」

接下去的話被他的吻狠狠吞下。老實說，這一招他真的很慣用。

一分鐘後，他在我耳邊說：「陪我補眠。」

「……」

他笑。「如果妳想那樣『睡』，我很樂意配合。」

為什麼以前我會認為他再正經不過呢？

席郗辰用十分鐘的時間沖完澡，之後一沾枕就閉上了眼。

「你多久沒睡了？」我不知道他竟會這麼累。

他的兩隻手臂環在我腰際，睡意濃重的慵懶語調散漫地溢出：「四十八小時了吧，我想……」

我站在主臥室的陽臺上，海風吹來帶著晚秋的涼意。天已經有些暗，遠處海上燈塔上的燈已經亮起，四周很安靜，除了海浪特有的聲響。之前跟小姨打了電話，她現在對我跟席郗辰的事已經採取聽之任之的態度。

上次席郗辰來，小姨跟我說：「妳要真的決定接受他，我也不會做棒打鴛鴦的事，我的出發點永遠只是希望妳過得好，我說他不適合妳，是小姨自認長妳一輩，見過的人、事比妳多，比妳有經驗，但我畢竟還是預測不到未來。」

手機鈴聲響起，我被小小地嚇了一跳，馬上走進室內拿起他的手機，正要按斷以免吵到睡著的他。

但當看到上面顯示的「晴姨」時，我遲疑了，最終按了接聽鍵。

「郗辰，到那邊了？」沈晴渝問：「找到她了嗎？」

找到誰？

「哎，那孩子，上次那樣失控地跑出去，實在讓人放心不下。」

「安排她跟陳先生相親的確是我們考慮不周，不知道她會那麼排斥。」

「郗辰，我知道你向來不喜歡管簡家的事。」

「但是，你簡叔現在忙得焦頭爛額，他不知道我找你，可除你之外我不知道還能找誰。我出面她肯定更加反感，所以只能麻煩你了。」

「安桀再怎麼說也是他的女兒。」

「斷絕關係這種事……總不好看。」

「她現在學業也結束了，你看看有什麼辦法能把她再勸回來吧。」

「……」還有什麼是我不知道的？

我按掉電話，真是諷刺，我前一刻還在想自己跟他的未來會是怎麼樣。

突然一道過大的力道將我往後一拉，我回身撞進一副溫熱的胸膛裡。我一愣，要掙扎，但橫在腰間的手臂卻如鐵壁牢籠。

「安桀……」

「放開我。」

「不，我知道妳在亂想！」他的呼吸很急，帶著一種恐懼。

我痛苦地閉上眼睛。

「妳在亂想什麼，安桀……」席郗辰的聲音顫抖著：「妳相信我……」

我該相信什麼？

我努力想讓自己冷靜一下，我想甩開他，我想奪門而出……

「安桀……」

「放開我。」

「不。」我感覺到他微顫的手指滑入我衣領，扣住了我的後頸。「不管誰怎麼說，其他的人又是怎麼認為，我只要妳相信。」

我對上他的視線，那片深黑中似是暗湧著什麼。「我該相信你嗎，席郗辰？」終於，我緩緩問出，也不再掙扎。

他的身體明顯一震，下一秒他抱得我更緊，那樣的力道幾乎能把我揉碎。

「不——」壓抑的聲音不再那麼緊窒，而是有點低啞：「已經不夠了，安桀，現在，我要妳愛我。」

席郗辰拉開我，在那坦誠露骨近乎貪婪的注視下，我竟有些害怕地別開頭。

「我愛妳，安桀……」他低頭吻我的額頭、鼻梁，然後嘴唇，我輕微戰慄著，想要推開他，這太快了，而且我的腦子現在還很亂。我懊惱自己似是被他的痴狂感染，繼而迷惑了。

「我愛妳……」他一遍一遍地說著，吻落在肩上、頸項。

「等等。」我想阻攔他，開口卻發現帶著喘息的聲音已不似自己的。

「安桀，我等了十二年，而妳必須知道，男人是很卑鄙無恥的，妳不會相信我在夢裡夢外褻瀆過妳幾次，連我自己都覺得……但是，安桀，我不會傷害妳，如果妳不願意，我不會再繼續下去……只要妳別離開我。」

過了良久，我最終緩緩抬起手臂環上他的肩膀。

感覺到他的身體瞬間僵住！下一刻，他帶著情慾氣息的聲音沉吟而出：「妳知道這意味著什麼嗎？」

意味著我想相信他，想跟他試著走下去，想未來可以有人執手而行，而不是孤獨一人。

我想起兒時念的一些古詩，想起他，想起那句「人生只有情難死」；而想到這一刻的自己，大概便是那句「換我心，為你心，始知相憶深」。

第十章
唯獨感情不能將就

我好像在夢裡又好像醒著，感覺到一隻不安分的手緩慢地撫過我的眉心，沿著眼角、臉頰下滑，在嘴脣處停下，摩挲，動作輕柔又帶著點惡作劇的意味，這樣的觸碰讓我不由得呼吸急促。我微微張開了嘴，下一秒聽到耳邊傳來一聲低笑，然後，嘴脣被人覆住……

我從睡夢中醒來，室內一片昏暗，讓我一時不知身在何處，直到看清身邊看著我的人，昨晚的記憶復甦，臉上不禁一熱。

他把我連人帶被抱進懷裡，拉起我的一隻手親吻，我手一顫。

「真敏感。」

「……很癢。」

「哪裡很癢？」他說著順勢將我的一根手指含入口中，輕輕吮吸起來。

我一驚，想起昨晚，心慌意亂地抽回手。

席郗辰一嘆，表情很是可惜。「對了，安桀，有人找妳。」他淡笑著將床頭櫃上又在震動的手機遞過來，並「體貼」地幫我按了通話鍵。

我接得措手不及。

「安桀，是我。」朴錚的聲音。「起來了吧？」

抬眸看著眼前正含笑注視著我的人，我輕聲回道：「嗯。」

「我打阿姨電話怎麼關機啊？我有點事要請教她，她在妳身邊嗎？讓她聽下電話吧。」

「小姨啊……」說不緊張是假的，只能含糊其辭道：「我在外面，馬上就會回去，等會兒讓她打給你行嗎？」

腰上的手臂緊了緊，然後他的一隻手伸進了被子裡，我懇切地朝他搖頭，但席郗辰卻笑著用唇語說了句「不要」，游離在背後的手讓我不知所措。

「一大早的就在外面？妳幹麼呢？運動？」

這話讓我的臉一下紅了。

我感覺到他的手往下探去。

「別……」我突然有點氣虛。

「安桀，妳在聽嗎？」

「我在，我等會兒讓小姨打給你吧。先這樣，再見。」我匆匆掛了電話，抓住那隻滾燙的手。

「郗辰……不要鬧了。」

席郗辰低低一笑，執起我的手，貼向他胸口，我一驚想要收回，卻被他搶先一步牢牢按住。「安桀，我愛妳。」清晰地感覺到他的脈搏快節奏地跳動著。

之後我無可避免地又被他帶入了一場性愛中，浮浮沉沉，帶著一份悸動，向那源源不斷的熱源接近，妄圖藉此填充那份情慾中的空虛，猶如一滴墜落雪中的血滴，任由溼熱的紅暈慢慢染開。

當天下午回到小姨住處，竟意外見到了兩年未見過面的母親。

「回來了。」我的母親林玉娟放下手中的茶杯站起身，得體大方。

「您怎麼來了？」我在門口站了一會兒才走進去。

母親看著我，沒有太多的熱情也沒有明顯的疏離，她開口：「安桀，我希望妳跟我回國。」

「為什麼？」這次我想問清楚一點再做決定。

母親上來順了順我的頭髮。「媽希望妳能陪我回去住段時間。媽有一、兩年沒見妳了吧？好像又變漂亮了點。」

「……我知道了。」我低頭沉默一會兒。「您什麼時候走，我跟您回去。」

「姊，妳今晚住這裡嗎？」小姨不知何時已站在廚房門口。

「不，我回飯店，明天我再過來。」母親說完又轉向我。「安桀，妳準備一下，如果明天太趕，我們可以推遲一天。」

「不會。」我說。

「好孩子。」母親笑著說道。

母親離開後，小姨過來跟我說：「安桀，不要讓別人左右妳的思想，即使是一些妳想要珍視的人。妳老是這樣勉強自己，小姨看著實在不好受。」

我輕抱住小姨。「怎麼辦？我好想叫妳一聲媽媽。」

「傻孩子。」

「不，我是好孩子。」我苦笑。「既然要回去，那肯定要折過去見見朴錚的，這大概是唯一的安慰了吧。」

之後跟小姨吃中飯時，席郗辰打電話過來。「到了有一會兒了吧？在做什麼？」

「吃飯。」

他停頓了一下。「我要回去一趟，下午的飛機。」

這麼巧，他也要回國了？

小姨朝我看來。「怎麼？才半天沒見，就來查勤了。」

「嗯。」我回的是席郗辰。

「不問我什麼時候回來？」那邊沒有聽到期盼的回覆，嘆了一聲。「安桀，我不在的時候無論妳會不會想我，我註定是將想妳到不能入眠。」

到這裡，不可否認再差的心情也開始明朗了。「甜言蜜語嗎？」

「不，再真實不過的事實。」

我笑道：「幾點的飛機？你現在去吃點東西吧，飛機上的食物不好吃。」

他莞爾道：「一點。我沒那麼挑，其他方面我多少都能將就，唯獨感情不行。」

「狐狸一樣的男人。」我掛斷電話時便聽見小姨嘀咕了這麼一句：「他知道妳要回去嗎？」

我搖頭。「我想應該不知道吧。」

「不告訴他？」

「暫時不了。」反正回去後一定會碰到的，怎麼想母親都不會只是來接我回去跟她住幾天，所以碰見他只是時間的問題。

隔天我跟母親由赫爾辛基坐飛機飛回上海。

我在上海第一天的下午，母親便跟我說了實話：「妳去妳爸那一趟吧，他拉下老臉來又跟我打了幾通電話，讓我把妳接回來。安桀，上次你們意見不合，鬧得不愉快，這次好好再說說。」

父親一直在支付母親的贍養費，她需要生活，我也不能說什麼，只是，失望和難過是一定的。

一天之內坐了兩次飛機，在廣慶市的機場裡，我疲憊地坐在椅子上給朴錚打電話，我想先見見他。

「阿姨說妳到上海了？」

「我在廣慶了，一起吃頓飯吧？我飯還沒吃。」我揉著眼睛說。

「出什麼事了？怎麼來這邊了？不是跟妳媽回上海了嗎？」

「哥，我沒事，你別這麼大驚小怪。我等會兒叫計程車去市裡，一起吃飯？」

「沒事就行。我今天手頭工作有點多，妳先到的話先進去點菜。」

我叫計程車到了約好的餐廳，今天天氣不錯，陽光明媚。我一眼望見廣場中間的露天舞臺周圍鬧哄哄地圍著一群人，竟是有模特兒在拍照，圍觀的以女生居多，都舉著手機。他們的生活多半是清閒而快樂的吧。我笑了笑，正要走進餐廳，看到舞臺上有人跳了下來，然後，朝我跑來。

我看著眼前的人，一雙如碧海般的深藍眼眸，化過妝的輪廓在陽光下顯得立體而生動，身上製作精美的服飾，讓他看上去就像是私自逃出宮殿的王子，囂張跋扈、貴氣非凡。

「妳怎麼在這裡？」葉藺瞇眼，低啞地開口。

我從錯愕中回神。「你在工作？」

葉藺皺了皺眉。「嗯。」說完這句似乎一時之間也不想再說什麼，而他會過來，就好像他只是想這麼站著。

「你……」但我想找點話題來說，畢竟這樣站著總顯尷尬。

「一起吃飯吧，我們快結束了。」葉藺打斷我。「等我一下。」說完他又跑向露天舞臺。

而我此刻也終於意識到自己似乎成了許多人的焦點。

看著重新回到舞臺上的葉藺，即使被人團團包圍，卻依然出類拔萃、顯而易見，而自己前一刻竟然沒有發現他的存在。

還有，他似乎說要一起用餐？但我確定自己並沒有答應。

我正要進餐廳，又有人跑過來阻止我。「抱歉，小姐，葉前輩讓妳過去。」

「麻煩你跟他說一聲，我還有事。」

但眼前那清秀的男孩子卻很堅持。「葉前輩說不把妳叫過去他會給我好看，妳過去一下吧，不會很久的，我們再有十分鐘就收工了。」
「怎麼站在門口啊？」
我側身看向兩公尺外正朝我大踏步走過來的朴錚。「來了。」
「不會是被服務生擋在外面了吧？」朴錚走近我就哈哈地笑著摟住了我的肩。
「所以正等著你這位屠龍騎士來護駕啊。」我跟朴錚開了句玩笑，轉頭對一旁的男孩說：
「我會打電話給他。」
男孩有些發愣。「妳，葉前輩……」
「不用緊張，我會打電話給他，他不會為難你的。」
「不，不是的。」他搖了搖頭。
這莫名其妙的態度讓我皺了下眉。
「怎麼？認識的人？」朴錚問。
「算不上認識，是葉藺的後輩。」我隨意說著。
「葉藺？」朴錚看了我一眼。
我指了指對面的露天舞臺。
半晌，朴錚突然說：「要不要過去看看？」
「嗯？」
「走吧。」朴錚拉著我向露天舞臺走去，我一時反應不過來，硬是被他拖著走了。
「喂，小朋友，快跟上。」朴錚向後喊。
我抬頭看朴錚，一時猜不透他的想法。

來到人群周邊，舞臺上在擺造型讓攝影師拍照的葉藺，眼睛轉向人群中的我，近乎專注的注視，然後便不再移開。他的動作很自然，這樣的注視不會引起別人對我的留意，因為他是攝影機下天生的演員，但我不是，我被看得有些不自在，轉開了頭看別處。

「為什麼拉我過來？」

「那打電話給他說妳不想見他？」朴錚反問。

「我──」我的話被跑過來的女子打斷。

「我是葉藺的助理，請跟我到後臺。」

既然已經到了這裡，再推託就顯得矯揉造作了。「那麻煩了。」

我不知道朴錚是怎麼想的，他想……撮合我與葉藺？應該不是，畢竟朴錚也應該聽說過葉藺要與楊亞俐結婚了，而且，他更應該清楚我的態度才是，那麼現在，他做這些是出於什麼理由？難道真的只是因為認識所以過來看看？

進到後臺，後臺是臨時搭建的工作棚，裡面人不算多，或坐或站，但都穿著時尚。剛才的女助理給我與朴錚各遞了一杯咖啡，我剛接過紙杯，就敏銳地感覺到身後有一道目光，回頭不意外地看到朝我走來的葉藺。

「還以為妳會走呢。」葉藺走到我面前，說話的時候更靠近了幾分，語氣有點故意的曖昧，說完看向我身邊的人：「朴錚，好久不見。」

朴錚笑笑：「最近工作挺忙的？」

「還行。」葉藺回得意興闌珊。

「工作忙點挺好的。」

葉藺的表情有些玩味。「沒想到你也關心起我來了。」

朴錚不以為意。「我怎麼說也算是你的同校學長。更何況，你跟安桀交往時我就已經把你當成弟弟看了。」

我下意識地皺起了眉，朴錚應該是最知道我心事的人，可為什麼現在……

「想起來我還有點事要做。」朴錚轉向我。「我先走了，等一下讓葉藺跟妳吃吧，我們晚點再聯絡。」說完輕輕拍了拍我的手臂。

看著朴錚走出去，我忽然有些煩躁，問葉藺：「你還要拍嗎？」

葉藺看著我，眼中閃過一抹異樣神色。「我去換下衣服。」

「聽艾姊說葉前輩的女朋友來了，哪裡哪裡？」葉藺剛離開，陸續有模特兒進來。有一名男模特兒對上我的視線，吹了聲口哨。

「莊旗，你找死啊。」葉藺特有的陰柔聲音從更衣室門口傳來，他大步跨到我身邊。

「葉前輩，帶你女朋友跟我們一起吃飯吧？我們也好瞭解瞭解讓你神魂顛倒的，到底是何方妖孽，哦，不對不對，是何方仙女。」

葉藺笑著，看起來並不太想搭理他們，卻也似乎很樂見其成，並不打算去解釋。

我不知道局面為什麼會變得這樣混亂。

「葉少，怎麼說啊？」

「原本想單獨跟妳吃飯的，看來不行了，跟我的同事們一起，沒關係吧？」葉藺問我。

我不動聲色地看著他。

葉藺拉起我的手。「走吧，餓死老子了，吃飯去。」

他將我的手拉得很牢，想要抽回似乎不大可能。我皺眉低頭，隨即心猛地抽緊，他的手腕處環著絲巾的地方，不小心露出來的，是傷疤嗎？天哪，那樣的傷口……

空著的手撫向顫抖的嘴脣，我抬起頭瞪著前面那道高眺偏瘦的身影。

自殺嗎？為什麼？

葉藺，這次你又在玩什麼把戲？

第十一章
我真恨妳的心軟

最終我還是坐在了某高檔餐廳裡，對著一大幫算是演藝圈的人，兀自想著心事。

「這裡面有酒精。」葉藺把我手上的飲料取走，塞過來一杯開水。

「哇，葉前輩您竟然也會體貼人啊！」

「滾你的。」葉藺對女生也不客氣，那位取笑他的年輕女模吐了吐舌，笑著不再接話。

「簡小姐，妳跟前輩是怎麼認識的？」又有人問。

「我對她一見鍾情，你們不要再煩她了，OK？」葉藺不耐煩了。

在座唯一的那名外國男子遞了名片給我。我低頭看了一眼，原來是攝影師。

「約翰，不要打她的主意。」葉藺開口。

約翰說：「我只是跟美女正式地打聲招呼而已，這是禮貌。」他說的中文很標準。

有人開葉藺玩笑：「葉少今天真是處處為敵、風聲鶴唳啊。」

因為身邊人多稍顯悶熱，我的手心沁出了汗水，那種黏膩感讓我不舒服。我想去洗手間洗手，剛站起便聽到餐廳門口服務生的聲音傳來：「席先生，您這邊請。」

席？心口一顫。

我下意識地看過去，竟真的是席郗辰！還真有那般巧的事啊……我站在那裡，一時竟做不出什麼舉動，的確是有點驚訝了。

今天的他，一件淡色休閒西服，深色系的長褲，黑髮有些鬆散，戴著眼鏡，三分溫和，三分俊雅，只是平靜的表情依然給人一種不易讓人親近的距離感。

我確定，只一瞬間，他就看到了我，但是很快的，他的視線便移開了，臉上的表情沒有絲毫變化，沉靜如前。

席郗辰身後跟著幾名男子，在服務生的帶領下，朝我這邊走來。當距我還有十公尺的時候，約翰突然站了起來。「啊，席先生！你好！」

席郗辰因為這一聲，在走到我身邊時停了下來，眼神是看著約翰的。

「真巧，席先生，能在這裡遇到你！」

席郗辰似在回想，然後也真的有想起來。「John Field?」

「是，席先生竟然還記得我，是我的榮幸。」

席郗辰像是不經意地掃視了一眼這桌上的人，然後對著約翰輕點了下頭。「失陪。」平平的聲音客氣疏離。

看著那道修長身影消失在樓道口，我又坐了下來。不知是不是有意的，剛才他擦身而過時，微涼的手指滑過我的手背，留下一抹冰涼……

「約翰……」

「Elvis席，是我們上司的上司。」約翰說著坐下。

「這你不說我們也知道，好歹是大老闆嘛。」

「我看過他的一篇報導。」

「約翰，你怎麼會認識他的？我的意思是他怎麼也知道你？畢竟，那樣的人物……」

約翰哈哈一笑。「我去總公司的時候，在大門口第一次見到他，以為他是模特兒，你們也看到了，他身高很高，外型冷峻，於是我走過去跟他自我介紹……」

眾人哄然。

約翰繼續說：「他很冷淡，說沒有興趣。然後我看到有司機幫他開了門，就知道自己可能判斷錯了。」停了一下，他幽默道：「後來知道他是誰後，老實說，我還有點擔心自己會不會因此丟了工作。」

除了我跟葉藺，其他人都笑了出來。

「琳琳，別看了，早就沒影了，妳不會真看上他了吧？」

被叫琳琳的女孩笑著轉回頭。「怎麼可能？純欣賞而已，太過出色的男人不安全。」

「妳覺得他沒有安全感？」

「事實上，我覺得自己配不上他。」

「咱們最有自信的女孩沒自信了？」

「這與信心無關，這樣的人太高高在上，很難把握，而我喜歡絕對的掌控。」說完她俏皮地眨了眨眼。

有人附和，有人笑，有人頂嘴。

我不知道原來不管是明星還是什麼人，只要八卦起來，真的是一概都很精彩。

我以前沒來過這家餐廳，現在看著餐廳裡用餐的都是衣冠楚楚、非富即貴的人，我顯得有些格格不入。

「發什麼呆？」葉藺突然推了推我。

「我在想，你以前為什麼那麼討厭有錢人。」現在卻已經融入其中，遊刃有餘。

「妳在想我？」他的聲音帶了點喜悅，然後說：「我是一直討厭有錢人，而不只是以前。怎麼，妳現在要跟我同仇敵愾了？」

「那倒沒有。」我站起身，卻被他抓住了手。

「妳去哪裡？」

「洗手間。」

「別亂跑。」

「我能跑哪裡去？」

他輕哼一聲：「誰知道呢。」

我對他的言行沒轍。「那你要不要跟我一起過去？」

他扯脣一笑，放開手。「半年不見，我差點都要忘了妳的伶牙俐齒了。」

我盡量不去計較他的壞脾氣，但是周圍的人顯然已經注意這裡有一會兒了，有人笑得別有深意。

「前輩，我陪她去，放心，絕對不會將人弄丟。」琳琳起身三兩步跨到我面前，很鄭重地挽住了我的手臂，我有些啼笑皆非。

從洗手間出來，我斟酌了一下還是問：「葉藺沒有結婚？」

「啊？」琳琳的表情可以說是相當吃驚。「當然沒有！這種問題妳為什麼會來問我？妳不是前輩的女朋友嗎？」

我停下腳步。「我以為他跟楊小姐已經結婚了。」

「妳說亞俐姊啊。」琳琳篤定地說。「他們是交往過，但老早就分手了，有四、五年了吧。現在應該算是朋友……咦，妳怎麼不走了？」

我搖搖頭，跟上去。「有些意外。」

「不意外，妳別看前輩表面上很放任，其實他挺專一的，我覺得他對妳就挺真心的。」

我沒有再說下去，經過走廊的時候，忽然聽到有人異常興奮地喚了一聲我的名字。

「安桀！」

我側頭看去，竟然是林小迪的那一張飛揚笑臉。

她跑到我身邊。「哎呀呀，小姐，妳怎麼又回國了？不是說定居芬蘭了嗎？」

我看到她也很驚喜。「妳呢，怎麼也在這裡？」

「我帶我們公司的藝人來大陸談合作。」

「妳現在在當經紀人？」我微訝。

「哎，別提了，說好聽點是經紀人，實際上跟保母沒什麼兩樣，那女人比我媽還難伺候，明明不是大牌還偏把自己當大牌耍。」她拉住我的手有敘舊的意思。「妳這次回來是——」

我打斷她道：「小迪，我有朋友在，回頭再找妳聊好嗎？」

「林小迪。」渾厚的男中音，一名男子從我們身後的包廂內走出來。

下意識地，我有些感應，回頭朝那扇開著的門望去。當視線遇上那雙熟悉的眼眸時，我發現自己竟然很平和，感覺像是在意料之中，但是，他的眼神有點淡漠有點凌厲，在半明半暗的燈光下有種研判的味道，然後難得地他避開了我的目光。

「您好，您是星象的張總監吧？」琳琳主動上前向剛才出來的男人打招呼。

「妳是？」

「我是魅尚的模特兒，我叫周琳琳。」

他點了下頭，扭過頭看到我，問：「妳也是魅尚的模特兒？」

我覺得有趣，我的身高雖然不算矮，但是被說成模特兒顯然是太抬舉了。

「不是，她是我朋友，很出色吧。」小迪的口氣驕傲，隨即壓低聲音問：「前輩，裡面談得怎麼樣？」

「老闆在跟他們老總談項目，今天席氏當家在場，我們的廣告看來是不會談了，我正是要跟妳說這事——」

「老張，你在外面跟小女生們嘀嘀咕咕什麼呢？既然是認識的人，就帶進來說吧。」

裝修豪華的包廂裡流淌著舒緩神經的音樂，我是被琳琳莫名其妙拉進來的，此時真是進退不得。

「原來是魅尚的模特兒。席總，您公司果然人傑地靈哪。」

席郗辰笑了一笑，抿了一口酒，沒說什麼。

小迪坐在我身邊低聲問：「她是妳的什麼朋友？怎麼回事？把妳拉到這種場合裡來。」

我配合她壓低聲音道：「是葉藺的同事。」

小迪低咒一聲：「一丘之貉。」

我笑道：「人不錯的。」

「得了，妳看誰都不錯。」

我沒想到自己在她眼裡竟還是這樣純良的形象。

「妳做模特兒幾年了？」坐在我左前方的一名男士向我提問。

小迪在一旁說明：「老闆，她不是藝人，她是我高中同學。」

「我說郁老闆，你的經紀人打的是什麼主意？這種場合帶朋友過來。」有人半開玩笑。「不過的確是難得的機會，這裡在座的，只要有一人賞識妳，基本就可以成名了。」他看著我評估道：「氣質很不錯，身高也足夠高。席總，你確定不是你公司的人？」

「不是。怎麼，榮經理有興趣要拉她到自己公司？」

「即使我有意向，那也要看對方願不願意。」榮姓男子轉過頭來，還真的認認真真問了我一句：「怎麼樣？有沒有興趣當明星？」

「不是太有興趣。」我婉轉道，不想說得太直接讓人覺得不識抬舉。我的夢想，真要說是當畫家，不過這已經不太可能了。

大概是難得聽到這種話，榮姓男士爽朗地笑出聲。「席總，看來我這座小廟人家還真看不上呢。」

「你的廟夠大了。」有人笑說。

老實說，我能有這樣的耐性坐在這裡已經出乎我的意料，又想到葉藺在外面等得估計要發火了，真是有點頭痛。

「對不起，我家裡那位怕菸味。」

我微微一愣，抬頭時便看到席郗辰推開了那位郁老闆遞過去的香菸，稱得上是最正常的社交語氣，我聽進去卻激得心中一片不寧靜。

「席總，你還怕老婆呢。」

席郗辰狀似無奈。「是，有些怕。」

榮姓男士深有同感。「哎，這年代，早知道我就不那麼早結婚嘍！」

接下來我沒再聽，陷入某種情緒中。

小迪又湊過頭來。「安桀，那位席總妳應該認識吧？」

我嚇了一跳。「什麼？」

「很吃驚嗎？我以為我們附中出來的都應該知道的，我們中學不是廣大的附屬中學嗎？他大學就是在廣大讀的呀，我還記得他跟妳哥朴錚是同屆的呢。他那時候就滿有名聲了，當然現在更不用說。我真後悔讀書的時候沒有藉機去認識一下這麼一號人物——估計現在上去叫『學長』，人家肯定不會理我了。」說著小迪用手肘輕撞我手臂。「喂，安桀，我是不是說得很大聲啊？」

「沒有。」

「那麼，『學長』為什麼在看我們啊？」

我沒有抬眼，事實上是不敢。我摸出衣袋裡從小迪開始說席郗辰就一直在震動的手機，我的預感準確，是葉藺。

「小迪，晚一點我再聯絡妳。」說完我便站起身，推門走了出去，不再去在意包廂裡的那些人是什麼反應，當然，我也得承認某人讓我有些心神不寧。

等周琳琳出來後，葉藺就冷著臉叫來服務生買單，但對方卻說：「你們的帳單，剛才席先生已經買了。」

出了餐廳，葉藺抓著我邊走邊冷嘲熱諷：「妳家這位親戚還真是大方。」

我在心裡嘆了一聲，看了眼向我們揮著手反方向離開的人群。「你不跟他們一起？」

「我現在想跟妳一起！」他突然站定，表情陰霾。

我今天一路在轉，實在沒有更多精力去應付他多變的脾氣，只問自己想知道的：「你沒有跟她結婚，為什麼？」

「沒有為什麼。突然不想結婚了，就這樣。」他張口就說謊。

我拉起他的左手，在他反應過來前，撥開了他纏在手腕上的黑色絲巾，那裡有一道明顯的割傷。

「我想知道這傷口又是怎麼回事。」

他的嘴脣微微抖動著，原本平靜的眼波好似突然被一道鋒芒割破。「妳會關心嗎？妳會在意嗎？」

「我依然在乎你，你應該很清楚這一點。」

「是啊，妳還會在乎我的死活，因為妳是簡安桀，妳有同情心。但妳已不在乎我過得快樂還是痛苦，因為妳已經不愛我。」他說著，痛苦地用雙手狠狠搓了下臉。「那次我在法國，我跟妳打電話說要回國時，我就在他住的飯店裡，我跟著妳一路從學校到醫院再到飯店，當我從飯店人員口中得知妳找的是誰時，我明白了，他不是妳什麼親戚……簡安桀，妳跟他在一起是不是？」

是，但那時候還沒有……

我不知道該怎麼跟他說明，但事實上，現在我確實跟他在一起，我不想再徒勞地解釋，於是選擇沉默。

「簡小姐。」有人叫我。

我轉頭看向五公尺外，不知何時停著一輛黑色車子，以及站在車門旁的司機。

「我也真是蠢，妳回國，是跟那位席總一起回的吧？我看到妳回來，還以為……」他嘴角帶著明顯的自嘲。

「簡小姐，席先生讓我接妳回去。」那位司機又畢恭畢敬地說了一句。

葉藺的笑意味不明。「妳信不信他就坐在車裡看著我跟妳？」他說完突然上前一步將我抱住，他的鼻息在我耳邊掠過，說著我才聽得到的話：「我現在吻妳，妳說他會不會也像我這般痛苦？」

我要推開他，但女人的力道始終敵不過男人，我以為他要吻下來的時候，他卻霍地拉開我後頸的衣領。「這些吻痕是他留的？」他陰沉地笑了。「你們已經發展到這地步了？」

「葉藺，你先放開我。」

「我說不呢？我不介意妳已經——」他說著在我肩膀上咬了一口，我痛得「嘶」了一聲。

他咬完就放開了我，目不轉睛地看著我，嘴脣勾著笑，但眼底卻是一片黯淡。

這時車上的人走了下來。

我閉了閉眼，這地方好像永遠跟我犯衝，我一回來就身心俱疲。

葉藺依舊看著我。「我要重新追求妳。」

席郗辰已經走過來，拉起我的手就走。

葉藺在我身後說：「簡安桀，我不是為了妳才自殺，我只是覺得這日子過得太沒勁了，我是看不順眼我自己。」

我知道他又在說些弄虛作假的話，我忍不住要回頭，但席郗辰用了點力把我攬到他胸前，然後把我塞進了車裡，他之後也坐了進來。司機上車後他直接吩咐：「開車。」

我突然有點惱他這種獨裁。「我要下車。」我說，語氣卻很冷靜。

席郗辰握在車門把上的手指青筋暴露，他依然對司機說：「開一百公尺後停車，把鑰匙給我，你下車。」

司機應了聲是，我聽著不由咬了咬牙。

等司機下去後，我說：「葉藺他什麼荒唐事都做得出來，我——」

他把我猛地拉向他，我因驚訝而微張的口瞬間被封住，過於急躁的進攻掠奪，好似要證實什麼。

我只是想確定葉藺不會再做蠢事，如果這些蠢事是因我而起，我難辭其咎。我想好好跟席郗辰說，他卻好像害怕提及。

等吻結束，他看著我，眼神慢慢柔和。「我真恨妳的心軟。」

我輕聲道：「我不是心軟，我只是不想再在自己身上背負什麼債。還有，郗辰，我現在很清楚自己情感的歸屬，你不該對我這麼沒有信心。」

他抱住我，深深嘆了一聲：「事不關己，關己則亂。」

那天當我最後折返回去，葉藺卻已經不在。

第十二章

我們在一起

陽光由窗紗中穿透射入，我坐起身環顧四周，黑、白、藍為主的簡約裝修，我想起昨天席郗辰帶我來的是一幢位於市中心的高層公寓，之後我在他幫我放水洗澡的時候，就在沙發上睡著了。

我下床走進浴室，看到裡面準備齊全的洗漱用品和女生衣物，不由笑了。這次我沒把行李從上海帶過來，想速戰速決的，然而事情卻總是比我想得要多。

等我穿戴整齊向房門口走去，手剛放上把手，隱約聽到客廳裡傳來交談聲。

「今天，那孩子應該會回簡家……」

「你簡叔找了林玉娟出馬，她媽媽的話她到底還是聽的。」

「郗辰，你要不要也回去一趟？」

片刻的靜默後，是席郗辰的聲音：「我會過去。」

我轉身回到床上，沒過多久又想睡了。昏昏沉沉間我感覺一旁的床陷下去一些，身後的人將我擁入懷中。「起來吃早餐。」

「不餓。」

「吃一點，胃會舒服。」

我還是閉著眼，淡聲問：「她知道我睡在這裡嗎？睡在你的床上？」

感覺他身體僵了下，我回身伸手環上他的頸項，席郗辰微愣，低頭吻住我。

臨近中午時我離開了席郗辰的住處，我不要他送，自己坐計程車走，他也沒有問我要去哪裡。

我到了簡家，時節入秋，院子裡的花草都已經枯黃，沒有生氣地垂下。

這裡我本來發誓再也不踏足，從拉開鐵門起至走到屋簷下的每一步，我都默念一句「以後再不為難自己」。

我按了門鈴，傭人來開門，看到我沒有一點驚訝，領我進去。

客廳裡，有簡震林、沈晴渝以及一些不認識的人。

簡震林看到我，由沈晴渝攙扶著手臂站起來，一向嚴肅的臉上滿是笑容。「回來了就好，回來了就好……」

我暗暗握了握拳，阻止自己在人前示弱，只是，不爭氣的胃從踏入那扇鐵門開始就一直抽搐，早上喝下的白粥現在看來也起不了多少作用。

沈晴渝朝我招手。「安桀，別站在那裡，過來啊，今天算是巧，妳的幾位世伯都過來看妳爸爸。」

「小姑娘都長成亭亭少女了，我是寧伯伯，還記得嗎？」

我沉默不語，沈晴渝笑說：「我們家安桀這幾年一直在國外讀書，怕是早不記得您老了。」

「這一代的年輕人都喜歡往外面跑，一樣，我家那兔崽子在美國待了三年，一年回一次，回來連叫聲爸都生疏了。」

「寧公子那可是有為青年哪。」沈晴渝誇獎。

「有為什麼，現在畢業了，整天無所事事，二十八歲了還一點都不可靠。要我說你們郗辰才真得我心，我那不肖子要有郗辰一半能幹，叫我少活幾年我都甘願。」

另一位長者也連連點頭。「郗辰是我見過最有遠見和魄力的年輕人。」

這時又有門鈴聲，我心裡清楚是誰。

席郗辰走到我身邊，朝裡面的人微微頷首。

沈晴渝笑說：「郗辰來了，兩位伯伯剛才還在誇你呢。」

簡震林看著我，眼中有歉疚。「安桀，過來給伯伯們打聲招呼吧。」

「簡先生。」終於，我開口。「重複的把戲一再玩，難道你不覺得膩嗎？」

「安桀！」沈晴渝沒料到我會這麼說，驚叫出聲，不過下一刻又馬上緩下口氣來：「怎麼可以這麼跟妳爸爸說話？」

「晴渝。」簡震林拍了拍沈晴渝的肩。「是我們對不起她，我們對不起她……」

「震林，小沈，你看你們，連跟孩子都要這麼認真。安桀，寧伯伯給妳當靠山，別怕啊。」

「如果沒有其他事情，那麼麻煩簡先生告訴我母親我已經來過。」

我正要轉身，沈晴渝氣惱的聲音傳來：「妳這孩子怎麼回事啊？」

「她好不容易才回來，晴渝，妳就忍忍。」簡震林說。

忍？對我是忍那又何必叫我回來？忍？呵，我對你們又何嘗不是？

「小沈，我可是很喜歡這孩子的，妳別為難她。」

「寧老！唉，罷了罷了，反正我這後媽在她眼裡註定是壞人。林媽，開飯吧！」

開飯？我想，我應該沒必要再留下來了。只是還沒等我轉身，身邊的人就抓住了我的手，十指交纏。

「你們……」沈晴渝最先反應過來。

「我們在一起了。」席郗辰的聲音是一貫的波瀾不驚，聽不出什麼，只是緊拉著的手宣示著一份明顯的占有。「她要來這裡，我不會阻止。但她要走時，我會帶她離開。」

沈晴渝的臉色有些尷尬。「郗辰……你、你在亂說什麼？她是你妹妹！」

「血緣上並沒有關係。」

簡震林也錯愕不已。「郗辰，你跟安桀……」

「如果她願意，我會娶她。」席郗辰說得很平淡。

「你們，你們怎麼會……簡直是亂來！」簡震林險些站不穩。

「簡叔，你明知道她自閉、內向、怕生，還堅持把她送出國，這叫亂來。你如今為了自己的事業，又想利用她，這叫亂來。」

「什麼？」

「以後她歸我管，別再傷害她。」席郗辰的語氣有了幾分絕情。

席郗辰轉向我，伸手摸了下我的額頭。「臉色有點蒼白，胃不舒服了？」

「……有點。」

「那我們早點回去？」

「……嗯。」

我不知道在這群目瞪口呆的長輩面前，他怎麼還可以如此坦然？

「夠了！安桀妳過來！郗辰，我一直器重你，你可真對得起我！」

「因為你是安桀的父親，所以我尊稱您一聲簡叔。」他的話說得彬彬有禮。

簡震林臉色鐵青。「簡叔？我怕我現在承受不起你這聲簡叔！」

「非法集資，偷稅漏稅，簡叔，還請你好自為之。」

在出門口時，席郗辰又回頭。「對了，簡叔，你一直想要分一杯羹的我名下的那些產業，很早以前我就找律師寫了一份合同，只要簡安桀願意在上面簽字，我的財產都將屬於她。」

傍晚的微風帶著點涼意，但不至於冷，我側身躺在陽臺的躺椅上，看著護欄外的天空。至此，終於塵埃落定了是嗎？

身後的人拉高了一點我身上的毛毯。「睡著了？」

「沒有。」我輕聲道。

「安桀，妳會不會怪我？」他繞到我面前坐下。

我仰起頭看著他，眼前的人內斂深情，我到現在都想不通，他樣樣好，為何會喜歡這麼不好的我？

「怪你什麼？」

「怪我自做主張地公開了我們的關係，還是在那種情況下。」他問得小心。

我情不自禁地抬起手撫向他垂在額前的幾縷黑髮，然後手下滑，覆住那雙深邃的黑眸。

「席郗辰。」我呢喃，如果承認，可以讓他安心，那麼——「我愛你。」

大概有十秒鐘的時間，他的身體沒有任何反應，而後他激動地拉下我的手，俯下身，吻窒息而來，吸吮糾纏。

我知道，從這一刻起，有些東西改變了，也許早已改變，從那條地道開始，從那句「安桀，我愛妳」開始，從「十二年夠不夠」開始。

最終毫無疑問地演變成一場狂亂性愛，夜幕降臨，只能淪陷。

翌日清晨，我迷迷糊糊聽到手機鈴聲，很熟悉的音樂，伸手摸到那支擾人安眠的手機附到耳邊接聽。

一道陌生的男音響起：「Elvis，您應該沒忘記今天九點有會議吧？但現在已經八點五十分了，我還沒在公司見到您的人。」

「你是——」事實上我的腦子還處於半昏睡狀態。

對方明顯愣了一下。「對不起，請問……席郗辰先生……」

這話差不多讓我清醒了大半，竟然接錯了電話！

這時身後傳來低沉的笑聲，我回頭就看見席郗辰一隻手撐著下頷，有些潮潤的髮絲貼在鬢角，凌亂的被單蓋著下身，淡笑地看著我，也不知醒了多久。

我將手機遞過去，他接得相當散漫，講電話的聲音更是帶著股漫不經心：「我是席郗辰。」那邊似乎說了什麼，他輕揚嘴角，看著我。「我床上有女人很奇怪嗎？」

接下來沒談幾句，手機就被席郗辰掛斷，之後他將我攬抱過去。「醒了？」

他絕對是故意的。

他的手撫摸著我的腰身，深邃的眸光漸漸熾熱起來，我有些心慌。「你不去公司嗎？」

「去，等一會兒。」嘴上這麼說著，溫熱的手掌卻伸向我的大腿外側輕輕摩挲著，點點輕吻落在我身上，我無法克制地逸出一聲嘆息似的呻吟。口中被熱源強烈進攻，頭腦開始昏沉，所有抵擋宣告無效。

情慾傾瀉而出，我疲憊地閉上眼睛，餘韻久久震盪不去。

「安桀……」

我睜開眼，身邊的人俊雅的臉上有著不可多見的緋紅。而我想我沒比他好多少。

我身上痠楚麻痺，最終只能任由他將我抱著進入浴室洗澡。

這天之後我被席郗辰帶去他的公司，本來我打算去找朴錚，但他卻說晚點陪我一起去，我想，讓朴錚知道我目前的情況也好，免得他總擔心我孤苦伶仃。

從大樓地下車庫的電梯直接到了他的辦公室。席郗辰從書櫃上抽了幾本畫冊給我。我翻了一下竟都是我喜歡的幾位畫家，我之前還擔心在他工作的地方時間該怎麼打發，他倒都幫我想好了。

我坐到沙發上剛要翻看，就有女士敲門進來。「席總，年經理來了。」

「讓他進來。」席郗辰剛把外套脫去，一身深色系襯衫襯得他精瘦挺拔，俊逸的面部輪廓，梳理筆挺的黑髮，貴胄氣質顯露無遺。

「結論是什麼？很完美？」他側過身來正對著我，笑容漾開。

我瞇了瞇眼，低頭翻了一頁畫冊，臉上浮上些許臊意——這男人，從某種意義上講，是有點雙重性格的。

「聽說總裁辦公室來了一位『貴客』？」一名男子笑著走進來。「哀鴻遍野啊，Elvis，愛慕你的女員工都在哭了。」

「別亂說。」席郗辰走到辦公椅後坐下。「會開好了？」

「您不在，只能由我主持大局了。」男人轉頭看到我，馬上走過來朝我伸出手。「很榮幸見到妳。年屹。」

我只是點了下頭，沒有伸手相握，對方也不介意，還跟我開起了玩笑來：「我一直以為Elvis不是同性戀就是有隱疾，小姐，感謝妳讓我消除了對上司諸如此類的不友善想法。」

「原來我是你的上司。」席郗辰拿起鋼筆，修長的手指夾著黑金色的筆，敲了一下桌面。

「實話實說是我唯一的缺點。」年屹低嘆，忽然想到什麼，又問我：「對了，妳以前是不是……住法國的？」

「呃？」我一時反應不過來，慢一拍地點了下頭。

「果然沒錯。」

「我倒不知道，原來你有當記者的潛力。」席郗辰靠向椅背。

「潛力是要靠機緣來發掘的。」

席郗辰一笑，淡淡說道：「海外事務由方華一人管有些吃力，你要不過去幫她忙？」

年屹舉手投降。

這時，之前那位女士又進來給我們每人奉上了一杯綠茶。我道了聲謝，她跟我笑笑說：「還有什麼需要隨時吩咐我。」

席郗辰明明沒有跟他們說明我的「身分」，他們卻好像已經認定了我是他的誰。

之後我聽席郗辰跟年屹說了會兒公事，直到後者說：「今天好像沒什麼大事……咦？葉藺？」

我心一跳，但馬上又平靜了下來。抬頭看去，年屹正拿著一份報紙在看。「這人我見過兩次，人挺張狂的，他今年拍了一支香水廣告後知名度躥升不少，快成魅尚的首席模特兒了吧？什麼新聞放這麼大版面？原來是自曝戀情。」

席郗辰皺了下眉頭。「你什麼時候也對八卦感興趣了？」

「席總，這怎麼說也是我們的報紙，還有自家的藝人。」年屹又說：「這麼大膽的示愛……簡安桀？簡安桀，who？圈內人士嗎？」

忽然想起葉藺上次說的那句話，這種事他是會做出來的，我只能嘆息。

等年屹一走，席郗辰就過來抽走我手裡的畫冊，抱起我坐在他身上。

我有些不自在，他卻一派自然。「妳剛在想他？」

「嗯。」我不想對他撒謊。

「想他什麼？」

「我在想，他後面還會做什麼。我不希望他失望、難受，可我已經無法再回應他。」

他沉默，我說：「你在意我的這段過往？」

「我說不在意妳信嗎？」席郗辰輕輕出了一口氣。「他擁有了妳六年。」

「這算是怨言嗎？」

「我不想否認。」他在我脖子後方吻著。「妳要怎麼補償我？」

「……」

最後是被他帶去吃了燭光晚宴。

布置浪漫、情調十足的西餐館，人不多，席郗辰跟我坐的是雙人桌。

他臉上帶著微笑，眸光柔和。「我們還沒在國內正式約會過，這是第一次。」

「要慶祝嗎？加一杯香檳？」我展顏詢問。

「不，妳忘了，妳不能喝酒。」

我嘆了一聲。「席郗辰，你讓我覺得，自己彷彿陷入了一個再也爬不出去的陷阱中。」

「那麼，簡小姐，我必須告訴妳，我也在這個陷阱裡面，並且，不想出去。」此刻，他的眼神顯得深情款款。

我低頭，迴避開了那道視線。

席郗辰一笑，叫來服務生點菜。聽他報出的菜名，我又有些不可思議。「你到底對我有多瞭解？」

「簡小姐，我暗戀妳十二年了。」他從菜單中抬頭，語調淡淡，卻直接也誠懇。

女服務生微紅著臉離開。我再度無言以對，轉開頭時卻見到了一道熟悉的人影，而對方也看到了我。

「簡安桀！」莫家珍跑過來。「小迪說妳回國了，我還當她開我玩笑呢。」

前天碰到林小迪，今天碰到莫家珍，我不由得看對面的人，他頗無奈地拿手揉了下額頭。

此時家珍也注意到了坐在我對面的人，立刻滿臉「驚豔」道：「這位是？」

「席郗辰，我——男朋友。」我遲疑了一秒後回道。

莫家珍雖詫異，但也不忘禮貌地朝他點頭致意。「呃，你好。」倒是從沒見家珍對別人這麼矜持過。

席郗辰微頷首。

家珍擠對我道：「安桀，妳的保密功夫做得可真好。之前我們還以為妳會跟葉……」意識到一旁的席郗辰，忙改口：「你們這次是回國來探親嗎？」

我一時不知該怎麼說，席郗辰幫我開了口：「她回來看我，過兩天就走。」

莫家珍好奇道：「你們是遠距離戀愛啊？」

席郗辰淡淡地說：「暫時。」

席郗辰天生給人一種疏遠感。我看家珍都有些不好意思再開口，便道：「家珍，妳來這邊是？」

「哦，我幫老闆拿檔案過來，他在這邊跟人談事情。」家珍說：「妳不說我都給忘了，老闆趕著要呢，那我先過去了。安桀，我們回頭電話聯絡，如果妳在國內待的時間久，一起吃頓飯哈。」

「好。」

結果沒多久，家珍就發了簡訊給我：「妳男朋友太帥了！說真的，比葉藺還有型。他幹什麼的？看起來超有氣勢超有架子。」

我笑著搖頭，對面的人問：「什麼事讓妳這麼開心？」

「沒什麼。」

下一刻席郗辰突然起身拉住我的手往走廊上走去。

「怎麼了？」

須臾被他帶到一處有屏風掩護的幽閉位置，正想抬頭詢問，火熱的脣重重貼上，溫柔中帶著股強勢力道。

等吻結束，我喘息著問：「我能問為什麼嗎？」

「沒有為什麼，一直在這麼想就做了，妳也可以當它是飯前的甜點。」他輕聲訴說。

想到家珍的話，我只能嘆息，眼前這人在外人跟我面前，還真是天差地別。

第十三章

我不會離開你

我以為這一次離開這裡前不會再發生什麼，結果在當天晚上去朴錚那的路上，我就接到了一通電話，是楊亞俐用葉藺的手機打給我的。

她說葉藺的妹妹剛才進了急診室搶救，葉藺在趕去醫院的途中出了事故。

我握著手機的手漸漸冰涼。「他怎麼樣？他妹妹呢？」

楊亞俐的聲音不太客氣：「還活著，他妹妹也救活了，我打妳電話，是因為他昏迷不醒還在叫妳的名字。市立第一醫院，妳愛來不來。」

掛斷電話，我久久說不出話，身邊的人已將車停到旁邊的車道上。

「郗辰，我得去趟醫院。」

他沒有說什麼，重新發動了車子。

在醫院找到楊亞俐，因為是晚上，周圍沒有多少人，她坐在椅子上低垂著頭。我走過去，她抬頭，泛著血絲的眼睛看著我。「簡安桀，沒想到妳還挺有情有義。」她說著站起來，冷笑了兩聲。「我以前讓妳走，別再出現在他面前，我以為一直等著，他總會回頭來看看我，但我發現我錯了，在他心裡，妳給他的愛才是刻骨銘心的，我的等待從來就是一文不值！可悲的是，他為了妳自殺，妳卻在國外逍遙自在，簡安桀，妳根本不懂什麼叫愛！」

這種說辭讓我不由深深斂眉。

「楊小姐，請謹言慎行。」這時冷淡的嗓音響起。

楊亞俐終於看到我身後的人，表情明顯一滯。「席郗辰？」下一秒像突然明白了什麼。「原來是這樣，原來如此！」

「這裡是醫院，還請楊小姐注意場合。」波瀾不驚的語調，席郗辰攬住我的腰要帶我往前走去。

「席先生，怎麼，你是怕我說什麼嗎？」楊亞俐的口氣突然決絕起來。「你的目標一直都是她，我竟然沒想到，席先生，要論居心叵測，真是誰都比不過你。」

這句意味深長的話讓我抬頭看向身旁的人，他的臉色冷凝。

「簡安桀，妳知道，葉藺一直很缺錢，但他沒有用過我一分錢……五年前他妹妹病情惡化住了院，有人突然來找我，我媽是在電視臺上班的，那人是電視臺長官帶來的，說讓我幫忙出面讓葉藺簽一份合約，簽他當藝人，只要簽了約他就能拿到一百萬，以後收入也跟公司平分，合約期八年，而合約裡還有一條規定，前五年不能出國。葉藺信得過我，他簽了……是，我也有私心，我不希望他出去。但我以前認為席總會為一份合約不惜自己親自出面找上我，是因為事關親人，不想葉蘭拖累簡家大小姐，卻沒想到比我更有心！席總，你真是厲害，真有先見之明，知道五年後你妹妹會被你追到手？」楊亞俐看著我，滿眼嘲諷。

我發現自己有點顫抖，我已經理不清楚那到底是什麼感覺！

席郗辰的手覆上我的手背，有點涼。

「楊亞俐，妳說的是不是真的？」我顫聲問。

「妳何不直接問他？」楊亞俐冷笑。

我轉身看向席郗辰，他臉色陰鬱，眼中是全然的無波，無法解讀絲毫。

「席……」

「妳──問我，是嗎？」他的神情也肅穆起來。

「我想知道。」我說得異常平靜。

席郗辰放開我的手，當冰冷撤去時竟讓我的心口隱隱一痛。

他的眼中黑不見底，黯然一笑。「是。」

這裡是醫院，我不想在外面跟他討論更深的話題，我低聲道：「我去看他，你先回去。」我想之後再跟他談。他卻在看了我好一會兒後，突然轉身就走。

我張了下嘴，終是什麼都沒說。

「葉蘭如果出什麼事，我這輩子都不會原諒妳。」這是楊亞俐離開醫院前說的最後一句話。呵，她不原諒我，她又算什麼呢？我虛笑著走到病床前，看著面容慘白的葉蘭，他躺在那裡，滿身是傷，呼吸微弱，好像只一瞬間就會消失一般。

我去看了葉藺的妹妹，我印象中她一直是葉藺當年跟我描述的樣子，胖胖的，很可愛，笑起來的時候還有酒渦。但眼前的女孩，瘦骨嶙峋，毫無生氣。

護士告訴我，她患的是一種慢性自身免疫性疾病，因神經、肌肉間傳遞功能有障礙而引起，以前還能出院回家住，這一次惡化後，恐怕要一直住院了。

之後的一天，家珍和還在大陸的小迪一起過來，我無力多說什麼，朴錚來時，他輕輕摟住我，眼裡盡是心疼，他之後又回去給我帶了些我留在他那邊的換洗衣物過來。

接下去的日子，我一直陪著葉藺，等著他恢復意識，等著他醒來。期間他父母來了一次，之後再沒有來過。

我待在醫院這幾天，我知道有人在暗中幫忙，醫院的事，警察局來瞭解情況，一切的一切，我知道有人在幫我處理，不是他，但，卻是他派來的。

五天過去了，葉藺依然沒醒，我一晚沒有睡，因為白天時醫生跟我說他再不醒來可能會有危險。天還沒全亮，我走過走廊，走到外面門口的臺階上坐下，抬頭望著依然有星星的天空，深深吸了一口氣。

突然聽到一陣慌亂的腳步聲，看見醫生和護士向東邊的加護病房跑去，心口一窒，我略顯不穩地站起來，跟著跑過去——那是葉藺的病房。

我被護士攔在外面，只能站在玻璃窗外看，只看到一群穿白衣的醫護人員圍著病床檢查著、忙亂著——

慌神間，我似看到了一雙猶如星辰的明亮黑眸……

葉蘭醒來兩天，恢復狀況良好。

「醫生說，你現在只能吃流食。」

「我嘴裡都淡出鳥來了。」葉蘭啞著聲不滿道。

「等會兒推你去醫院的小花園裡逛逛？」

「那還差不多！」

行人來往的花園小道上，我們一路過來，不知是不是我敏感，總覺得有不少目光聚焦在坐在輪椅上的人身上，最後竟然有人跑上來一臉興奮地要求他簽名。

我驚訝不已。

葉蘭笑得驕傲。「我是明星嘛。」

「你不只是模特兒？」

「錯，是名模！」

葉蘭妹妹的病情這幾天很穩定，他醒來第一天就去看了，他跟我說了很多他妹妹的事，說她怎麼堅強、怎麼勇敢。我靜靜地聽著，看著他，看著躺著的葉淼，忍不住紅了眼睛。

這天傍晚朴錚又過來一次，看到我就上來抱了抱我。

「他這兩年壓力可能真的很大，所以之前才會……」朴錚頓了頓，語重心長地說。「明明兩人是相互喜歡的，怎麼老是要鬧彆扭呢？多遷就遷就他，葉蘭這人雖然表面上看上去挺不正經的，但心思是細膩的，對妳，他真的挺……安桀，不管怎麼樣，哥只希望妳過得幸福。」

「我會的，哥。」我吸了吸朴錚身上的陽光味，只能這樣說。

送走朴錚，我推開病房的門進去，看到葉蘭坐在那，垂下頭，看著自己的指尖。

「怎麼了？無精打采的。」我走過去問。

「妳還是要回到他的身邊是嗎？」燈光在他的睫毛下留下一片陰影。

「葉藺。」我坐到床沿，輕輕擁住他，喃喃道：「我永遠在乎你。」

他伸手將我抱住，很緊，很緊。

我洗了把臉，從洗手間出來，還沒走到葉藺病房門口，就看到幾名西裝革履的男士站在東邊的走廊上。似乎是一種本能，心裡隱隱有點不寧靜，腳下沒有停，我快步走過去。

「……好好休息。」低沉的聲音從裡面傳出。

腳步硬生生滯住，下一秒砰的一聲，與迎面走出來卻頻頻回頭看的護士擦撞，托盤上的藥物針劑掉了一地，幾乎同時，病房裡所有的人都往這邊看過來，我終於知道什麼叫「眾矢之的」。

看了眼護士漲紅的臉，我俯身下去撿地上的物品，她一怔也忙蹲下來幫忙。「對、對不起。」

我牽強一笑。「是我突然停下來。」將托盤遞給她。

「簡安桀，妳過來。」葉藺朝我伸手，滿面笑容。

我起身走過去，與那道身影擦身而過。

「簡安桀，渴了，幫我倒杯水。」

我走到桌邊倒了杯水，遞過去的動作稍顯躊躇。

「放心，我不會讓妳餵的。」葉藺扯脣一笑，拿過水杯喝了一口。

「啊，忘了介紹，我公司的幾位上司。」空著的手指了指房中的那幾個人。

「原來妳就是那位『簡安桀』。」這是年屹含笑的渾厚嗓音。

我無奈地轉過身。「年先生。」

「妳直接叫我年大哥我也不介意。」年屹說著，看了眼他旁邊的人。

我感覺到那人的視線從我身上淡淡滑過，然後轉向別處。

「有一位出手闊綽的老闆就是好，不做模特兒了也能照樣拿薪水。」葉藺的聲音從身後傳來，爽朗中帶著三分桀驁。

「是啊，小夥子，你的確應該好好感謝一下你的老闆。」年屹八面玲瓏地道。

「年總經理，我這不是剛才都感激得誠惶誠恐了嘛。」葉藺談笑自若，說完拉住我的手，把我一把拉坐在了床鋪上。「妳擋住我的視線了，看不到前面。」

「力氣恢復了不少。」我說。

「主要是某人照顧得好。」他無所顧忌地說著自己想說的話。

我不再接話，眸光看到不遠處那隻骨節分明的手，手掌慢慢握緊。

「走吧。」他依舊是淡然從容的姿態，但開口的聲音卻是冷如冰霜。

年屹點頭。「是，老闆。」

孤傲的身影率先走出病房，沒有任何的拖遝和遲疑。

等病房裡只剩下我跟葉藺，他開口：「妳生氣了？」

我不知道為什麼老是有人問我是不是生氣了。「沒有。」

「就算妳生氣現在也不會跟我說了吧？」

「休息吧。」我走過去，幫他拿出幾粒藥。

「妳明知道我現在根本就睡不著！」

「那麼，你想聽我說什麼？」我側過身看著他。「是，我是不大高興。」

葉藺的表情很受傷，眼睛裡有著幾分淒涼。「妳要去找他了？」

我低下頭，看著指骨間滑動的藥片。「是。」

「如果我不問，什麼時候？」

「傍晚就會走。」

葉藺頹然靠到床頭，前一刻的氣勢這一刻已經完全泯滅。「妳走吧。」

「先吃藥。」

「我又死不了！」

「吃藥吧。」我堅持道。

葉藺突然笑起來。「反正要走的，那麼乾脆現在就走好了，免得我看著就心煩！」

我嘆息。「葉藺。」我看著他，眼神很認真，語氣也很認真：「我說過的，很久很久以前，我就跟你說過——」我撫上那頭柔軟的黑髮。「當我愛上一個人的時候，我就會全心全意地愛他……我永遠不會先背叛愛我的人……葉藺，我現在愛的是他。」

當我帶著滿身倦怠走出病房時，手機響了，上面顯示的名字讓我沒有多想便按下接聽鍵。

「簡小姐——」電話那端傳來的聲音卻不是他的。「我是年屹。可以談一談嗎？」

「你說。」我壓下失望，淡淡開口。

「簡小姐，我比 Elvis 年長幾歲，認識他多年，他在工作上幾乎無往不利，但對感情的事卻很不擅長，他可能把愛情當事業在做。」之後他有些鄭重地說：「他以前幾乎滴酒不沾，現在每天晚上酒不離手，這樣下去人遲早會垮掉的，不管你們之間……」

「年先生。」我平穩自己的呼吸。「你多慮了。」

剛掛斷，手機便從我手裡滑落，摔在了地上。

我聽到自己焦急的腳步聲在走廊裡響起。

當我拉開他房間的門走進去，房間裡有酒味，但不濃。厚重的三層窗簾遮去了外面所有的亮光，只有床頭一盞助眠的壁燈開著，光線微弱，照著坐在床尾的人，背對著光的面容模糊得像蒙著一層神祕陰暗。

我向那道人影走去，在他面前蹲下，他緊閉著雙眼，嘴脣嚴抿。

「郗辰。」

他身體僵了僵，睜開眼，我無法確定這雙眼睛在看到我的剎那湧現出了多少情緒，痛苦、錯愕、狂喜……

我伸手，手指輕輕滑過他的臉頰，伸至後頸等他睜開眼，慢慢地將他摟進自己的雙臂間。

「安桀，安桀，妳怎麼可以這麼對我……」

「我是不喜歡你的一些行事風格。」我想跟他說明白這一點，我不喜歡，我也希望他以後別再這樣，但我不會離開他。

但席郗辰卻抬起手臂將我用力拉開，重重的吻纏吮上來，帶著痛苦以及深深的挫敗，貪渴地侵入，吞噬我的舌與其繾綣翻騰。

他嘴裡的酒味讓我難受，下意識的掙扎使得橫在腰間的手臂收得更緊。

他在我的身上點燃灼熱，他清楚地知道怎樣讓我無從反抗。唇密集地落在我的頸肩與胸前，他開始胡亂地拉扯我身上的衣物。

「等一下，席郗辰！」意識到再這麼下去可能真的無法停止了，而外面那位年先生在我進來房間時還在！

但是席郗辰完全沒有停下的跡象。手掌毫不留情地攻城掠地，伴隨著迷亂的熱吻，電流擴散至全身，再無心反抗。

混亂的氣息、敞開的衣衫、傾巢而出的慾望，我知道此時再也沒有什麼能夠阻止這場激情的蔓延，也不能阻止。很快，在這片昏暗的天地間，只剩下耳鬢廝磨、輾轉承歡。

夜間轉醒，口有點乾，我想爬起來喝水，才一動，環在腰上的手臂立刻收緊，我開了床頭燈，抬眼看身邊的人，他深皺著眉，睡得很不安穩。我的胸口忽然有些揪痛，伸出手攬向他的後背，一下一下安撫著。

睡夢中的人漸漸放鬆了僵硬的身體，猶如釋然的輕聲嘆喟逸出：「安桀。」

我隔天醒來，剛想起身，束在腰身上的雙臂便緊了緊。「別動。」他靠在我耳邊滿足地嘆息。「再陪我一下。」

我沒動，又聽到他說：「妳說，妳不喜歡我的作風，而不是不喜歡我？」

「嗯。」

他低下頭親我的額角。「好，我會改。」

在確定我的態度後，他開始跟我坦白一些事，好比他對葉藺做的，出於私心，也出於幫助，但私心大過於幫助。而我不能責怪他什麼，因為他所有的私心都出自於我。我很多時候都會想，自己何德何能才能讓他護我這麼多年。這次我明明白白地問他，他說他又何德何能換我點頭回應。

也許感情就是這麼回事，不問出處不問緣由，若有情，天涯也咫尺；若無情，咫尺也天涯。

只是沒想到我們「互訴衷情」後，沒多久就又「吵架」了。

葉藺的醫院裡留了我的號碼，所以次日當我接到醫院打給我的電話說葉藺不見了時，我又不安了。

我不知道怎麼跟席郗辰開口，他卻已經說：「我帶妳過去。反正妳這輩子是跑不掉的。」

我去醫院瞭解情況，護士跟我說葉藺這狀況還需要留院觀察一段時間，這樣貿然失蹤可能會有危險。而他的手機和錢包都留在醫院裡。

我坐在醫院的椅子上想了很久他可能會去哪裡，回過神看到席郗辰蹲在我面前，我的腿上蓋著他的外套。我猛然想到什麼，剛起身，但是腿一麻又重重地跌坐回去。

「小心一點，怎麼樣，痛不痛？」他扶住我。

我下意識地推了推。「沒事。我去找他，我知道他可能在哪裡了。」

感覺身邊的人一下子沒了動作。「妳能不能在意一下我？」身側傳來的聲音含著苦笑，他的手仍未鬆開。我看向席郗辰。「郗辰，我必須去找他，確保他沒有事情。」

席郗辰竟然笑了笑，他鬆開手。「妳很清楚如果妳要走，我根本阻止不了妳。」

「你怎麼了？」

「妳說呢？」他稍扯嘴角。

「你話中有話，你在想什麼，你究竟想說什麼？」我有些生氣。我們已經那麼開誠布公過。

他凝視我，帶著一分不平和。「妳讓我不安，安桀，妳念舊，你們有感情基礎，這一切都讓我不安——」

我打斷他：「我以為我們之間不應該再有什麼誤會了。」

他坦白道：「是，我們之間沒有誤會。可是，妳身邊的一點風吹草動都會讓我不由自主地草木皆兵。安桀，就算他真去尋死又怎麼樣？跟我們有什麼關係？」他的手指輕觸我的臉。「妳從接到那通電話起臉上就寫滿了他，他在哪裡？他有沒有傷害自己？他有沒有可能自殺？」

我忍不住嘆氣道：「郗辰，你不能要求我跟你一樣，我學不來你的徹底無情。」

「原來在妳眼裡我是徹底的無情。」

我有些倦。「我不想跟你爭論這些東西。我也不想一再強調我們需要信任。」我有些許不被信任的不悅，明明才剛和好……

「妳的話讓我覺得自己像是在無理取鬧。」他澀然道。

我頓了一下，終是笑出來。「你知道就好。」我知道他不喜歡看到這樣的我，但是，就像他說的，我跟葉藺有感情基礎，我不可能因為沒有了愛情就不顧他的生死。

我不知道情侶吵架了該怎麼應對。「也許我們需要給彼此點空間？我去找朋友幫忙找，你去忙自己的事吧。」

席郗辰看著我，未置一詞。

林小迪還在這邊，所以我給她打了電話，剛好是週末，她有空，二話不說就出來了。之後兩天，我陸續把想到的地方都找了，卻一無所獲。

第三天下午我跟小迪在一家咖啡館休息，小迪說：「葉藺這人嘴巴賤行為賤，這種人絕對比任何人都要活得久的，我猜那小子估計就是看中妳重情這一點，在那沒事找麻煩欺負妳。」忽然小迪看著我身後方叫出來：「那不是『學長』嗎？」

我往後看去，正是席郗辰，他好像沒有看到我們，正要結帳出去。但我知道，他一定是跟著我來這兒的。

本以為這件事上他會對我完全置之不理了。這兩天我住在朴錚那裡，跟他只用簡訊交流，他問我吃飯沒，睡了沒，我就據實以答，但沒有見面，我不知道這算不算是正常的冷戰程序。

「成熟穩重、英俊瀟灑，簡直是我二十五歲以前的夢中情人。」

我無奈搖頭，心想：他鬧起情緒來可完全沒有什麼成熟穩重可言。

「可惜名草已經有主，妳說這種金貴男人幹麼這麼早就把自己定下來？」小迪滿臉惋惜。

「上一次在包廂裡，妳走之後，他坐了會兒也走了，我原本想上去叫聲學長套套交情，結果人家趕著回家。」

我忍不住轉移話題道：「妳的工作怎麼樣了？什麼時候回臺灣？」

「事情其實都忙得差不多了，就這幾天吧，在等主管發話。妳呢？何時飛芬蘭？」
「不知道。如果要走，我想走之前至少要見到葉藺一面。」
「我看妳為了他的事情累得黑眼圈都出來了。」小迪湊上臉來。「真心疼。」
我喝了口咖啡，只有我自己知道，這兩天不僅僅是葉藺的事讓我睡不好，我道：「等會去朴錚那裡吃晚飯吧？」
「OK！」小迪嘿嘿笑。「老實說我真羨慕妳有這麼好的哥哥。」
回到朴錚的住處，小迪奉著吃人東西手要勤的原則下廚房幫忙，我打了聲招呼就去客房休息，直到小迪來敲門喊吃飯，我才發現自己竟然就這麼趴在床沿睡著了。
朴錚端著菜從廚房出來。「簡安桀，回頭妳洗碗啊。」
「好，不會白吃你的。」我笑，這時候門鈴響起，我返身去開門。
打開大門，眼前站著的人讓我有些意外，但又不是很意外。
他看著我，最後嘆了一口氣，伸手將我攬進懷裡。
「我來投降的。以後妳想做什麼，我都支持，妳想找誰、擔心誰，我都沒意見。」
他的擁抱讓我一下散去了所有悶氣。「你來投降？我的戰利品是什麼？」
「我。夠不夠？」
「才一名俘虜嗎？」我竟然有心情跟他開點玩笑。
「別太得寸進尺。」他將我一把拉到門外，推到牆邊就結結實實地吻上來，我的雙手沒處放只能環住他的腰。

「啊！」小迪的聲音，我和席郗辰同時回過神來。

「Sorry，對不起！我——」小迪慌手慌腳。「我只是想出來看看是誰，對不起！」說完她馬上縮回了屋子裡。

興許是在國外他常常在人來人往的馬路上就吻我一下，所以被小迪撞見，我也只是有一點不自在，沒有特別不適應。

我回過頭來問身旁的人：「要不要在這邊吃飯？」

「如果妳希望的話。」他淡淡一笑，有些可惡。

我的回答是自行進門，他從後面拉住我的手。我們兩人進來時，小迪有心理準備，表情算是鎮定，朴錚可以說是相當震驚的，對於他，我想我要找機會好好解釋一下，但是顯然不是現在。

我進廚房幫忙拿碗筷，小迪立刻跟進來，在我身邊嘴巴張合了半天，最後說：「太刺激了！」

「不用這麼誇張。」

「哎，不是，怎麼說——他是席郗辰啊！」

「那又怎麼了？」我笑著從櫥櫃裡拿出四副碗筷，轉身要往外走。

小迪上來拉住我。「等等，我們再談談！」

我有些無奈。「小迪，我餓了，如果妳要談我們可以去外面邊吃邊談。」

「那種場合下怎麼可能——」

有人敲了敲廚房的玻璃門，席郗辰站在門口，淡笑道：「要幫忙嗎？」

「把這些拿出去。」我抬了抬手上的東西。

他走過來接手，轉身出去。

「哦……」小迪抱住我。「安桀，妳太令我驚訝了！」

當天晚上我在席郗辰的住處接到一通電話，心中一直繃著的那根弦終於舒緩下來。

「簡安桀，在妳心裡，葉藺是什麼樣的人？」

「葉藺……他驕傲，因為他有驕傲的資本，但是這種傲不同於高傲，而是有著少年人的不馴。他容不下別人對他不起，所以他會先一步拋棄對方，來掩飾自己害怕被拋棄的恐慌，就這點來說他自尊自我而脆弱。他很直接，不會拐彎抹角，他從不吝嗇表達自己的感情，不管是喜歡還是憤怒。他勇於去拿自己想要的，些微的希望都不會鬆手，也許他從來不信自己得不到，但是因為他太過驕傲拉不下臉，所以當他得不到的時候，會用惡毒的話來掩蓋自己那些嫉妒、傷心等等的負面情緒。但是他不會算計感情，他頂多利用別人對他的喜歡、愧疚做點小要脅。」

「呵……簡安桀，妳都答錯了，所以，我對妳又沒興趣了，我不想追妳了，這一次，是我不要妳的……別再找我。」

第十四章 回家吧，席先生

去芬蘭的前一天，我在書房看書，聽到客廳有聲音，出去竟然看到席郗辰身邊站著許久未見的簡玉嶙，我微微皺了皺眉，又轉身回了書房。

須臾，席郗辰推門進來，放了一杯蜂蜜水在我旁邊。「再看半小時，然後睡午覺。」他接著轉身對著門口的人說：「進來吧，但不許太吵姊姊。」

我揉了揉眉心。「你可以帶他出去。」

「我要回公司一趟。」他淡笑著俯身輕吻了一下我的額頭。

「喂！」

「我馬上就回來。」他說著就走了出去。

對著面前的小孩，我誠懇地提出意見：「我建議你到外面玩。」

「姊姊……」

「不然，現在就讓司機來接你回去。」

最終是我看我的，他玩他的，倒也不太難受。

「姊姊。」簡玉嶙從外面氣喘吁吁地跑進來。「我給姊姊看照片好不好？以前偷偷發現的，嘿嘿……」他獻寶似的拿出一本相冊。

「哥哥放在很高的地方，我搬了凳子才拿到的。」他踮起腳，伸手比了比高度。

我看他捧著冊子吃力，不得不接過。

我隨手翻開，一張張照片讓我跌入了回憶中。

人不多的廣場上，路邊簡易的咖啡座，我穿著一件灰色的毛衣坐在那裡，目光憂傷地望著大道上的人來人往。

「姊姊，照片後面寫著字，但是玉嶙看不懂……」

我將照片翻過，上面的確留著幾排瀟灑俊逸的鋼筆字。

「三月十七日，晴，她在協和廣場坐了一下午，我不知道怎麼樣去提醒她應該吃藥了，她的感冒一直沒有好。她的頭痛藥醫生不再開給她，她現在自做主張地在服用安眠藥……她身上的每一件事都讓我擔心不已。我無數次地幻想，我走到她面前，對她說，我叫席郗辰。然後她認識我。我照顧她。」

我放下第一張，看第二張照片，我抱著膝蓋蹲在尼斯美術館門口的簷廊下，穿著一件黑色的簡單洋裝，長長的下襬垂到地面上已經被雨水浸溼，我一點都不在意，眼睛一直望著下著雨的天空。

「五月十八日，雨，我開始討厭起這邊的天氣，她沒有帶傘，她從來不懂得如何照顧自己。昨天她的右手被美工刀劃傷，從手腕延伸到拇指，傷口很深，這一段時間裡她的行為很偏激……我擔心，卻無能為力，我希望那些傷口是在自己身上，至少這樣……我會少痛一點。」

第三張，蛋糕店門口我拿著一把雨傘和一盒蛋糕，伸著手挽留屋簷上落下來的雨水，眼裡是明顯的寂寞。

「九月二十四日，雨，她的生日。走到她的面前幫她撐傘，送她回宿舍，然後，對她說：生日快樂。這種場景我無數次地幻想，卻終究只能透過厚厚的雨幕對她說：『生日快樂，簡安桀。』」

第四張，顏料灑了一地，我的眼淚從眼角流下，那一幅只畫了開頭的油畫被撕碎扔在地上，懊惱、委屈、悲傷在我這張臉上顯露無遺，那麼絕望那麼痛恨。

「一月三日，陰。」

後面沒有字，只有一條鋼筆狠狠劃過的痕跡。

……

「怎麼了，玉嶙走後就一直在發呆？」席郗辰沐浴出來，擦乾頭髮，躺上床將我抱起，我伸手環住他的脖子，頭主動靠過去，很近很近。

他做的事真的是很多，的確也不應該這麼吃驚了，只是——

「郗辰……」

「嗯？」

「謝謝你，謝謝你一直在我身邊。」

我主動吻上他的脣。「那些照片送我可以嗎？」

他頓了一下，明白過來，笑容裡有些赧然，伸手把我摟進懷裡。「它們是我最珍貴的日記。」

「你是要跟我談條件？」

他笑了。「既然妳這麼說，妳想用什麼來換？我看看夠不夠分量。」

「我。夠不夠？」

他的手臂緊了一緊。「這可是妳說的，如果——」

我吻了吻他。「沒有如果。」

我想他的神情是有些感動的。

「對了——」我突然想到，於是笑道：「我還看過你那期採訪，電視臺的採訪。」

「……」

我評價道：「衣冠楚楚，談笑得體——假得可以。」

他俊眉一擰，冷靜沉著灰飛煙滅，伸手覆住了額頭，千載難逢的竟然還有些臉紅。「妳竟然有看……真夠丟臉的。」

我大笑地倒在他身上，我曾經在一本雜誌上讀到過一段話：「當男人被打動時，他身上會發生一件有趣的變化，他的焦慮系統讓他有些神經過敏，不要忽視表示他喜歡妳的微妙細節，比如咬嘴唇，或用手按額頭。」

後來，我將這段話抄下來放在他的書桌上，不知道他看了之後是什麼想法？

走前跟親朋好友吃了頓飯，朴錚、家珍、家珍新交的男友以及我。席郗辰那天中午有飯局沒去。林小迪已回臺灣。飯中大家隨意聊了一些話題，也算盡興，那天朴錚只跟我私下說了一句話。

出來時，朴錚有事先走，莫家珍小倆口要送我。

「不用了，真的。」我笑笑婉拒了他們的好意，向馬路對面走去，不忘向身後的人揮擺了下手。「那麼，再見了。」

他站在路邊，背靠著車門，自然而優雅，那雙漆黑迷人的眼眸裡有種顯而易見的笑意，望著我，等著我走近，然後伸出手……

我將手放進他的手心，溫暖的感覺踏實而安定，感到簡單的幸福。

「如果妳覺得這樣幸福，那麼哥也就真心地祝福妳。」朴錚之前說的那句話就在耳邊，而我回他的是：我很好，沒有比現在更好過。

我先去芬蘭，因為席郗辰國內還有事要忙，一時脫不開身。

這年感恩節，我去街上買畫筆，不明不白地收了一堆別人塞來的糖果。回來的路上，我隨意而快樂地將糖果分給有緣在這一刻相遇的小孩。

熱鬧的人群，歡快的節日，慌亂中有人塞給我一束花，我笑著，搖頭拒絕。

手機鈴聲響起，我低頭看了下號碼，淡笑著接起。

「節日快樂。」低沉好聽的嗓音異常溫柔。

「嗯。也祝你節日快樂。」

「妳在哪裡？」

「街道上。」

「那麼，請在那裡等我。」

我回頭，在距離我二十公尺的地方，是那道我熟悉的從容挺拔身形，他英俊的臉色帶著笑，穿過人群，向我一步一步走來。

然後，一束白色百合晃入我的眼簾，我微愣，隨即將其抱入懷中。

他拉起我的右手，十指纏入。「去哪兒？我的小姐。」

「回家吧，席先生。」我說。

何所夏涼

每個人的生命中
總會遇到那麼一個人，
一同經歷風雨，
然後看見彩虹，
天長地久。

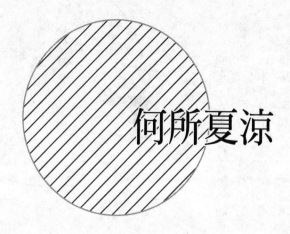

第一章 求婚

週末，安桀坐在客廳的地毯上玩著拼圖，拼圖是上午她去逛市場買窗簾的時候在一家店裡看到的，覺得有意思就買了回來。不過，現在她覺得不怎麼有意思了，因為圖是森林，一片綠色，根本就分不清哪塊是哪塊。

這時候席郗辰從外面進來，她起身跑過去。「過來幫忙。」

席郗辰脫下西裝外套，任由她拉著到了客廳。

「風景圖，真難拼。」安桀坐下來，指了指面前的那堆碎片。

「上午醫生來過嗎？」席郗辰屈尊單膝跪下來。

「嗯。」她應得漫不經心。「樹幹應該是灰色的。」

「怎麼說？」

「你拼樹幹。」安桀塞過去一把待歸位的碎片。

席郗辰無奈地道：「感冒還有精力玩這些？」不過說歸說，他還是解開袖口，捲起一點，然後斟酌著幫起了他家小姐的忙。

但很快，安桀發現她找錯了人。

「郗辰，這邊應該是樹葉。」

「樹幹，靠近地面了。」淡淡的語調。

「郗辰，這光線不對呀。」

「哪不對？從上而下，很有透視力。」他嚴謹地下定論。

「席郗辰，這裡不是這麼擺的！」

「嗯嗯。」他繼續自顧自擺弄著。

安桀終於失去耐性。「你看看原圖再拼吧。」

「我看過了。」他長臂一伸將要起身的安桀拉下，抱進懷裡。「妳別吵。」

席郗辰繼續低頭摸索研究……

最後，那張拼圖被扔進了儲藏室，永不見天日。

晚上安桀在泡澡，席郗辰進來，坐在浴缸旁邊的藤椅上。他伸手測了下水溫。「會不會覺得冷？」

「還好。」

他看了她一會兒。

「結論是什麼？很美？」

席郗辰一愣，隨即勾起一抹淡笑。「是很美。」

這時浴室裡的小型電話響了，他站起來去接。「你好……我近期會回中國……可以……」

安桀轉身趴到浴缸的另一邊，伸手要去開旁邊的小窗。

正在講電話的人過來抓住她的手，話筒被他按到肩胛處。「會冷。」

「不會，我覺得有點悶。」

「不行。」席郗辰說著，把她拖到靠他那邊的浴缸邊，並將她摟在腰側。

「……可以……這事我會處理……」掛斷電話，席郗辰低頭吻住了她，一番糾纏之後他站起身說：「水有點涼了，起來吧。」

安桀下意識地搖頭。

他的眼瞇了一下，然後笑道：「既然如此，那就暫時別起來了。」

「嗯？」

「一起洗。反正我的衣服也被妳弄溼了。」理由充分，席郗辰說完就開始解扣子，動作撩人。

第二天是星期天，天氣不錯，陽光明媚，林女士打電話來叫安桀陪她去打網球。

室外的網球場上，安桀打了十五分鐘後就投降了。

「真是沒用。」席郗辰等安桀走到他邊上坐下就說：「十個球妳沒有接住一個不說，去掉走上場走下場的時間，真正在打的只有七、八分鐘而已。」

「在旁邊看的人沒資格說話。」

席郗辰不再跟她浪費口舌，拿過她手裡的球拍，他今天穿著一套純白運動服，他喜歡舒適的衣料，鍾愛大師的設計，對衣服的要求頗高，也因他外型出眾，基本上什麼衣服穿在他身上都搶眼。

既然他的小姐想要看他表演，那他也就不在意是不是欺負女性了，就算對手是未來的小姨。席郗辰伸手揉了下安桀的頭髮就上場了。

不到二十分鐘，林女士跑下來，跟安桀抱怨 Elvis 連打球都那麼冷血！之後旁邊場上的人來邀請席郗辰打球，他又打了一場。一小時後，他酣暢淋漓地走到場外拿飲料喝。

安桀因為昨晚沒睡好，早已壓低網球帽在閉目養神了。

「要不要一同用餐？」有女人走到席郗辰身邊問。

席先生客氣疏離地道：「我想不行，我的太太在那邊。」

「你已結婚了？好吧，有機會一起打球，你身手不凡。」

席郗辰雲淡風輕地笑了笑，沒說什麼。他走到安桀面前蹲下，等她感覺到有人時睜開眼，他就說：「妳剛打球出汗了，回去洗了澡再睡午覺。」然後起身並拉起她，又跟林女士說：「我先帶她回去。」

林女士點了點頭。「我再找人去打一場。」

席郗辰攬著安桀去停車場時，後者還打著哈欠，但不忘揶揄：「你已經結婚了？」他們還未結婚。

席郗辰摟緊了她一點。「很快。」

安桀忍不住笑了。他就知道她一定會點頭？

席先生在芬蘭待了一週後，安桀跟他一起回了國，因為次日就是朴錚的婚禮，這種日子她是必去參加的。而林女士比他們早兩天就回去了。

飛機上，安桀向空姐要了一杯顏色看起來很純正的紅色飲料，但席郗辰率先接了過去，他說：「我喝一口，看有沒有酒精。」

安桀接過席先生確認過的飲料時不由心想：你問一聲空姐豈不是更方便嗎？

「我習慣親力親為。」席郗辰看著她笑答。

安桀真懷疑他會讀心術。「說起來，這是我們第一次坐在同一班飛機上。」

「嗯。」席郗辰意味深長地嘆了一聲。「去參加別人的婚禮。」

朴錚的婚禮現場，喜慶熱鬧。兩位新人是相親認識的，兩人志同道合一拍即合，從認識到結婚才短短半年時間。

安桀坐在那兒，看著遠處朴錚滿面紅光地招呼著來給他道喜的人，真心替他高興。

因為儀式還沒開始，所以好多人還在走動、聊天。席郗辰靠在離安桀兩、三公尺外的牆邊，在跟年屹聊，年屹是新娘子的堂哥，這種緣分也挺意外的。

安桀隱約聽到年屹說：「你什麼時候結婚？」

因為室內人多嘈雜，席先生說了什麼她沒聽清。

之後年屹又說：「行，結婚的時候別忘了給我發請帖就行。對了，那人跟我們解除了合約，到我們的對家去做幕後了，混得挺不錯的，呵，我就佩服你這點。」

安桀回頭看去，正好對上席郗辰懶懶地看著她的目光，他朝她微微一笑。

朴錚的婚禮結束後，席先生讓安桀陪他在國內住幾天。他的事業在國內，卻經常為了她跑國外，安桀想想總是他遷就她確實不公平，所以她跟公司申請改了長假，留在這邊。

隔天席先生去上班，安桀去書房找書看，卻在他的書桌上發現了一張紙，上面寫著一些字，但都被塗得面目全非。

安桀好奇，靈機一動抽出下面那張A4紙，用鉛筆輕輕來回塗，隱約看到了字：燭光晚餐？海邊沙灘？遊艇？節目直播？成卡車的鮮花？

求婚嗎？

他為這事很頭痛？

她莞爾，罷了，她認輸。

所以那天晚上席先生在書房忙公事時，安桀泡了杯普洱進去，猶豫了一下問：「郗辰，我們到底什麼時候結婚？」

他側頭，目不轉睛地看著她。

安桀被他看得不好意思。「你不樂意就算了。」

他笑著起身。「怎麼會。」

就這樣，兩人的終身大事敲定了。安桀本以為這次是她主導了局面，但後來有一次她去他書房找鉛筆，沒有找到筆，又想到，他的書房以前也從沒有鉛筆。

她啼笑皆非，這位席先生果真是「腹黑」的典範。

第二章 好巧

自從結婚後，安桀變得無所事事。因為經常國內國外兩邊住的緣故，她最終丟了芬蘭的工作，變成了無業人士。

清晨七點，鬧鐘準時響起，修長的手臂伸出，精準按下。

兩分鐘後。「郗辰，別鬧了，讓我起床。」

剛睡醒，席先生的聲音慵懶而磁性：「還早。」長手一伸將要起身的人拉進懷裡。

光裸的身子被圈著，安桀實在不自在。「我做早餐好不好？」談條件。

「今天星期幾？」

安桀想了想。「星期五。」

「哦，那本來就是要妳做的。」

談判破裂。

再十分鐘後。「我覺得有些熱。」安桀很誠懇。

席先生的回答也很真誠：「我也是。」

通常安桀起床都要比預計晚上半小時，當然，這是保守預計，如果發生其他激烈行為，基本會晚上一、兩小時。

「郗辰，粥裡要放什麼嗎？還是純粹白粥？」安桀站在廚房通向花園的門口問。

席先生有錢，這點毋庸置疑，所以婚後，國內的住處也換成了有小花園的兩層別墅。

席郗辰拿著報紙走進廚房，他一身米色休閒裝，頭髮沒打理，有些微亂，看起來非常性感。

「水果，好不好？」

「好。」安桀回身打開冰箱挑水果。

席郗辰將報紙扔在了大理石臺上。「我來削。」

「好。」

「今天要出去嗎？」

「嗯，面試。」

席郗辰拿起一個蘋果開始削。「什麼時候回來？」

「不知道，看情況。」

席郗辰削水果皮極少斷，慣例問道：「要不要許願？」

安桀回頭看了一眼快要削好的蘋果。「呃，希望我今天面試成功。」

「啪！」蘋果皮應聲斷掉！

安桀瞪眼。「你故意的。」

「手滑。」席先生的理由。

「……」

席郗辰削下一小片蘋果餵給安桀，他習慣用手餵而不是插在刀子上，一是怕刀子會割到嘴脣，即使這種概率小之又小；二是他喜歡用手餵。

「我開車送妳過去。」

「不要了，我坐公車就行。」

「不適合妳。」

「還好，可以接受。」

席郗辰沒再多說，一邊削水果一邊走過去翻了一頁報紙。「……本市101路公車發生一起持刀搶劫事件……」

「……」

「安桀，要加一個梨子嗎？」

「謝謝，不用！」

安桀上午跑了兩場面試，結果均為等通知。她不禁恨恨地想著，肯定是因為那個蘋果！從第二家公司出來，安桀看時間，快十二點了。

早上席先生送她過來的時候，她伸手要了一張一百塊，現在剛好可以用來吃中飯。

正想著，手機鈴聲響了，安桀看了一眼接通。

「我在大和屋，你過來。」後面又加了句：「好嗎？」

通常席先生都會在祈使句的最後非常紳士地加一句詢問句，當然，對象只針對自家老婆，但是不知道為什麼，沒有這句話安桀沒覺得怎麼樣，加了之後就有種說不上來的感覺。

「我不想吃日本菜。」那邊有交談聲，應該不只他一人在。

「哦，這樣。」席先生的聲音聽上去很溫柔很大度。「自己坐車回家嗎？」

「我想先逛一逛。」

那頭停了一下。「那也行。」

電話是席先生先掛斷的。

安桀抿嘴一笑，然後開始逛。

然而，安桀的逛一逛只持續了半個小時，在她剛啃完一塊小蛋糕的時候，席郗辰的車子就很偶然地經過路邊，過去了十幾公尺又倒回來。

車窗搖下。「好巧。順路，我回家，要不要一起回去？」

這種偶遇在過去的一年多裡發生過很多次，曾經安桀一度以為席先生在她身上裝了跟蹤器，但是，再三研究之後發現好像真的只是偶遇。安桀非常無奈地想。

「還不想回家嗎？」

「回。」

席郗辰輕輕一笑。「其實妳想再逛一下也是可以的。」

「郗辰，吃午餐了沒有？」

席郗辰笑了笑。「吃了一點，怎麼？」

「回家煮飯給我吃。」安桀說完這句，拉開後車門坐進去。

席郗辰狀似小小斟酌一番。「也不是不可以，雖然今天是星期五。」

安桀俯身上前摟住席先生。「我明天要把你綁在床上，讓你下不來，出不了門！」

車子發動，平穩前進。

「這樣啊。」溫柔的語調不變，緩緩道出：「也可以。」

第三章 只要妳喜歡

週末，裝修人員過來換壁紙。上週安桀心血來潮把客廳的窗簾換成了暖色系——紫紅色，金色花邊，相當眩目。席先生從外面進來，看到時稍稍愣了下，然後挺真誠地說了句：「很好，就是……難看了點。」

安桀微微一笑。「謝謝。」堅決不把窗簾換下，反而隔天又去挑了壁紙——橘紅色。

席先生淡笑地看著老婆忙進忙出，他自然不在意窗簾、壁紙是什麼顏色，他只是喜歡看她為他們的家忙碌，哪怕只是一只茶杯的選擇。

「師傅，不對，這顏色太暗了，跟我去你們店裡挑時看到的感覺不一樣。」難道是燈光有差別的緣故？

老大叔打著赤膊，晃動手上的壁紙。「小姐，這是咱店裡最豔的顏色了。」

安桀沉吟道：「不是我要的橙色。」

旁邊的裝修師傅湊過來。「這是橙色呀，小姐，是柳丁色的。」

「不對，我要的是那種豔得有些發亮的橙色。」

坐在沙發上翻報紙的席先生聽到這句不由輕輕一笑。

老大叔疑惑。「小姐，妳真奇怪，哪有人家裡的壁紙是要發亮的。」

「我家就是呀。」

老大叔笑起來，想了想，問道：「那這個妳還要不要貼？」

「不知道——」安桀茫然。「真的沒有再豔一點的了？」

旁邊的師傅搖頭。「小姐，這顏色也就妳敢訂，太豔，別人家都沒敢貼的。」

「是這樣嗎？」安桀轉頭求助。「郗辰，怎麼辦？」

席郗辰懶洋洋地側頭，看了一眼笑道：「再豔一點比較好。」

安桀狐疑。「真的？」

老大叔目瞪口呆。「先生，你也覺得這個不夠豔？」這一家人真是喜好特別呀。

「是不夠豔。」席先生說。

兩位裝修師傅互看一眼。

席郗辰放下報紙。「錢不用退了，壁紙也不必換了。」

拿錢卻不用做事，老師傅躕躕道：「先生，要不你們去店裡再選選看？可能有你們滿意的。」

席郗辰笑了笑，起身走過來。「不用了，我太太不滿意，那麼就不必了。」

「……」

等師傅們走後，席先生拉著安桀坐到沙發上。「妳畫。畫妳喜歡的。」他把她垂在臉側的長髮勾到耳後。「好不好？」

好不好？當然不好！

「顏料嗎？我讓人送過來。」

「不是顏料的問題。」安桀拿起遙控器看電視，沒目的地換著臺。「我不想畫。」

「為什麼？」

「就是不想畫。」

席郗辰低頭靠到安桀的肩膀上，咬一口，再咬一口。

某女眉頭慢慢皺起，有些生氣。「你不能強迫我的。」

席郗辰的笑容滿是包容。「我沒有強迫妳，也永遠不會。」

「反正，我現在不想畫。」安桀說著要起身。「我去拿水喝。」

「安桀。」席郗辰抱緊她，拉起她的雙手，牽到脣邊輕輕吻著。「對不起。」

安桀呆了一會兒，良久，有些艱難地開口：「我右手畫得殘破不堪，左手也只是小學生水準。」

席郗辰的聲音很輕：「沒關係的，因為只有我能看到。」

他的意思是，沒關係的，即使真的很難看。

安桀擰眉，原本鬱悶的心情因為這句話忽然變得有些莫名其妙，不知怎的，她突發奇想道：「席郗辰，我想畫你。」

席郗辰一愣，眼底微微詫異。「為什麼想畫我？」

「不可以嗎？」

席郗辰沉默片刻。「也不是不可以。」

安桀瞇眼。「那我想畫裸體的。」學他得寸進尺。

「不可以嗎？」安桀又問。

「哎。」席郗辰抬手按了按額頭。「也不是不可以。」

也不是不可以……

安桀後來發現，她的提議非常非常糟糕。

第四章

甜美的願望

「有我的信嗎？」安桀問。

席郗辰拿著一疊信件進來。「沒有。」

「怎麼可能？雖然是『等通知』，但是應該不至於真的全都否決我吧？」

席郗辰微笑著摟住她，緩步走向客廳。「需要我介紹工作嗎？」

「不用，謝謝。」

席郗辰挑眉。「很有骨氣嘛。」

安桀沒理席先生的「諷刺」，她嘆氣。「我的大學好歹也是所名校，雖然工作經驗我是沒多少……」

席先生說：「也有可能是他們覺得妳條件太好，自覺請不起妳。」

「我沒提要多少薪水。」安桀伸手。「把報紙給我。」

席郗辰把報紙遞給她，依然熱心地問道：「真的不需要我介紹？」

「我有學識、有美貌，不需要靠走後門。」

席郗辰認真點頭。「倒也是。」

「郗辰，幫我拿支筆，紅筆。」

「嗯。」

找筆，找了一圈，沒找著，席先生就繞到小吧檯後面很悠閒地煮起了咖啡。

××公司，廣告文案一名，要求具有兩年以上相關經驗……××公司，祕書一名，要求具有兩年以上相關經驗……相關經驗相關經驗……

「為什麼都需要幾年經驗？那剛出校門的不就都沒有工作資格了？而且，經歷不都是需要從零開始積累的嗎？」安桀感到很氣人。

席郗辰品了一口咖啡說：「基本上，每家公司選用職員都會挑選工作經驗足的，培訓人員的成本，在某種程度上屬於不可回收成本。」

「無商不奸。」

席郗辰笑了笑。「要來一杯咖啡嗎？」

「不用。」

席先生走到翻看報紙的人身邊，將咖啡杯湊到她脣邊。「喝一口，很香。」

安桀小小抿了一口。「有些苦。」

席郗辰微笑，將杯子拿回到自己嘴邊，就著那個淡淡的脣印喝著。「很甜。」

「怎麼辦？為什麼現在找份工作那麼困難呢？」

「待在家裡不好嗎？」

「不是不好，我只是想，如果什麼都不做，不是很沒用？像是……一個殘廢的人。」

「喝一口，很甜。」

安桀偏開頭。「喝過了，是苦的。」

「這次我保證是甜的。」

安桀微仰起頭，看著上頭那張俊逸的笑臉。「騙小孩子吧。」

席先生柔笑道：「如果妳覺得不甜，那麼，我欠妳一個願望，如何？」

安桀覺得這個賭不錯，又小小喝了一口。

「如何？」

「……有些甜。」

「安桀，下個星期，我們去雪山，喜馬拉雅，兩週。」

「……」

「因為妳說甜，所以，妳欠我一個願望。」

「席郗辰，你耍賴！我沒說我說甜就欠你一個願望的！還有，為什麼是甜的了？」

「願賭服輸，老婆。」席郗辰低頭在夫人額頭上輕輕一吻，風度翩翩地朝著小吧檯走去。

「你——」無賴，絕對是計畫好的！

計畫？呵，當然是計畫好的，計畫了兩天，而最終自然成果斐然。

於是，他們去了加德滿都。

早晨，陽光從床頭薄薄的窗簾外照射而進，暖洋洋的非常宜人。

安桀翻了個身將臉埋進枕頭裡。

身旁傳來低笑聲。

安桀咕噥一聲，霍然坐起身，雙目炯炯地瞪著已經穿戴整齊、正悠閒地倚躺在床上看著她的席先生。

「起來了？」

「你每次的疑問句都那麼讓人討厭。」

安桀從席先生身上翻過，下床穿拖鞋。

討厭？多麼可愛的詞語，席郗辰欣然接受。他站起身去拉開窗簾，陽光一下子全照了進來，小房間剎那變得更溫暖而明亮。

「歡迎來到喜馬拉雅，我的小姐。」

安桀披上外套走到窗邊，外面陽光照耀下的山峰一片雪白。「很美麗。謝謝，席先生。」

她踮起腳尖輕吻那性感微勾的嘴脣。

「不客氣。」

第五章
風光旖旎

春末，雪山附近的小城鎮，雖然溫度才十度左右，但是陽光燦爛，倒也不覺得冷。乾淨的街道，人來人往，都是異鄉異客，安桀走在前面看路兩旁攤位上的工藝品。服飾、香料、首飾以及大部分不知作何用途的小物品。

「郗辰，快點。」

「嗯。」席先生把外套掛在臂彎裡，不疾不徐地走著。

安桀退後幾步問席郗辰：「尼泊爾也有茶文化嗎？我剛看到不少攤子上在賣陶瓷茶杯。我以為只有我們中國或者英國有這種人文風情。」

「尼泊爾生產茶葉，會製作茶具並不奇怪。」

「哦。」安桀點頭，她鬆開手，繼續往前走，看到好玩又不明所以的就回頭問聰明的席先生。

沒一會兒她跑回來跟席先生伸手要錢。「給錢。」

席郗辰拿出外幣。

須臾，安桀回來，手上拿了一塊像是玻璃材質的五彩小掛飾。

「猜猜這是什麼？」

席郗辰笑道：「通常情況下妳要別人猜測這是什麼，前提是妳已經知道這是什麼。」

「好吧，請問席先生，這是什麼？」

席郗辰答：「佛教的紀念品吧，護身符之類的，這裡的人大部分信佛。」

花了兩小時走完兩條街道，安桀有些倦了，頭彎進席先生懷裡。

「要回去了嗎？」席郗辰伸手順了順那被風吹亂的長髮。

安桀搖頭。「還想看看。」

結果是十五分鐘後，安桀就趴在席先生的背上睡得異常香甜。

席郗辰背著她往飯店走去，嘴裡輕聲念著：「妳微微地笑著，不同我說什麼話。而我覺得，為了這個，我已等待很久了。」

安桀睡了一通安逸的午覺，等醒來已是黃昏時分。她環顧四周，空蕩蕩的。

「席郗辰。」

隱約聽到浴室裡傳來水流聲，她下床走過去，一拉開門就看到席郗辰躺在浴缸裡，水沒過胸口，手臂擱在兩旁，頭仰著靠在邊緣。

席郗辰聽到開門聲，緩緩睜開眼睛看過去。

「過來。」平緩的語調含著淡淡的笑意。

安桀走過去，屈腿坐在浴缸旁邊的地板上，她笑著伸手掬起一捧水慢慢淋到席郗辰臉上，水沿著他的臉龐滑下，黃昏的晚霞穿過小窗戶，映照在他俊逸的臉上，讓他看起來非常誘人。

席郗辰的胸膛微微起伏，看著她。

「郗辰。」

「嗯？」他的聲音沙啞。

安桀右手輕觸上那張俊臉，慢慢下滑，好看的下巴、完美的鎖骨、結實的胸膛……

「安桀。」席郗辰伸手按住，雙眼懶懶瞇起。

安桀嫣然一笑，跨進浴缸。身上的白色睡衣裙襬被水浸溼。

席郗辰微微勾起嘴角。「妳想做什麼？」

「打賭。」俯瞰的姿態非常有優越感。

「哎。」席郗辰微笑，抬手按住額頭。「賭什麼呢？」

「如果，我在一分鐘之內讓你說出『好』，那麼——」

「好。」

「……」

席郗辰放下覆住眼簾的手，抬起頭，那雙黑色眼眸柔情似水……

安桀一怔，按照她的經驗，這樣的眼神很危險。她小心地退後一步，她不是來挑逗他的。

「郗辰，你答應得會不會太快了點？賭注很高的……」她盡量轉移話題。

「妳覺得——太快？」席郗辰伸手抓住了水下纖細的腳踝。

「……」

修長溼潤的手指從腳踝處上移，引得安桀一陣戰慄。

「好不好？」

「什、什麼好不好？」當然不好，她怎麼知道他要幹什麼，此時真是進退維艱。

吻在大腿上落下，安桀差點脫力摔進浴缸。

席郗辰慢慢起身。

這種完全的裸露雖早已司空見慣，但每次見到還是會臉紅心跳、手足無措，安桀直覺想逃。

然而席先生哪裡容得她逃跑，他一把攬住席太太的腰。

席郗辰俯下頭吻上她的唇，手掌順著優美的脊背慢慢攀升。

蒸發在空氣裡的香精的香味讓人意亂情迷，兩人的氣息逐漸交融，身體緊緊相擁。

安桀不自覺地伸出手，指尖纏進溼潤的黑髮裡。

片刻之後，席郗辰稍微拉開一點距離，眼裡充滿情慾，他喘息著，幾縷黑髮覆在額頭，性感得不得了。

安桀一半意識已經飄浮在空中，感覺到他抱起自己抵在後面的石磚上，然後托起她的腿環上他的腰，下一秒她悶哼出聲，微閉的眼睛張大，瞪住面前的人！

「好不好？安桀。」低低的聲音真是溫柔到了極點，如同最有風度的紳士。

安桀惱羞不已！明明已經——

安桀將頭深深埋入他的頸項處，抑制住呻吟。

「……好。」咬住他的肩膀，真的是咬牙切齒啊！

恍恍惚惚耳邊傳來一陣低柔笑聲。

汗水一滴一滴滑落進波光粼粼的浴缸裡……

第六章 慢慢積攢妳的笑容

在出發去爬雪山之前，安桀一直在問席先生需不需要帶登山繩、ＯＫ繃、防寒衣等等。

席郗辰走過來幫老婆圍上圍巾。「不需要，席太太，我們只是去山腳下走走，不登山的。」

「為什麼？」安桀疑惑。

席先生淺笑。「因為登山很累。」妳會累。

清晨，旭日染紅了雪峰，融化的雪水順著河道流下，銀光閃閃。

因雪山阻擋了北邊來的寒流，喜馬拉雅南邊的山麓基本常年林木碧綠，花開遍野。

「那裡有湖泊！」安桀開心地脫下手套塞給席先生。「我去看看，你幫我拿著。」

「小心些。」

「知道。」
湖水清澈見底，安桀在湖邊轉了一番，最後忍不住蹲下去玩起了水。
「冷嗎？」身後的人微笑著問道。
「還好。」安桀回頭。「要試試嗎？」
席郗辰搖頭。
安桀忽然想到一事。「郗辰，我們老了到這裡定居好不好？在雪山腳下造一幢小房子，木屋也可以，然後日出而作，日落而息。」
席郗辰想了想。「妳怕冷，這邊不適合。而且，這裡雖然自然風景的確不錯，但是政治不穩定，又比較落後。旅行可以，生活，不好。」
安桀嘆息。「就隨便想想，你幹麼那麼實際？」
席郗辰從衣袋裡拿出手帕遞過去。「好了，別玩了，起來吧，把手擦乾。」
安桀起身接過手帕擦手，又看見遠處湖面上竟然有鴨子在戲水。
席郗辰循著她看的方向望去。「應該是附近居民飼養的。」
安桀眨了眨眼。「抓一隻烤來吃，如何？」
席郗辰思索一番，問：「妳抓還是我抓？」
「自然是你抓。」
席郗辰點頭。「那烤呢？」
「自然也是你。」
席郗辰笑了。「那妳做什麼？」

「自然是吃了。」安桀忍不住自己也笑起來。「你說我們會不會因此被驅逐出境?」

「烤鴨子嗎?應該不會。」席郗辰挺認真地回答。「最多妳被驅逐。我沒有吃。」

「……」

兩人隨意走過去,中途碰到一些遊客。其中一對西班牙老夫婦最為有趣,叫住安桀幫他們拍照。這倒沒什麼,席郗辰拍完之後,兩位老人對著他們嘰哩呱啦說了一通。安桀覺得應該是感謝之類的,用英語對他們說了句「不客氣」,剛想走,卻又被他們拉住,又是嘰哩呱啦一通。

安桀用英語說:「我聽不懂,我不知道。」

西班牙夫婦說:「嘰哩呱啦,呱啦嘰哩。」

安桀絕望。「怎麼辦?完全不能溝通。」

席郗辰笑道:「其實,我會一點點西班牙文。」

「……」

「他們說『孩子,你們倆可真漂亮』,妳說『不客氣』,他們說『可不可以讓我們拍張照留念』,妳說『我不知道』,其實就內容而言,妳回答得還是滿合理的。」

「……」

西班牙夫婦拍完照後擁抱了一下他們,嘰哩呱啦兩句後愉快離開。

「翻譯。」

席先生低頭輕輕抵住安桀的額頭。「他們說,我們一定是一對非常相愛的夫妻,非常、非常相愛……」

安桀一愣，臉忍不住有些泛紅。「差不多吧。」

席郗辰淺然一笑，捧起她的臉，在難得紅潤的脣上輕輕一吻。「回去了好嗎？」

「好。」安桀張開手臂。「背我。」

雪山兩週，看日出，看日落，遊街道，吃美食，逛廟宇，買東西……

安桀回家的時候發現自己竟然胖了兩公斤，怪哉，沒理由旅行會發胖的。

第七章
溫柔的禁錮

某天下午，安桀在打掃，掃到席先生的書房，然後很巧地在撣灰塵的時候不小心碰下一本時尚雜誌，接著又非常巧地在時尚雜誌裡掉出來一封信。

「××公司到職通知書。」

這天晚上，席先生睡客房。

當然，席先生有自己的官方說法，他原本是想給太太驚喜的，結果被當事人先發現。

如果換成是別人，席先生認真的說辭加上那種天生沉穩的氣質，基本無人懷疑，但是，安桀完全不信！

隔天一早，安桀拿著通知信去那家公司報到，結果那邊的人事人員說：「因為妳遲遲沒有回覆，而打妳電話則是一位先生接的，他說我們打錯了，所以我們聘請了別人，抱歉。」

安桀深呼吸，心裡恨恨地想：席郗辰，你就繼續睡客房吧！

此時，正拿著杯果汁走到客廳的席先生不由打了個噴嚏。

「也許有人在想我。」席郗辰將果汁遞給坐在沙發上的人。

「有人在罵你。」

「哈，了不起，會開玩笑了。」年屹接過，看著手上的果汁，表情有趣。「你們家都這麼——健康？」

席郗辰不置可否。「今天怎麼有空過來？」

年屹打量房子裡的擺設。「換了地方也不跟人說一聲，隱士似的，所以我只好自己厚著臉皮來坐坐了。」

席郗辰坐入單人沙發裡，隨手拿起旁邊的食譜翻看。

「裝修得還真有藝術品味，按你家那位的喜好弄的吧？跟你之前住的那套房子比還真是天差地別。」

席先生漫不經心地「嗯」了聲，心想晚飯吃西餐還是中餐？上次那桌菜沒得到某人好評。

「話說回來——」年屹問：「怎麼不見你老婆？不會是把她藏在樓上，連見個客人都不讓吧？」說完還真往樓上望了望。

「出去工作了。」席郗辰說。

「工作？」年屹不可置信地笑了。「新鮮了，你竟然會讓她出去工作。」

「她想要工作，我自然是支持她的。」挺真誠的語氣。

「呵。」年屹搖頭。「我倒更相信你把她藏在樓上。」

席郗辰笑笑，放下食譜。「最近公司怎麼樣？」

「目前一切OK。」說到這裡，年屹頭痛道：「你這婚假到底要休到什麼時候？哪有CEO這麼搞的？那些股東都要起疑心了。」

「沒有異心就行。」席郗辰冷淡道。

「你們有趣哈，你休假，你老婆倒出去工作了。」

席郗辰微笑，站起身說：「要不要來一杯咖啡？」

「我以為你們家只有果汁呢，原來是有咖啡的。郗辰，老實說，你疼老婆真是疼得有些過火啊。」

席郗辰挑眉。「何以見得？」

「何以見得？這個問題我喜歡。」年屹跟著席先生走到吧檯處。「你們家是不是連菸都不許抽的？」

「抽菸對身體不好。」

「我看是你老婆對菸味過敏吧。」年屹的表情相當玩味。「瞧瞧這房子，完全是為慣用左手的人設計的，書籍，茶杯，連這些小東西的擺放位置都精細到一律擺在左手邊，嘖嘖，真是不得了。」

席郗辰抬頭。「你不做記者真的可惜了。」

年屹哈哈大笑。

在煮咖啡的空檔，年屹掃過席郗辰身後的紅色櫃子，裡面有排列整齊的各類咖啡豆，還有咖啡杯。

「你雖然菸酒不碰倒是非常好咖啡啊。」

「還好。」

門鈴聲響起，席郗辰一笑，將手中煮好的咖啡倒了一杯遞給年屹，走去開門。

「今天熱鬧，又有客人。」年屹道。

客人？呵，當然，是現在一定氣得恨不能咬死他的「客人」。

席郗辰走到玄關，剛開門，外面的人拳頭就憤憤地打在了他的肩上。「席郗辰！」

席先生笑著抓住那隻還要打下來的右手。「乖，手會疼。」

「都怪你。」

「好好好，都是我的錯。」他說著吻了下她的額頭。

「我去洗手。」她將外套塞到席先生懷裡。「我們需要談一談。」

席郗辰溫柔一笑。「可以。」

「安桀，回來了。」

安桀剛換上拖鞋，抬頭就看到屋裡站著的年屹。她回頭瞪了一眼席先生，有人在怎麼不早說？

席先生從容地道：「他來看看我們。」

安桀朝年屹點了下頭。「你好。」

年屹笑道：「好久不見了，最近倒是老跟妳哥出去吃飯。」

「朴錚嗎？」安桀一聽也揚起笑。「他好嗎？」

「好，我堂妹懷了孕，妳哥現在是人逢喜事精神爽啊。」
「真的？」安桀回頭對席郗辰道：「我要讓寶寶叫我姊姊。」
席先生問：「然後叫我叔叔？」
安桀點頭。「好主意。」

安桀早上刷牙，發現牙膏用完了，於是用了席先生的牙膏。
「薄荷味。」安桀擰眉。「真涼。」
席郗辰走出淋浴間，拿起擺放在一旁的浴巾圍在腰上，擦拭了下頭髮後，他走過來雙手按在洗手臺上，將她圈在自己和洗手臺之間。「怎麼不多睡一會兒？」
「睡不著，一到七點就睡不著。」
「不好的習慣。」席郗辰側頭親了一下她的耳朵。
「癢。」安桀笑著躲了躲。漱完口，她掬水洗臉。
「安桀。」
「嗯？」安桀抬起頭，兩人的視線在鏡子裡相遇。
席郗辰微微笑著。「今天我們不出門了好不好？」
安桀一跳。「不，不行，我沒有力氣了。」
席郗辰一頓，低沉的笑聲逸出，止也止不住。
「席郗辰！」
結果是安桀堅決今天要出門，於是兩人駕車去了市區的超市。

「面紙、香皂、牙膏、毛巾……」

席先生推著推車，安桀走在前面，手上拿著一張便條紙，上面寫滿了要買的東西。

「郗辰，哪一種牌子的面紙好？」

「最貴的吧。」

安桀想：這方面似乎不該問他。她按照自己的眼光選好了面紙。「接下來是——」

「香皂在那邊。」

安桀回過頭。「哪裡？」

席先生指了指前一刻某人要走的反方向。

「哦，我知道。」她轉身就走。

席先生笑了笑，跟過去。他的小姐還在生氣呢。

「安桀。」

「嗯？」

「我愛妳。」

前面的人頓住腳步，事實上周圍有不少人都停住了腳步，笑著看他們。

「哇，帥哥追美女耶。」也不知是哪位看官發出的一聲讚嘆。

安桀一愣，回身拉住席郗辰，快速走出日用品區。

「安桀。」

沒有回應。

席郗辰無奈地笑道：「安桀，我——」

「我知道了！」安桀終於回頭，瞪著席郗辰，這人真是完全不怕丟臉的。

席郗辰俯身靠到她耳邊，笑容明顯。「安桀，我只是想說，如果妳還生氣，回去我讓妳綁在床上，好不好？」

「……」

兩人逛完超市出來。在麥當勞門口，安桀停步，她突然想吃甜筒了。

「今天幾號？」席郗辰問。

「二十三或者二十四。」安桀也想起自己的經期是月底。「沒關係的，還有好幾天。」

「不行。」席郗辰提供其他選擇。「提拉米蘇好不好？」

「不行。」

兩人僵持三秒，席先生輕輕一嘆：「好吧。」然後又補充說：「不過，我沒有帶現金，妳要不要刷卡？」

買一支甜筒刷卡？刷兩元五角？麥當勞可以刷卡嗎？安桀無力道：「走吧，回家吧，我忽然覺得有些累。」精神折磨。

席郗辰微笑。「真的不要？」

絕對是精神折磨。

「安桀。」

「在那裡，心是無畏的，頭也抬得高昂；在那裡，話是從真理的深處說出；在那裡，理智的清泉沒有沉沒在積習的荒漠之中……」（泰戈爾詩選）

走在後面的席先生悶咳一聲：「安桀，我只是想說，妳走錯方向了，我們的車停在那邊。」

安桀發誓以後絕對不跟席先生一道出來逛超市。而且，要發奮圖強，慢慢掌握家裡的經濟大權，至少可以在某種時刻非常俐落地掏出兩元五角。

同一時間，席先生想的是什麼材質的繩子解起來比較容易一些。

第八章

緋聞

《××娛樂》席氏CEO艾維斯·席，於今年四月份「隱退」，席氏作為後起之秀，在傳媒界、娛樂界等領域已經占有一席之地，艾維斯這一「隱退」舉動，無疑引起各家媒體紛紛猜測。

但有席氏高層員工透露，艾維斯離開只是去休假，據稱，會於今年七月回歸。有兩家媒體甚至說，艾維斯·席休假為結婚。到目前，艾維斯本人和席氏均未出面對這一說辭表態。

就在今年五月中旬，一向低調行事的艾維斯·席，在出席某公益活動中接受記者採訪時聲稱「已結婚」，此消息引起各方關注，但媒體至今沒有關於艾維斯·席夫人的任何報導，據相關人士指出，艾維斯可能動用手段將消息封鎖。

昨天本報記者拍攝到艾維斯·席，與魅尚女藝人林敏相攜進入凱悅飯店，相談甚歡。

……

「安桀。」席郗辰的聲音從樓下傳來。

安桀應了一聲，換了個坐姿繼續瀏覽網頁上的新聞。

「下來一下。」

「哦。」很敷衍的應答。

「安桀。」

「就下來。」安桀磨磨蹭蹭地站起身，嘀咕了句：「紅粉知己呀。」笑了笑，合上電腦，走出書房。

安桀一下樓就看到客廳裡擺著一輛橘紅色自行車。「咦，這麼快就送來了。」站在車邊的席郗辰道：「我還以為快遞公司送錯了。」

看著自己昨天在網上下單買的車子，實體跟想的相差不遠，她很是滿意。「我去外面兜一圈。」

席郗辰拉住她手。「晚上我們去外面吃飯？我預訂了一家餐廳，據說不錯。」

「這次是什麼理由？」

「因為妳每次都非議我煮的東西。」席郗辰低嘆，隨後吻住了要笑的某人。

安桀喘息著將他推開一些。「郗辰，明天要去朴錚那兒，你禮物買好了嗎？」朴錚的孩子出生了，是個胖兒子。

「智力開發畫冊。」

「小孩子笨一點可愛。」

「聰明的孩子有糖吃。」

安桀踮起腳尖輕咬了一下他的下巴，笑咪咪道：「有糖吃。」

席郗辰的眼睛微微瞇了下。

安桀轉身推車，席郗辰叫住她，關照道：「小心一些，別騎太遠。」

「知道。」忽然想到什麼，安桀回頭說。「我今天不想去外面吃飯，所以記得煮飯啊，席先生。」

安桀在住宅區裡轉了半小時，當她從小道騎上大路預備回去時，忽然附近一家花園裡的大狼狗很響亮地朝她叫起來，嚇得她差點摔倒。那狗站起來比她還高，樣子非常凶神惡煞，幸好被鍊子拴著，否則自行車估計跑不過牠。定了定心神，安桀加快速度騎開，餘光見到狗的主人匆匆從房子裡趕出來，身後還跟著兩條狼狗，他喝斥了那隻在叫的狗，然後朝她喊了聲：「對不起呀小姐！」

安桀哪敢應聲，迅速騎著車走了。

後來回家她跟席先生提及此事。席郗辰回憶了一下，說那人以前是專業馴獸師，退休後住在這裡，因為喜歡狗，所以家裡養了不少，但他的狗從未傷過人。

「你怎麼會知道這些的？」

席郗辰正要做冷菜。「因為搬到這裡之前稍微做過調查。」

安桀無語，不過想了想這種事也確實是席先生會做的。

「要幫忙嗎？」

「我能應付。」席先生正在切番茄，站姿閒適，他做菜的時候習慣戴眼鏡，看上去更加斯文。

安桀走到中間的大理石臺邊，翻看攤在上面的食譜書。「今天做什麼？炸牛排外加馬鈴薯絲？」

「牛排，但是沒有馬鈴薯絲，也許妳可以嘗試一下番茄。」

「不必。」安桀對番茄敬謝不敏。

席郗辰轉身對她勾了勾手指，安桀狐疑了一下走過去，席先生單臂摟住她的脖子，然後，用力吻了下去。

「味道如何？」

安桀舔舔嘴角，平靜道：「不錯。」

席郗辰展露出最迷人的笑臉，拿起旁邊喝了一半的飲料飲了一口。「番茄汁，我想妳會慢慢喜歡它的味道。」

「……」

第九章 做客

安桀從朴錚的房間看完寶寶出來。寶寶白白嫩嫩，異常可愛，但剛出生的孩子特別貪睡，沒醒一會兒就趴回媽媽懷裡酣睡了，安桀不好打擾，速速退出。

席郗辰在客廳跟年屹下西洋棋。朴錚去買酒了，回國來看孫子的林女士在廚房做晚飯。安桀左看看右瞧瞧，最後走到席郗辰旁邊觀看他們下棋。

國際象棋與中國象棋的玩法有同有異，安桀小時候跟學校的同學玩過五子棋、飛行棋，象棋倒是完全沒有涉及過，不過看著看著懂了一些，頗覺有趣。

「郗辰，象走到前面去，吃掉那個馬。」

席郗辰側頭看了她一眼，說：「象不可直走。」

安桀抿嘴，過了兩秒。「車——」

席郗辰這次沒有回頭，淡笑道：「車不可斜走。」

安桀很受打擊，訕訕然地正想走開，垂在桌子下的手輕輕拉住了她的手。

「安桀喜歡玩象棋嗎？」坐在對面的年屹開口。

安桀想了想，應該還稱不上喜歡吧，她只是覺得新鮮。

「妳可以讓妳老公教妳，郗辰以前跟他爺爺住在美國時，可是得過美國的傑出棋手成就獎。」

「真的？」

年屹興匆匆道：「當然，那時候席總才幾歲？十二歲還是十三歲？」

席郗辰完全懶得回應這類話題，他低著頭觀摩棋局，桌子下的手輕輕揉捏著手中的纖手。

年屹邊下邊八卦：「安桀，我們公司有一位妳老公的大學朋友，據他說妳老公讀大學的時候，可是最受女生歡迎的男人，也就是大家常說的校草。」

「校草啊……」安桀偏頭看席郗辰的側臉，想要笑時，桌下的手很適時地稍稍加重了點力道揉她的手。

年屹熱心地補充內幕：「聽說很多女孩子倒追他，那時候最厲害的要屬外語系的系花，足足追了他兩年，席總愣是沒給人家一丁點機會。王誠一直說可惜，說那女孩長得特漂亮，郗辰，那系花是不是挺漂亮的？」

席郗辰認真下棋，淡然說：「沒仔細看。」

年屹「嘖」了一聲。「後來還有國貿系一才女，也對席公子偏愛有加，但是，傳言說席公子心裡早有人了，才女再三理智權衡，選擇知難而退。說起來我一直好奇，Elvis，那個傳言到底是不是真的？」

席郗辰拿起King。「將軍，你輸了。」然後他站起身。「原來你跟王誠在公司都那麼空閒，我想我的假期再放長一點應該也沒問題。」

年屹看回棋盤，悔之晚矣。

席郗辰笑了笑，摟住安桀向門口走去。

年屹回過神。「去哪呢你們？」

「我跟安桀下去散一下步。」停了停，席郗辰回頭笑道：「對了，安桀高中念的是我大學的附屬中學。」

傍晚時分，夕陽染紅半邊天，路上行人不多，安桀走在前面，席先生走在後面離她一步距離的地方，安桀回頭說，席先生或答或微笑。

他可以走近，很近，但，永遠不會再比一步遠。

第十章 小孩

夜幕拉下，朴家燈火明亮，一桌子人圍坐在一起吃晚餐，談天說地，其樂融融。

林女士對年屹讚賞有加，問東問西，打探家裡情況盤問興趣愛好，說到最後就是要給他介紹對象。

年屹連連推卻，說這種事急不來。

「你看，這裡的男人中你年齡最大，但目前沒結婚的也就剩你，機遇人為，來來，說說喜歡什麼樣的姑娘，阿姨國內不少小姊妹家的閨女都很不錯，幫你牽下線？」

年屹苦笑。「真的，阿姨，我真不急。」

「媽，堂哥從小眼界就高，估計您挑的他看不上。」朴錚的太太笑著插話。

林女士無奈。「現在的年輕人，東挑西揀，差不多就行了。好吧，咱也不多管閒事了，年輕人啊趕緊找，別周圍朋友的小孩都上學了，自己還單身。」

年屹一聽，立即起身作揖。「謝老佛爺開恩。」引得全桌子人笑起來。

「郗辰，上次江濘市那邊那塊地還沒跟你說謝謝——」朴錚說。

席郗辰微抬頭。「我沒幫什麼忙。」看到安桀夾蝦吃，他拿起溼巾擦拭一下手，自然地接過幫她剝蝦皮。

朴錚哈哈一笑。「總之謝謝了。」豪邁地舉起啤酒向席郗辰敬了敬。

一頓飯吃得笑聲迭起，席郗辰倒是很少參與話題，他在外人面前一向低調淡然。

「安桀，什麼時候生寶寶呀？」飯後聊天的時候，朴錚的太太問。

正抱著寶寶在逗他笑的安桀不由停了停，笑道：「郗辰好像不想要小孩。」

從廚房拿著水果盤出來的林女士驚訝。「咦，安桀，郗辰不想要孩子嗎？」

安桀點頭。「是啊。」她伸手跟寶寶握手，逗得寶寶一陣笑。

坐在不遠處的席郗辰瞟過來一眼，笑了笑，轉回頭看新聞，一旁的年屹湊近他。「男人以事業為重，正常。」

林女士顯然有些意見，放下水果盤，坐到安桀身邊接過寶寶。「你們也不小了，別只顧著兩人世界，是時候收收心了。」

「嗯。」安桀乖巧點頭。

席郗辰輕嘆，伸手撫了撫額頭，他的老婆似乎越來越精明了。

回家的路上，安桀靠著窗沿看車外的夜景。

紅燈處車子停下，席郗辰轉頭望著安桀的側臉，片刻後輕喚她：「安桀。」

「嗯？」安桀回頭。「什麼？」

郗辰伸手撫了下她的臉頰。「真的那麼想要小孩嗎？」

安桀微愣，沒回話。

郗辰溫柔地看著她。「再過兩年好嗎？等妳身體好一些，我們再生小孩？」

安桀嘆息。「我的身體已經很好——」

「不行，現在不行。」席郗辰將她摟進懷裡，輕聲道：「安桀，我很膽小……真的不敢冒任何險。」

隔天早晨安桀接到一通電話，大致意思是讓她下週一去他們廣告公司上班，面試都不用，直接工作，她一直以為自己發出去的那些履歷都已經石沉大海，沒想到竟然還會有這麼好的消息。

安桀有點恍惚，圍裙都沒解下就匆忙跑上三樓，將正在書房看書的席郗辰抱個滿懷。

席先生笑出來。「怎麼了？這麼開心。」

「我有工作了。」

席郗辰將她抱到腿上坐好，順了順她有些亂的長髮。「是嗎？這麼好？面試過了？」

「不用面試。」安桀挺開心，她想要一份工作，差一點沒關係，她不想自己一無所成。

「哦？這麼好，哪家公司？」

安桀正要說，忽然心生警惕。「你想幹麼？」

席先生笑容不變。「我只是想，我可以送妳去上班，每天。」

安桀狐疑。「真的？」
「這麼不信任我？」
「嗯。」安桀認真道：「其實你這人最壞了。」
席郗辰嘴角微微揚起，深刻的臉部輪廓充滿男性魅力。「哦？我哪裡壞？」
「問題就是哪裡都壞。」
席郗辰嘆氣，捧住安桀的臉輕咬她的嘴脣。
安桀低笑。「幹麼？」
「使壞。」插入髮中的手加重力道不讓她逃開，慢慢加深吮吻。
安桀低喘，白皙的皮膚漸漸沁出一層薄薄的細汗。「小孩……」
席郗辰一頓，隨後悶笑出聲。「安桀，妳在報復嗎？」說完抱著她起身直接往房間走。
安桀終於意識到危險。「喂……」
「不用擔心，不會有小孩。」
「不是……現在是白天。」白天思淫慾，這位先生真的要往沉湎酒色上發展了嗎？

第十一章 待在家裡也不壞

席先生是一名不折不扣的成功人士，而對這類人，外界總是趨附者眾。比如席先生畢業離開大學後，每年都會收到不少信件邀請他返校主持講座，或者出席一些簡單的校慶活動。早年他因工作繁忙又心有所繫，甚少參與這種活動，這次收到關於金融危機的演講邀約，老實說，他還是興致缺缺。

他是戀家的人，如非必要，他不會出門浪費一天光景去參加什麼活動，他寧可待在家中陪妻子。於是手上的請帖轉了一圈，就隨意扔在了經過的大理石臺上。

安桀從二樓下來，她今天要去上班，所以穿得比往常正式，是一套深色的休閒西裝，平時偏瘦的身形此時因合身的小西裝更顯纖秀，席郗辰走進客廳時不免多看了她幾眼。

「早。」

「我做了巧克力慕斯，配上熱可可好嗎？」席先生問。

「好。」安桀走到餐桌前坐下。「郗辰，你說我把頭髮綁起來會不會更好一點？」

「嗯，綁起來比較好。」

「真的？」

「真的。」席郗辰走到吧檯處沖了兩杯熱可可端過來。「等一下送妳過去？」

「不好。」這方面安桀並不領情，接過可可喝了一口，甜而不膩口感極好。

席郗辰語氣淡淡地說：「妳的拒絕越來越乾脆了，安桀。」

「我記得我以前拒絕得更加乾脆。」

「那倒是。」席郗辰揚眉承認，之後他說了另一個話題。「早上起來有看過簡訊嗎？昨晚妳睡著的時候，有人發訊息給妳。是葉藺，內容是……他想見妳一面。」

安桀看過去。

「很意外嗎？」席郗辰微笑。「我倒不覺得意外。」

安桀去報到的公司是在一幢辦公大樓的第九層，坐電梯上去後，第一眼就看到了金燦燦的「××廣告公司」六個大字。從包中拿出履歷推門進去，裡面頗寬敞，員工們都在忙碌，最靠外面的兩個人，一個坐著一個站著，正對著電腦在討論。安桀猶豫，這個時候上去打擾會不會不太好，正想著，站著的男子看到了她，笑著走上來。「是簡小姐嗎？」

「是。」

「我是羅韶，我們通過電話的，上星期。」

安桀點頭。「你好。」

「妳好妳好。」羅韶轉身帶路。「去我辦公室聊。」

走進那間「總經理」辦公室，安桀把履歷遞給對方。

「不用，妳的電子履歷我已經看過，老實說，簡小姐來我們公司有些大材小用。」羅韶指了指對面的椅子。「坐。」

「謝謝。」安桀自然知道「大材小用」只是客套。「你能錄用我，我很感激，畢竟我沒有多少工作經驗。」

「經驗可以積累。」羅韶把辦公桌上一份明顯早就準備好的資料給她。「這是我們公司歷年來做的設計以及在進行中的 case，妳先看看，瞭解下我們公司。」

安桀問：「我以為對於新員工來說這些應該算是機密的。」

羅韶沒料到她那麼乾脆，半開玩笑說：「妳值得信任。以後工作中如果有什麼問題，也可以隨時來問我。」

「好。」老實說，她現在唯一覺得有問題的，是這位負責人未免對她太過客氣。

「羅總。」有女孩子端著咖啡進來。「外面有位李林李先生找你。」

「讓他等等。」羅韶擺手，隨後指了指安桀。「這位是簡小姐，妳帶她出去熟悉一下我們公司的環境，還有認識一下我們公司的人。」

「好。」

安桀剛出辦公室，羅韶辦公桌上的電話就響了。看了眼號碼，他笑著接起。「她過來了——哈哈，您說的我一定辦妥，行，行——有空一起吃頓飯，行，一言為定啊。」

安桀的工作，說真的，非常之輕鬆，她本以為新人會被要求跑跑腿之類的，但大家對她都挺友好，也不讓她幫啥忙。

因為無聊，中途她給席郗辰發了一條簡訊，結果人家理也不理她，最後她只能對著電腦繼續發呆，然後心想，其實待在家裡也不壞。

第十二章
高中同學

「簡安桀？」

安桀聞聲回頭，一名拎著一只購物籃、穿著大方的女子正滿臉不確定地看著她。安桀疑惑地說：「是，妳是……」

「真的是妳！」趙瑜激動地捂住了嘴。「我剛還不敢認，妳變了好多，我是趙瑜，我們是高中同學，妳不會不記得了吧？」

安桀的確沒多少印象了，但她還是禮貌地點了下頭。「妳好。」

「妳的性格倒是沒怎麼變，還是一樣冷酷。」

安桀不知該如何接這話，只說：「有什麼事嗎？」

趙瑜備受打擊。「妳這女人怎麼還是那麼討厭呢？」之後她又指了指安桀推著的購物車。

「買這麼多的東西啊，葉藺呢？是他陪妳過來的嗎？好小子，我也有好些年沒見過他了。」

「不是。妳有什麼事嗎？」一句話問兩次，通常表示她已經不想應付，但趙瑜顯然是粗神經的人。「說起來，你們結婚了沒有？」

安桀嘆息。「趙小姐——」剛要說，一名男子走過來打斷了她們的談話：「阿瑜，妳要的牛肉乾。」男子身穿夾克衫，長相端正，身高不算高，他看了眼安桀後問趙瑜：「妳朋友嗎？」

「高中同學，簡安桀。」趙瑜介紹。「簡安桀，這位是我老公，施遠。」然後……安桀不明白為什麼他們非要跟著她一塊兒逛超市。

「葉藺沒跟妳一起來嗎？」不想多解釋，安桀淡淡應著聲。逛到水果區，安桀挑了幾盒草莓，結果卻被一一放回了原位。「妳錢多啊，包裝好的水果很貴的，去那買散裝，便宜多了。」

「沒關係。」安桀低嘆，手伸到一半又被趙瑜拉回。

「走走，我幫妳挑，保證新鮮又便宜。」

「真的沒有關係。」

「阿遠，妳幫她推車。」趙瑜當機立斷，說完又忍不住上下打量安桀。「妳身材怎麼保持的？我結婚後就胖了好多，前段時間還在吃減肥藥，但一點效果都沒有，還白白浪費了我好幾百塊錢。」

安桀眼睜睜地看著自己的推車被施遠拖走……

「妳現在在哪裡工作？」

施遠聽著挺尷尬的，趙瑜的性子沒多少人能受得了，虧得這高中同學好說話，沒有直接走人。

安桀認命。「剛到一家廣告公司上班。」

「哦，聽起來不錯，薪水一年大概多少？」

「不怎麼清楚。」停在芒果攤前想著要不要挑一些，不過郗辰不是很喜歡芒果的味道。

趙瑜作暈倒狀。「薪水怎麼會不清楚？」

施遠轉移話題問：「簡小姐，妳買那麼多東西，回頭妳一個人拎得動嗎？」

「對啊，妳有車嗎？沒車的話，等會兒我們送妳回去吧。」趙瑜很客氣地說，之後她又猶豫不決地問出心中一直納悶的問題：「安桀，妳跟葉藺——結婚了沒有？」她知道他們附中這對最讓人豔羨的情侶分手過，但去年她又聽說葉藺要結婚了，對象在國外，那麼除了簡安桀還會是誰？

安桀含糊應了聲，她其實沒聽清趙瑜在說什麼，她在細心挑柳丁。

「我就說嘛，莫家珍那女人就會亂說！妳跟葉藺多般配啊，葉藺長得帥又會賺錢，妳都不知道，他以前不是拍過廣告嗎？我們電信局就有女同事迷他，我說他是我同學，現在想想都覺得不可思議，自己的高中同學竟然是明星。」

安桀這次聽到了，但沒說什麼。

「妳不是要買蘋果嗎？」施遠提醒老婆。

趙瑜叫了一聲折回身後的蘋果攤位。

「抱歉，她有些八卦。」

安棨搖頭，很自然地答道：「人很好。」

不管是不是客套，這位簡小姐似乎並沒有如她表現得那般冷漠。「實在不好意思，耽誤妳的時間了。」

「沒事，謝謝。」安棨接過購物車，禮貌地道了別。

她繞過水果區，走到調料區時看到熟悉的身影正在挑選沙拉。

安棨走過去，車子推到旁邊，頭無力地抵在了修挺的背上。「我討厭吃番茄醬。」

「買好水果了？」席郗辰拿起一罐玉米沙拉放進購物車裡，輕笑著轉身。「怎麼了？」

「碰到一個同學。」

席先生將手上的棒球帽給她戴好。「然後？」

安棨忍不住笑了出來。「郗辰，我突然覺得我的高中過得還是挺不錯的。」

「哦？哪一方面？」

「很多方面，比如友情，比如——我的初戀。」

某人很高貴地輕哼一聲。

安棨想起一事。「席郗辰，你一年賺多少？」

「什麼？」

「薪水，我想做一下參考。」基本上，這個參照物是取得偏高了些。

在結帳的時候再度碰到了趙瑜他們，安棨正靠在席郗辰背上等著他付款。

「簡小姐。」施遠拎著購物籃排到他們身後。

趙瑜收拾起驚訝打招呼：「嘿，安桀。」

安桀站直了身子，笑了笑。「你們買好東西了？」

「嗯。都是些零食，最近減肥減得有點想要自暴自棄。」

安桀思索片刻。「我不懂這方面，妳可以問家珍，她比較有經驗。」

趙瑜一聽，馬上搖頭。「問莫家珍還不如我自己摸索呢，妳都不知道，她最近吃得比我還胖。」趙瑜似乎很慣用「妳都不知道」這句話。

「Sorry，幫不上什麼忙。」

席郗辰接過服務生遞過來的單據簽了字，附在她耳邊輕問：「需要給妳時間嗎？」

「不用。」其實做到這種程度已經很不錯，一下子讓她對誰都熱絡還是有些困難，她轉頭向施遠夫婦道別：「那再見了。」

趙瑜機械地擺了擺手，看著離開的那兩道背影有些出神，簡安桀身邊的護花使者不是葉藺而是另一名男子，什麼狀況？趙瑜長長嘆出一口氣，她剛才真的很想尋根問柢，好奇心都提到喉嚨了，但是，更離譜的是，安桀身邊的男人，不知為何讓人連八卦的心思都不敢興起。

「走啦，還看。」施遠輕拍了下愛人的腦袋。

趙瑜喃喃道：「喂，你有沒有覺得他有些眼熟？」

施遠也不問「他」指誰。「不覺得。」

「跟你說真的呢。」

「說真的就是，妳能不能偶爾一天不八卦？」

「不能——」趙瑜手摸下巴，語重心長道：「一看就是低調至極的成功人士……我隱約有種感覺，這男人比葉藺更難搞。」

施遠直接選擇沉默，反正他老婆一個人也能胡思亂想得很起勁。

然後，五秒後，趙瑜驚叫：「啊，席……那什麼，財經雜誌上看到過！」

第十三章
細水長流

人們都說結婚以後便不再談情說愛了，改之為談柴米油鹽，然而席先生與簡小姐的相處模式一直很浪漫，雖然兩人有時也會為晚餐吃什麼而爭論一下，但戀愛的熱度不減分毫，真要說什麼變了的話，那就是婚姻讓兩人的感情由刻骨銘心，轉化成了細水長流的溫馨。

大凡週末，席先生都會拉著老婆睡懶覺，直到接近中午方才放人，回頭早餐中餐一起吃。如果天氣好，下午安桀會出門散散步，或者騎著單車在附近轉一圈，席郗辰通常有自己的事情。如果碰上下雨天，安桀便只能選擇在書房看書，看書她是喜歡的，可又有些小脾氣——如果席先生過來敲兩次門以上，基本上她就沒有耐性再看下去——原因無從考證。當然，如果兩人都來興致，會駕車去電影院看一場電影，散場的時候順道將晚餐解決了，也省得回來討論一天中最會起分歧的話題。

「你去買爆米花好不好？」因為不喜歡擠，所以散場他們是最慢出來的。

席郗辰奇怪。「妳剛才不是已經吃過了？」

「問題是我沒吃多少就沒有了。」

席先生皺眉。「我不愛吃甜食。」

「好吧，可能是因為你今天買的是小份。」安桀問：「那你去還是你給我錢我自己去買？」

最後自然是席先生妥協。「妳在這裡等我，別亂走。」

後來安桀總結出一個經驗，要讓席郗辰做某件事情其實很簡單，就是把請求句換成選擇疑問句，其中一個選項由她做主語。

對於婚後的生活，可以說他們是過得越來越融洽了，除了安桀有時覺得席先生莫測高深，但有時又覺得他直白到讓人害臊外，其他都很好。

高深方面，比如安桀問：「郗辰，你喜歡什麼顏色？」

「妳喜歡什麼我就喜歡什麼。」所以基本上問不出什麼，可是通過觀察，她喜歡橙色席先生也真的比較偏愛橙色，如此一來，那句「妳喜歡什麼我就喜歡什麼」就顯得不只是說說那麼簡單。

直白方面，安桀問：「你的童年是怎麼過的？」

「讀書，打球，夏天的時候會去游泳。」

「游泳？在那種——河裡面嗎？」

「我想，我一直是叫它游泳池的。」郗辰笑著看了看她。「妳呢？」

「差不多吧，讀書，畫畫。」安桀說。「寒暑假會跟母親去上海住一段時間，那個時候外婆身體不好，一直待在醫院裡。」

「妳高中的時候我看過妳畫畫。有一段時間我天天去附中的美術大樓。」他輕輕地順著她背部的髮絲。

「真的嗎？不可思議，我天天在那裡的。」安桀抬頭看著席先生。「你去看我嗎？」

「後來不去了。」

「為什麼？」

「就是不想去了。」

「哦。」

片刻後席先生輕笑著嘆息。「我不想看到妳對他那麼在意，卻——從不看我一眼。」

安桀坐起來，親了一下席先生的嘴唇，安撫在某些方面有些自虐的他。「對不起。」

「我原諒妳。」他說得理直氣壯。

安桀好笑。「其實換一個角度來看，你知道我的時候，我卻對你一無所知，不是也很不公平？」

「妳是在安慰我嗎？」

「顯然是的。」安桀說著翻身下床。「好了，一天讓我心疼一次就足夠了，我要去畫畫，來吧，當我的模特兒，我會在這個期間內只看你。」

「需要我脫衣服嗎？」席先生笑得好有深意。

「不用。」

「真的？」

「如果你不介意我拿相機拍下來的話。」應該可以賣點錢？

「想都別想。」席先生起身攬住她朝書房走去。「我的肉體只屬於妳一個人。」

安桀有些受不了。「我猜別人一定連想都不敢想清高的席郗辰會講出這種話。」

席先生顯然不在意別人怎麼想，他循循善誘道：「下週末有空嗎？」

「我想想——如果不出意外，應該是有空的。你想約我？」

席郗辰的聲音輕柔了幾分：「跟我去看下玉嶙好嗎？」

「我想起來了，我有事。」她的口氣非常遺憾。

席郗辰好笑地捏了下她的臉。「妳說有空的，不許出爾反爾。」

「我剛才說的是『如果不出意外』，而我現在想起來週六市區有場我感興趣的畫展。」

「好吧，不過——」他在她耳邊輕喃，性感的聲音無比煽情：「妳還有一週的時間考慮，我等著妳改變主意。」

第十四章
我愛你已久

安桀這兩天腦子裡一直迴響著一首法國民謠：「回憶又再次盛開在玫瑰的浮橋上。我愛你已久，永不能忘。」

她輕輕哼著歌曲走過客廳，走到後院門口，看見席郗辰在花園裡拿著水管給花草澆水，他穿著白色的襯衫，下身是黑色休閒褲，褲管捲得老高，赤著腳踩在草坪上，難得看到他這種樣子。「應該拿相機拍下來。」

「什麼？」

「Nothing。」安桀坐到石階上，伸手指了指停在籬笆外的灰色吉普車。「你什麼時候買的新車？」

席郗辰側頭看去。「前天。」關了水龍頭，他笑著走過來。「今天不用上班？」

「大閒人，今天是週六。」說著她想到什麼，表情帶了絲討好。「席先生，我想開車。」

「不行。」席郗辰彎腰翻下褲管，抬頭與她平視，眼中有笑意。「妳該清楚廣慶市的交通狀況，我不放心。」

「其實你是想說我的身體狀況不行吧。」安桀皺眉。「我只是右手沒有力氣，這並不代表不可以開車。」

「為什麼突然想開車了？以前不是都不會——」席先生坐在她身側，問得溫柔，順手將她臉頰邊的長髮勾到耳後。

「不會什麼？」她的語氣帶著點戲謔。「你都說是以前了，況且，在法國時我也是自己開車的。」

「是，那是在妳出車禍之前。」

「喔，你又要說這一點。」安桀呻吟。「那場車禍又不是我自願的，你每次都要罵。」

「我不是罵妳。」

「難道是誇獎？」

「妳確定我們要再談論下去嗎？」基本上意見不一致的話題，說到最後他們總是「不歡而散」。

「OK, over.」安桀識相，抬手擋住有些刺眼的陽光。「好熱，才六月而已。」

「要吃霜淇淋嗎？」

「你去拿。」

席郗辰站起身，伸手拉她。「起來，一起去。」

「不要。」安桀推他。「趕緊去。」

席先生望了她一眼，笑著轉身回屋，依稀聽到輕輕的聲音唱著：「開始在你來之前，結束在你走後，我愛你已久，永不能忘……」

週一那天安桀下班，依照慣例是要到馬路對面坐公車回家。

「簡小姐，要不要我送妳？」一起走出辦公大樓的金姓男子跟上來問她，他是他們公司的律師顧問，跟客戶擬合同時他都會過來。

「不用，謝謝。」安桀搖頭婉拒，對於別人的熱情還是不大能接受。

「沒關係，反正我順路。我車子停在那邊，走吧。」

「不必麻煩，真的。」

「怎麼？莫非是怕我醉翁之意不在酒？」金燁微笑著表態。「我已經結婚，兒子在上幼稚園，絕對安全。」

「不是。」安桀畢竟臉皮薄，這樣的玩笑話聽著不禁有些赧然。「我也結婚了。」

金燁有些驚訝。「看不出來啊，妳看上去——完全不像是已經結婚的。」

「為什麼？」安桀奇怪，結婚與沒結婚難道還能從臉上看出來不成？

金燁被她的表情逗樂。「我的意思是妳看上去很文靜，還有些不好接近——呃，我這麼說妳不介意吧？」

「不。」她並不怎麼在意地輕輕一笑。「事實上就是如此。」

「妳老公是老師？」

「不是。」她非常吃驚，為什麼會是老師？

「難道是公務員？」

「不是。」想了想，安桀道：「他算是——商人吧。」答得有些保守，她不太喜歡跟別人談論太私人的事。

「商人？我還以為會是比較溫和的男人，生意人倒是有些出乎意料。」

兩人走到人行道前等綠燈亮，安桀並沒有繼續交談下去的打算，對方卻似乎要送她過馬路，委實有些客氣。

「他是做什麼的？」金燁問完笑著解釋：「律師都比較喜歡盤根問柢。」

「可是我不是犯罪嫌疑人。」安桀無奈道。這時，手機鈴聲響起來，她說了聲抱歉就走到旁邊接聽。

「一起吃晚飯好嗎？」溫柔的男性嗓音透著股縱容。「如果妳你還要忙的話，我可以再等一下。」

安桀微愣，朝四周看去，馬路對面不遠處的車道上正停著一輛眼熟的白色車子，她笑道：「你來很久了嗎？」

「不久，從妳出大樓到現在——七、八分鐘吧。」

真是小氣！拿開手機，安桀回頭衝金燁笑了一下。「金律師，再見。」

金燁心領神會。「再見，路上注意安全。」

「呃，謝謝。」安桀習慣性道了聲謝，綠燈已經亮了有一會兒了，來往行人不多，她快步走著，不小心倒是跟對面走來的一名女子擦撞了下肩膀。

「席太太，拜託妳小心一些。」依然通著的手機，輕柔的聲音來得很及時。

安桀鬱悶。「是你催促我的，你一說話我就會變得亂七八糟的。」收起手機，她三兩步穿過馬路，跑到車子旁，拉開車門坐進去。

「為什麼我一說話妳就會變得亂七八糟的？」坐在駕駛座上的男子邊問邊幫她繫好安全帶。

「這歸屬於心理學領域。就好比教導一個孩子，適當的誇獎永遠比責罵有用。」

「責罵？這話最近可真常聽見。」席郗辰低笑。「想好要去哪裡吃飯了嗎？」席先生今天穿著西服，頭髮也梳理得很整齊，顯然是出席過什麼正規活動。

「你約我的，我以為這個問題不需要我回答。吃中餐吧，我喜歡中國菜，色香味俱全，無可比擬。」她說著還真有點餓了，今天中午沒怎麼吃，公司訂的日式盒飯難以下嚥。

「應該說妳的挑食無可比擬。」車子駛過兩個街區，朝他們常去的一家中餐館開去。

「比你好，席先生。」兩人做菜的水平均一般，卻偏偏都挑食得厲害，想來這方面都有待磨練。

第十五章 謝謝妳讓我愛妳

安棨覺得自己真傻，又信了某位先生的話，這個週末他說要帶她去隔壁市的古鎮玩，等她上了車，他又說要先去一下城北，安棨很鬱悶，但既已上「賊船」，也就懶得跟他多計較了。他們現在住的地方在城南，在他們市的植物園附近，開車到城北，節假日堵車起碼要兩個小時。

所以安棨直接閉眼睡覺了，等聽到身邊的人叫她她才醒。

席都辰笑著幫她解開安全帶。他先下車，然後繞到安棨那邊給她開門，拉她下來。「真不知道妳什麼體質，一上車就能睡得不省人事。」

「你還說，昨天晚上是誰不讓我睡覺的？」

此時路上經過的人都不由自主地看過來，笑得很是隱晦。

安桀意識到什麼，臉一下全紅了，馬上轉過身背對道路。她看著眼前的禍因，惱羞不已，壓低聲音恨恨地說道：「不許笑！」

對方很君子地忍下笑容。「好，不笑。」

安桀深深覺得席先生實在惡劣。

「郗辰。」不遠處的社區門口，身穿深色套裝的女人是沈晴渝。

安桀一愣，側頭看了眼身邊的人。

席郗辰微擰眉。「晴姨？」

沈晴渝笑著走過來，看向安桀問：「今天路上很堵吧？」

「……還好。」

「那就好。」她的語氣似乎有些緊張，隨後她對郗辰解釋：「玉嶙跟我說的，你們要過來。」

席郗辰笑了笑，牽著安桀的手沒有鬆過。「晴姨，廈門的事情忙好了？」

「嗯，是啊，提早弄好就回來了，不過明天還要去公司忙。」

「我去買瓶水。」安桀點了點頭，沒有等回覆已經朝一家小超市走去。

沈晴渝有點尷尬。「她……」

「她只是彆扭，妳別多想。」

沈晴渝他們已經搬出之前住的別墅，據說簡震林把房子賣了。安桀心想，不管他們怎麼樣，都跟她沒有關係了。她當然也明白他是因為想根治她的心病才帶她來這兒的，但是……

安桀拿了瓶水去結帳，排在她前面買了一包餅乾的小男孩掉了錢，她幫他撿了起來。

「謝謝姊姊！」

「不客氣。」

男孩跟安桀笑著揮手道別。

席郗辰已經走到安桀面前，幫她付了錢，然後拿過她手上的水瓶幫她擰開，並笑著遞回去。「妳為什麼對別的孩子可以那麼友善？」

「你想說什麼？」

「玉嶙他很想見妳。」

安桀嘆息。「席郗辰，你可真喜歡勉強人。」她最終還是妥協了，但又補充道：「我見他可以，但是我有條件。」

席先生想了想。「我愛妳，這個條件夠嗎？」

安桀無力地按住額頭，輕聲說了一句：「無賴。」

古樸秀美的古鎮，黃昏時分，席先生帶著一大一小去散步。初夏時節，青石板路兩旁是開得正豔的花卉，偶爾有蝴蝶從中翩然而過。玉嶙走在前面，東瞧瞧西看看，並不打擾大人談話。

「我一直想知道為什麼他會無緣無故喜歡我？」安桀玩著手上的小草帽，她挺喜歡戴帽子，遮陽外又能給人一種安全感。

「怎麼突然問起這個？」

「好奇。」

郗辰停下腳步側頭看她。「因為我喜歡妳。」

安桀微笑。「然後？」

「然後，我拿了一張照片給他看。我跟他說：照片裡的人是你的姊姊，也是哥哥最愛的人。你要待她很好很好，不能讓她哭，不能讓她難受，不能讓她覺得有絲毫委屈。」

安桀嘆了一口氣，低下頭抵進席郗辰懷裡，良久後輕聲說了一句：「謝謝你。」

席郗辰輕吻了一下她的額角，不，應該是——謝謝妳讓我愛妳。

楚喬看著坐在茶館最裡面的那個男人，他的外型和氣質都稱得上是她心目中完美男人的代表。他正在喝茶，修長的手指拿著紫砂杯。

她知道他，艾維斯·席，在一期財經報導上看到過，是一名典型的成功人士。

「嗨，你好。」楚喬斟酌良久終於鼓足勇氣過去打了招呼。

席郗辰側過頭，禮貌地朝她微頷首。「妳好。」

原本壓下的緊張因為他的開口猛躥上來，一時不知該說什麼。「我叫楚喬，你好。」

席郗辰點了下頭，並沒有自報姓名，對待外界公眾的姿態，他永遠做得得體但絕對疏離。

楚喬不免失落，正想再開口說些什麼，有人走上來，是一個非常漂亮的小男孩。「姊姊要買花燈，但是沒有錢，讓我來拿。」

席郗辰笑了笑，起身拉住小男孩的手。「我跟你一起去。」

楚喬回到自己的座位上，她的位子鄰近門口，望出去就是被燈火映照得繽紛璀璨的小河。

她看到席郗辰走到一名長髮女子身邊，她戴著帽子，帽簷壓得很低，席郗辰給她買了一只花燈，然後跟她一起坐在臨河的廊簷下。而那小男孩拿了錢跑去旁邊買糖人了。

楚喬看到那女子用食指將帽簷抬高了一些，因為古鎮的外走廊上掛的都是燈籠，沒有電燈，所以光線有點暗，但還是能看清——她很清秀，嫻雅如蘭，她玩了一會兒花燈，轉過頭來朝身旁的人輕淺一笑，然後，席郗辰低頭吻住了她的唇，之後他附到她耳邊說了些什麼，她一愣，將帽簷拉低，但是臉上剎那浮現的那一抹嫣紅，卻怎麼也遮掩不住。

這一幕楚喬很多年後依然記得，有的時候在電視上看到關於艾維斯·席的報導，每次看到他在公眾面前沉穩冷靜、一絲不苟的言談舉止，心裡總是會不由得想有一個女人可以讓他柔情似水。

第十六章 聰明的孩子有糖吃

席郗辰七月中正式回公司上班。

「席總婚後看起來更帥了，哎，他為什麼要這麼早結婚呢？」

年屹笑著點頭。「英俊又有那麼多身家，三十一歲結婚，確實是早了點。」

「年經理，你見過席總太太嗎？如何？漂亮不？你覺得他們這輩子會有離婚的可能嗎？」

「基本不可能。」

「基本？那還是有可能的？」

年屹遺憾地跟今年年初剛入職的這位女副理說：「林總，如果真要說這段婚姻最後誰會變心，我可以肯定的是，會變心的絕對不是男方。」

這時有人敲門進來，看到來人年屹驚訝不已。「妳怎麼過來了？」

「他不在辦公室。甄祕書說你空著，我可以進來。Sorry，是不是打擾——」對方不好意思地說。

「沒，沒，不打擾。」年屹走過來，示意她坐在沙發上。「他現在在開會。」年屹抬手看錶。「應該還要一些時間，要不要我進去叫他一聲？」

「不用，我不急。」

年屹點頭。「今天下午不上班？」

「公司辦活動，去郊區釣魚和燒烤，我不參加。」

年屹打趣道：「寧願來看妳老公是吧？」

說到這裡對方有些赧然。「不是，我的鑰匙掉了。」

「進不去家裡了？」年屹笑了笑。「要不要喝點什麼？咖啡——還是果汁吧，我去茶水間幫妳拿，妳等會兒。」

年屹一走，年輕的女副理走過來友好地搭訕：「妳跟年經理是？」

對方想了想，應該算是——「親戚。」

「說起來他跟我們席總也算是親戚。」

「嗯，算是。」

女副理看著面前的女人——姣好的相貌，氣質嫻靜，不由好奇地問道：「妳來找妳老公，妳老公是我們公司哪位同事？」

正說著有人走了進來，因為門開著，所以來人並沒有敲門，一身正統的深色西服，英挺出眾，俊逸的臉上因為長達兩小時的冗長會議而浮著些許倦意，當他看到沙發上坐著的人時微微一愣，隨即笑著走過來。「來找我嗎？」

安桀點了點頭。「我把家裡的鑰匙弄丟了。」坦白從寬。

席郗辰嘆息。「想聽妳說一句好聽的話還真難。」他對旁邊的職員點了下頭，拉起安桀。

「等下班後，請我吃晚餐吧。」

「為什麼要我請？」安桀奇怪地問。

「因為我想讓妳請。」

兩人邊說邊往外走。「我沒錢。」

「我可以借妳。」

後來他們說了什麼，走遠了，聽不清晰。

等年屹回來時，就只看到林副理坐在沙發上發呆。

「人被帶走了？」

「嗯……她是席總的老婆？」

「是的。」年屹把果汁遞給她。「來，壓壓驚。」

林副理啼笑皆非，最後說：「很般配。」

夏日的某天，淅淅瀝瀝下了一天的雨，直到傍晚天空才放晴。

男子從計程車上下來，眼前的住宅區幽靜華麗。他會來這裡，只因自己還存著一份思念，思念一個不可能再挽回的人。

大門口警衛室的警衛走出來詢問他是來找哪家的。

「姓席。」

「我們這裡姓席的有兩家，你找哪一家？」

「他的太太——姓簡。」

他的神情有些漠然。

警衛想了想道：「你找的應該是北邊那一家。」

男子點了點頭，起步時警衛又叫住他，善意地指了一下路。「你一直走，走到頭左拐，第一幢就是，很好認的，那一家花園裡種了很多小葉梔子。」

「謝謝。」

在一幢藍白相間的房子前，男子停步，花園裡種著茶花和水仙以及一些不知名的花種，靠近籬笆的一圈種著梔子花，雨後的空氣裡帶著一股甜甜的清香味道。

已近黃昏，放著兩張白色藤椅的走廊上開著盞幽幽的橙色壁燈。

男子站了一會兒，推開花園的木門走進去，因為剛下過雨，所以腳下的石子路還有些溼。

他走到門前按了門鈴。

過了良久門被人拉開，一個俊雅的男人出來，他穿著睡袍，手上端著一杯咖啡。

兩人都有些意外。

「進來坐吧。」最後還是席郗辰先開了口。

男子想了想，跟了進去。

客廳南面是落地窗，紫紅色的窗簾遮住了黃昏的霞光，水晶吊燈開著，光線明亮，東面的牆上掛著一些用淡紫色布遮起來的框架，隱約看得出應該是畫。一套簡單的米色沙發，沙發上放著許多橙色靠枕，沙發後面是一面書牆，地上的藤編籃裡零散地放著一些雜誌和畫冊，底下是白色的地毯。

席郗辰已經走到吧檯處給他沖了一杯咖啡。「加糖嗎？」

「少許，謝謝。」他走到沙發邊坐下。「她呢？」

席郗辰走過來把咖啡遞給他。「在睡覺。」

「呵。」

席郗辰坐入對面的沙發，輕抿了一口手中的咖啡。「她這兩天一直在等你過來。晚上留下來吃晚飯？」

男子微扯嘴角。「不了，我只是想來……看看她。」

席先生笑了笑。「她很好。」

「我知道。」

安桀下樓的時候就看到席郗辰站在落地窗前，窗簾拉開，外面一片漆黑，不知在看些什麼。她走過去就著他的手喝了一口咖啡。「冷掉了。」

席郗辰側過頭，將咖啡杯放在窗邊的高腳圓桌上，轉身捧住她的臉。「來，說一句我愛你。」

安桀聽著這話怎麼有點彆扭，感覺像是「來，叫一聲，給妳骨頭啃」，於是她試探地道：「來，說一聲我愛你。」

「我愛妳。」席郗辰看著她，笑得好不溫柔。

「……」莫非自己想錯了？

而席郗辰心裡想的則是，他在某些事情上確實是小氣，他承認，但是，有句俗話說得好，聰明的孩子方才有糖吃，為了有糖吃，他不介意自己成了整天兢兢業業守著屬於他的「財富」的葛朗臺。

第十七章
生日快樂

安桀漸漸發現，席郗辰的很多「堅強」都是偽裝出來的。好比，席先生厭惡蟑螂，他看到這種東西總是會起雞皮疙瘩，但是，他的反應卻是高雅地轉身，風平浪靜地對她一笑。「安桀，有蟑螂。」然後以最平常的速度走開。

等她拿殺蟲劑滅掉蟑螂之後，總忍不住要取笑一下在門外搓手臂的人。幸好家裡弄得乾淨，這種事情一年也不會發生一兩次，否則他估計會抓狂，而她也總算知道為什麼席先生如此積極地請鐘點工打掃了。

再好比席郗辰懼高，但是他的懼高又跟別人的不同，通常懼高的人是站在高處害怕往下看，他則是站在高處往上看會頭暈。

又好比，席郗辰聞到麻油的味道會臉色灰敗，五秒之內一定會離開飯桌……

說真的，安桀已把收集某人的弱點當成了一種樂趣。

這日席先生走進書房來拿東西，然後走到桌後看了眼開著的電腦螢幕。「又是恐怖片？」

坐在椅子上正聚精會神看著的安桀「噓」了一聲。「關鍵時刻，他馬上就要錯過十二點，然後——」

席郗辰不由偏開頭。「妳不是說今天要去市中心買東西？」

「嗯，看完再去。」

「我順路，載妳過去？」

「好啊。」她難得沒有拒絕。

席郗辰走開前又忍不住說了一句：「妳就不能少看一些這種東西？」

「嗯？為什麼？」

席先生不答反提議：「妳可以看文藝片。」

安桀用滑鼠點了暫停，狐疑地望著席先生。「你——」

席郗辰淡淡一笑。「我只是單純建議，妳可以不接受的。」

安桀搖頭。「不對，席郗辰，你是不是——」

席先生淡定地走人。「我在下面等妳，妳看完了下來。」

安桀若有所思地望著門口，然後轉身從後面的書架上抽出一本筆記，拿筆寫下：Elvis 害怕恐怖片？有待考證。

席郗辰週一一進公司大門，就有人上來跟他說生日快樂，等走進辦公室，不意外地看到桌子上放著不少禮品，他不免再次感嘆，他這老闆當得還算挺得民心的。

年屹推門進來，手上拿著一大盒巧克力。「別多想，上來的時候有位女職員讓我代她給你的。」看到桌上的禮品連嘆了兩聲。「沒見過結了婚的男人還這麼受歡迎的。」

席郗辰已經按下內線電話讓祕書進來處理乾淨。

「晚上如果你沒其他事情，去我家吃頓飯？」

「當然，恭敬不如從命！話說回來，你以前連生日都不過的，現在竟然還會請人去家裡吃飯。」

席郗辰笑著坐下來翻看檔案。「人總是會變的。」

年屹坐到他對面，說完了工作上的事後，又忍不住聊起了八卦：「你前段時間跟魅尚的林敏是怎麼一回事？跟人單獨出去吃飯，還被人拍到照片，這可不是你的作風。」

「我跟她算是舊識。」

「不知道你老婆有沒有看到這則八卦消息。」

「她很少看新聞，即便看到，也只會一笑了之。」

「你們倒是彼此信任。」

席郗辰意味深長地笑了笑，這是他們夫妻之間的相處模式，他的愛情——陰險而甜蜜。

這時有人敲門進來，竟然是花店送花來，一大束白玫瑰，花店員工踟躕著上來讓男主角簽收，席郗辰皺眉，按內線電話詢問祕書怎麼回事，竟隨便讓人進來。

「Sorry席總，那是——」

後面的話席郗辰沒有聽了，因為他看到了那張夾在玫瑰花中的白色紙片。

「生日快樂。」再熟悉不過的娟秀字體。右下角寫著她的英文名。

席郗辰掛斷電話，接過那束花，簽了名。

送花的姑娘出去時臉有些紅，成熟的男人笑起來都這麼性感嗎？

「誰送的？這麼大膽，連玫瑰都敢送？」年屹看他將紙片夾進記事本中，有些了然。

這天下午席先生開會開到中場休息時收到一條簡訊。

「中午一起吃飯？」

席郗辰笑著靠到椅背上。「我很忙的。」

對方馬上回過來：「那算了，我這幾天也挺忙的。」

席先生搖頭，最後他起身跟在座的人交代了幾句就離開了會議室。下樓時他想到什麼又返回辦公室，拿了樣東西，然後不緊不慢地走下樓。

他們兩人究竟誰更為陰險一點？想來只有身在其中的人最清楚，而臣服的那個人心甘情願。

中午兩人簡單地吃了飯，傍晚席先生去接老婆下班，在她公司樓下就吻了她，雖然當時周圍人不多，但安桀還是覺得某人太大膽了。

之後兩人去超市買東西，回家後安桀掌廚做飯，席先生進來問：「成果如何？需不需要幫忙？」

「不用。」

席郗辰站在一旁，看某人忙碌著，看了沒一會兒就忍不住上去抱住她吻了起來。等結束親吻，席郗辰將額頭抵著她的。「我今天一整天都在想妳。」

安桀窘迫，裝作若無其事道：「我知道了，我還要做飯，你先出去好嗎？」

席郗辰一聽就低笑出來。「不好。」他溫存地擁著她說：「妳前幾天是不是聯絡過我公司的人？」

安桀「嗯」了一聲。「我們公司幫你們做設計。」

「以後有事妳可以直接找我，我給妳行方便。」溫熱的氣息吹拂過她的耳朵，引得安桀一陣酥麻。

「不用，公事公辦比較好。」

「有這麼好用的老公竟然不用。」席先生很可惜地一語雙關道。雙手已經從她的衣服下襬伸入，在她的腰側流連。

「好吧，我下次會記得直接找你的。」安桀含糊應承，隨後笑著推開他。「門鈴響了，應該是朴錚他們來了，你去開門。」

席郗辰長長一嘆。「我現在整個人都可以是妳的，妳不要嗎？」

安桀撫額，對這個在她面前完全沒有矜持可言的男人，有一種深深的無力感。而她的回答是直接將人推了出去。

吃完飯，朴錚一家人和年屹就宣布告辭，沒有多留。安桀送人出去，走回來時，看到席郗辰倚在屋簷下的牆上笑望著她。她從他面前經過時，席先生拉住了她，然後小心翼翼地將她攬進了懷裡。

「妳知道這種場景我幻想過多少次嗎？」

安桀輕笑著，伸手擁住他。「生日快樂，席先生，祝你年年有今日歲歲有今朝。」

席郗辰緊緊地抱住她。「謝謝。」

安桀慢吞吞地走進辦公大樓，反正已經遲到，那麼遲到十分鐘跟二十分鐘差別不大，索性也不急了。她沒有跟身後車子裡的人揮手道別，一想到這人昨晚的不知分寸就咬牙切齒。

「簡小姐。」有人匆匆跑入電梯。

是他們廣告公司對門雜誌社的員工，安桀朝她點了下頭。「妳好。」

「妳剛才有看到一輛黑色蓮花停在我們樓下面嗎？」邱璿感慨道：「車窗開著，那車主真心帥，原來真的有人可以把白襯衫穿得這麼有型。」

安桀不知道該說什麼。

邱璿嘆了一聲說：「可惜我馬上要結婚了。」

正喝著下車前席郗辰給的果汁的人不由嗆出聲。

「妳沒事吧？」

安桀咳了兩聲。「沒事。恭喜妳。」

「恭喜什麼，門當戶對將就著過日子唄。」

須臾，電梯到了，安桀走出去。「再見，邱小姐。」

邱璿跟著走出電梯。「聽說妳結婚了，妳結婚前有沒有很緊張？我這幾天都睡不好，我這算不算婚前恐懼症？」

安桀搖頭。「我還好。」

「話說妳這麼漂亮，妳老公一定很出色吧？」

「……還可以。」

旁邊電梯的門打開，邱璿看到從電梯裡走出來的人，不由吃驚地張大了嘴巴。

男人走到背朝他的安桀身側，將手裡的紙袋遞給她。「中午要吃的水果跟牛奶，下次別故意落下了。」

看見來人，安桀也有些驚訝，不過對於這種突如其來的事件她已經完全能夠泰然應對。「我今年都胖了快三公斤了。」說著不是很情願地接過。

席先生微笑，他抬手看了下錶。「怎麼不進去？不是已經遲到了嗎？」

安桀心說這都怪誰呢？她原本想介紹一下他跟身邊的邱璿認識，這是禮貌問題，可惜席郗辰趕著走。「下班後早點回家。」說完就走進了電梯裡。

「簡小姐，妳說的『還好』可真是相當的含蓄啊。」電梯門剛關上，邱璿就忍不住感慨了。

安桀有些尷尬。「下次介紹你們認識。」

邱璿連連搖頭。「不敢不敢。」說著她笑道：「妳老公有一種『神聖不可侵犯』的味道。」

神聖不可侵犯？安桀又想起昨晚，那人哪有什麼「神聖不可侵犯」可言啊？

第十八章 碧海年年

安桀這段時間總覺得身體有些不適。前些日子在朴錚家裡，才跟小寶寶玩了一會兒就頭暈了，之後她特地去醫院檢查，結果醫生只說是貧血。但隔天在公司上班，又時不時一陣頭昏眼花，根本做不了事，不得不請假回家休息。

席郗辰從廚房倒了杯溫水，遞給坐在沙發上的她。「妳這樣多久了？為什麼身體不舒服不跟我說？」

安桀拿起茶几上的那瓶藥，倒了兩粒出來，用水送服了，然後拉他坐在旁邊。「你公司有事情就不用在這裡陪我了。」之前因為很難受，所以她打電話讓他到公司接她。

席郗辰沉吟道：「還是再去醫院看看好不好？」

「沒什麼大礙，我只是有些沒力氣，提不起勁，休息一下就好了。」安桀安撫他。

席郗辰還是不放心地道：「明天週六，我上午還要去公司忙點事，妳在家如果不舒服一定要給我打電話知道嗎？」

安桀小聲說：「我答應了同事明天陪她逛街。」

席先生眉頭皺起來了。「推掉吧。」

「說話不算數不好。」

席先生都要咬牙切齒了。「那別逛太久。」

安桀笑著答應。

隔天安桀陪同事購物，其實她自己是極少出門買衣服的，以前是對逛街沒興趣，現在更加不進商城，因為席郗辰會幫她打點好，包括內衣、睡衣、拖鞋、涼鞋……

女同事許晨很喜歡簡安桀，覺得她長相好又是海外留學回來的，但她一點都不自戀、驕傲，待人很客氣。買好東西後，許晨堅持要請安桀吃飯，犒勞她的作陪。

在吃飯的時候，許晨突然拉了拉安桀的袖子，壓低聲音，一臉神祕道：「妳後面坐著的那人，林敏，是有名的模特兒。」

安桀回頭，可不是跟某位先生傳過「緋聞」的那位模特兒嗎？她正跟一名有點年紀的男士吃飯，言笑晏晏，舉手投足透著一股風采。

「上次看到過一條新聞，說她攀上了某家公司的ＣＥＯ，那篇報導上的照片雖然模糊，但那位ＣＥＯ，明顯比現在坐在她對面的男士帥了不知多少。」許晨歪著頭，面露疑惑。「腳踏兩條船嗎？」

安桀喝了口水，只說：「娛樂新聞多數都是捕風捉影。」

「倒也是，還是我們平凡人好，名人跟人談戀愛、起紛爭什麼的，都得小心被狗仔拍到。對了，妳已婚這事讓我們公司好多男同事都好失望，哈哈！妳打算什麼時候生孩子？」

安桀笑了笑。「我先生不想要孩子。」

許晨「咦」了聲，最後擺擺手。「男人都一樣。」

吃完飯出來，兩人道別，安桀正要攔計程車，忽然覺得眼前有些模糊。

「怎麼了？」許晨眼疾手快地扶住她。

安桀搖了搖頭，視力恢復一些。「沒事，只是有點頭暈。」

「頭暈？要不我陪妳回家吧？」

安桀正要說什麼，結果頭痛突如其來，已經很久沒有這種感覺了……她拚命地想抓住點什麼，不想再在大庭廣眾之下倒下，卻依然無能為力。

窗外天色昏沉，一片煙雨濛濛，渲染得整座巴黎市朦朧陰冷，涼風吹進來，窗紗高高揚起。

她是被凍醒的，下床去關窗戶，從前天開始一直在發低燒，右手腕不知為何也疼得厲害，吃了很多藥一點用都沒有。她將窗臺上被雨淋得有些冰涼的鵝卵石拿進來，關窗時看到外面的樹上竟然站著幾隻小鳥。

「下雨怎麼不回家？」她說完才覺這話幼稚，卻無來由地出了神。

她不悲傷，真的，她不哭不鬧，她謹慎地生活，餓了會吃東西，痛了會去看醫生，她從不惹是生非……為什麼這麼聽話的孩子他們可以這樣輕易地說不要就不要……

她看著窗外看了好久，直到看見遠遠的地方，有一道身影，灰濛濛的細雨中她不確定是不是看錯了，模糊的輪廓是陌生的，又有些記憶，然後她看著那道身影慢慢走出自己的視線。

應該是看錯了吧？

之後她吃了些止痛藥就又上床睡了，睡著後痛楚會弱一點。

安桀轉醒的時候，入眼的是白茫茫的天花板以及有些刺目的日光燈，一時不知身在何處。

「安桀？」許晨馬上從椅子上站起來。「妳終於醒了！謝天謝地，謝天謝地。」

安桀看著面前的人。「我怎麼了？」

「妳暈倒了。」許晨停了兩秒。「我叫了救護車把妳送來醫院，妳知不知道自己懷孕了？」

安桀微怔。「懷孕？」

說到這裡，許晨的眉頭擰了起來，有些困難地開口：「是子宮外孕。」

「……什麼意思？」

許晨看著床上面色慘白的女人，有些不忍。「沒事的，安桀，真的，這種情況算是挺常見的，真沒事的。」

安桀咬了下唇，痛的，那麼就不是夢了。

「許晨，我想出院。」

「不行，妳現在需要留院觀察，如果內出血會很危險的……」說到這裡她想起一事。「安桀，妳老公應該馬上就過來了。」

安桀愣了愣。

許晨解釋：「剛才妳手機響，我接了。」

席郗辰走進病房的時候，安桀正在喝水，看到來人不由低下了頭。而坐在旁邊的許晨看到席郗辰不禁呆了一下，然後她看到這個神情內斂平靜的男人走到床邊坐下，俯下身輕輕地吻了下安桀的額頭。

安桀感覺到碰觸到她手臂的手指冰冰涼涼的，還有些顫抖。

她輕聲說：「郗辰，我好像夢到你了。」

對方沒有說話，只是一隻手伸進了被單下，安桀被冷得微微一跳。

「冷嗎？」他問，聲音很輕柔。

「……嗯。」她一直沒敢看他的眼睛。

許晨識相地退出了病房。

房裡只剩兩人，席郗辰伸手覆蓋住安桀的眼睛，顫抖地吻她的唇。「夢到我什麼？嗯？」

他說一句，輕吻一下。

「夢到你在法國……」

「然後呢？」

「然後，你走開了。」

「是嗎？」

安桀艱澀地開口：「郗辰，我是不是一定要開刀拿掉這個不可能活的孩子？」

她感覺到有水滴在臉上，她微愣，伸手想要觸摸上面的人，席郗辰卻抓住她的手，嗓音低啞含笑：「做什麼？」

「你……」

「安桀。」他溫柔地喚了她一聲。「我只是……」

這句話他沒有說完，只是側頭埋進了她的頸項，沒一會兒，安桀感覺到脖子上有點溼。

她想起朴錚曾經打趣地跟她說過一句話：「妳的老公比女人還計較著妳的死亡。」

因為這件事，席郗辰二話不說地幫她辭了工作。

出院後安桀在家休養，這天她醒過來，房間裡只開著窗邊的落地燈，顯得有些昏暗，她想拿床頭櫃上的手機看時間，腰間的手臂收緊了一些。席郗辰靠在床頭打著盹，他的姿態像是在閉目養神，但她知道，他睡著了，鼻息很輕淺，卻有些不安穩。安桀看著他，她的感情一直很淡，從不強求不屬於她的……可是為什麼她現在會這麼難受？她如此地想要跟他有一份今生今世都不會割斷的牽連。

安桀心中浮上一種說不清的窒悶情緒。她湊近近在咫尺的英俊男人，嘴唇印上他的時有種孤注一擲的執拗。

席郗辰睜開了眼，當安桀雙手緊緊環上他的頸項時，不由微微瞇起了眼睛。

安桀大膽地嘗試深吻，對方很配合地張開嘴，任由她探入。不顧一切地，安桀摸索著去解席郗辰的衣扣，但手指打戰，怎麼也解不開，最後索性胡亂地一番撕扯。

「安桀——」

安桀不敢抬頭看他，昏頭昏腦地吻他的下巴、鎖骨……慢慢地移到性感的胸口。她手指微顫地由下襬伸進他襯衣裡，撫向他的下腹，結果在下一秒被他用手按住。

當席郗辰將她抱起來時，安桀不得不對上那雙幾乎可以吞噬她的眼睛。起伏明顯的胸口洩漏了他的情緒，而她心如擂鼓。席郗辰輕輕將她攬進懷中，口中溢出一聲嘆息般的呻吟。「安桀，我拒絕妳的求歡。」

隔天一早，朴錚又來看安桀，帶了他太太熬的養生粥給她。安桀坐在床上喝粥，聽著朴錚的關照，眼睛卻總是忍不住往席郗辰的方向看過去。他靠在窗戶邊削蘋果，一如既往的坦然自若，但是，她很尷尬呀，想起昨天晚上，她第一次主動，很主動……哎，真的好丟臉，更丟臉的是對方還拒絕了。

半小時後，朴錚離開去上班了，席郗辰過來拿開她手上的粥碗，把切成片的水果餵給她吃。

安桀猶豫一下，還是湊過去吃進嘴裡。剛咀嚼完，席郗辰就傾身過來舔她的嘴角，安桀不由向後退了退，卻立刻被對方扣住後腦杓深吻了起來。安桀當時紅著臉想著，那塊蘋果都被他吃下去了……

年屹在魅尚碰到林敏，叫住了要出大樓的她：「林小姐。」

林敏停下，摘下墨鏡問：「年經理，有事？」

年屹抬手讓身邊的兩名下屬先進去，等只剩他們兩人後，他一點都不浪費時間，直接問道：「我好奇妳跟席總是怎麼認識的？」

林敏微揚眉。「年經理，我跟席總的關係您最好直接問他。」

年屹笑了下。「席總說妳是他的『舊識』。」

林敏半晌說不上話來，最後有些意味深長地說：「席總太抬舉我了。」她不過是被大老闆利用來引開媒體對他太太的追查和騷擾而已。

第十九章

此去經年

席郗辰有些意外林玉娟的出現，他在門口站了兩秒後，迎岳母進客廳。

「喝點什麼？」席郗辰將手中的檔案放到餐桌上。

「安桀呢？」

席郗辰看對方逕直走到沙發邊坐下，沒有要喝東西的打算，不過基於禮貌他還是給她倒了一杯開水。

「她在樓上。」

林玉娟要起身，席郗辰道：「她剛睡著，我想您應該不介意等等再上去。」

林玉娟看了他一眼。「她身體恢復得怎麼樣了？」

「您不必擔心。」

「她孩子都沒了，我能不擔心嗎？我想知道，你是怎麼照顧她的？」
席郗辰此時已經走到吧檯後面煮咖啡，聽到這他只是笑了一笑，並未作答。
林玉娟從來就不喜歡這個晚輩，且不說他是沈晴渝的外甥，光他目中無人的態度，就足以讓她排斥這個女婿。偏偏自己的女兒喜歡他。
「醫生怎麼說的？還能生孩子嗎？」
席郗辰正不疾不徐地將咖啡粉倒入熱水中，動作有些漫不經心。
林玉娟皺起眉頭。「我知道你年紀輕輕功成名就，心高氣傲無可厚非，但我是你的長輩，你好歹應該尊重一下。」
席郗辰微笑道：「妳是安桀的母親，我自然尊重妳。」
林玉娟聽不出他口氣是真心還是敷衍。「前段時間你讓她出去工作？」
席郗辰點頭。
「你明知道她身體不好，怎麼還讓她出門工作？」
「是我顧慮不周。」
「我希望你既然娶了我女兒，就應該──」
席郗辰突然打斷她的話，淡笑著問：「妳想要多少錢？」
「什麼意思？」林玉娟面無表情，聲音裡卻有種被人一語點破的無措。
「沒有什麼意思，妳是我長輩，我孝敬妳是應該的。」淺笑未離開過他的嘴角。「最主要是我不是很喜歡別人談論我太太。」
別人？林玉娟強迫自己壓下慍意。「安桀是我女兒──」

「我知道，所以，我在這裡招待您。」

林玉娟真是沒有見過這麼不可一世的人，惱怒地起身。「你這個晚輩，我還真是喜歡不了！」

「是嗎？我無所謂。」他淡然道。

「郗辰？」

席郗辰側過身，此時安桀正從二樓走下來，輕皺著眉。席先生微愣，下意識地回頭看了一眼火氣未下的林玉娟，心中暗惱不已！

「安桀──」席先生的語氣溫和，只有他自己清楚心裡其實有些緊張。

安桀走到客廳，林玉娟已經上前。「身體好點了吧？」

「嗯。」

「怎麼這麼不小心？以後可要多加注意了。」

安桀微微頷首，然後她認真地說道：「母親，我希望您尊重我愛的人。」

林玉娟走後，席郗辰拉著安桀到旁邊的植物園散步。

「雖然我並不在意妳母親對我是什麼評價，但是，看到妳維護我又是另一回事了。」說到這裡席先生嘆了一口氣。「安桀，妳要收買一個叫席郗辰的人真的是易如反掌。」

安桀無奈地搖了搖頭。「亂說什麼？」

席郗辰拉起她的手親了下。「我還以為，妳會生氣。」

「你幹麼這麼沒有自信？你可是席郗辰。」

席先生低嘆。「妳可是簡安桀。」

安桀沒了工作之後，又變回了整日遊手好閒的狀態，奇怪的是席郗辰也是異常悠閒，此人上午十點才去上班，有的時候甚至同她吃了中飯才出門，而下午五點以前絕對回家，安桀就想不通了，作為一家企業的領頭人，他怎麼能有空成這樣？

這天傍晚兩人去外面吃飯，看了一場電影，從電影院出來安桀又看到了那家麥當勞，以前席郗辰就不怎麼允許她碰冷飲，出了那事後更加管得滴水不漏了。

「郗辰——」

「嗯？」

「沒事，我隨便叫叫。」

「嗯。」

「郗辰，你覺不覺得有些熱啊？」

「不覺得。」

「哎，我也不覺得。」

對愛人瞭若指掌的席先生忍不住咳了一聲。「要吃甜筒嗎？」

「好呀！」下一秒，安桀懷疑地看著他。「逗我的吧？」

「不，我怎麼捨得逗妳。我那麼愛妳。」席先生說得一本正經。

安桀無語，微微一笑，情不自禁地抱住了他。席郗辰一愣，心神蕩漾。

四年前的夏天，安桀曾回國過一次，雖然只短短逗留了三天，但是要見的人都見了。她去了以前的學校，在經常跟葉藺坐著聊天的地方坐了一天。

隔天朴錚載著她在簡家外面停了一小時，傍晚時見到簡震林的車開進車庫，見到他下車進了家門。安桀關上車窗時，旁邊的人忍不住問：「真的不進去？」

安桀搖頭，她本來就只是來看看而已。

在他們車子開出社區時，一輛白色BMW迎面開來，朴錚打著方向盤與它錯身而過，隨後朴錚笑著問她：「有沒有看到車裡的人？」

「什麼？」

「席郗辰，我想妳應該也不記得了。」

安桀皺了下眉頭。「是不記得了。」

隨朴錚回到他的住處，那一天她吃過晚飯就睡下了，迷迷糊糊聽到手機震動，摸過來接通後她「喂」了一聲，卻沒有回音，之後忘了掛斷就這麼放在耳旁又睡著了，早上起來時發現電話竟還通著。她按掉後，又回過頭看了眼號碼，確定是不認識的。

下午兩點的飛機，朴錚帶她去了早上預訂好的餐館用午餐。剛坐下，朴錚就往某處看去。

「咦？」

「怎麼？有認識的人？」

「席郗辰。」

安桀手上的筷子停了，順著朴錚的目光望過去，那一桌坐著兩男兩女，而側對著這邊的那道身影，在她看來是有點熟悉的，這份熟悉感讓她有些不舒服。

「還好嗎？」朴錚見她的臉色突然不好起來。

安桀搖了一下頭，沒有說什麼，但情緒確實不好了，即使不是面對面，那種沒來由的排斥感還是隱隱冒了上來。「朴錚，我們換個地方吧。」她起身就要走，由於太急切，跟路過的人相撞了一下。安桀身體一失衡，手臂磕到了桌角，立刻傳來一陣刺痛。

「安桀！」朴錚立即過來扶住她，撩高她袖子一看，果然擦破了皮。

而另一位當事人似乎也趕時間，朝安桀點了下頭就要走，朴錚一把拉住了他。「至少說句對不起吧，先生！」

「朴錚，我沒事，走吧。」撞的剛好是右手，真是倒楣，安桀咬了咬唇，因為痛得實在有些厲害了。

「她都說沒事了，你可以放手了嗎？」

「李彥，怎麼回事？撞了人都不知道要道歉嗎？」一名西裝革履的中年男士走過來，口氣頗嚴厲。

而剛才還氣勢洶洶的男人立即恭敬道：「梁總，對不起，我遲到了！」

有不少人已經看向這邊，安桀發現那中年男人正是先前跟席郗辰坐一桌的人。她下意識擰緊了眉，正要拉朴錚，結果身後側有人輕扶住了她的手臂，一條手帕按在了她沁著血的右手肘上。

「妳需要去醫院。」

安桀瞬間變了臉色，而四周也莫名地安靜了下來。等她緩過神來，她緩緩推開那人的手。「別碰我。」沾了血的白色手帕掉在了地上。「不要碰我。」她輕輕地又說了一次。

「郗辰？」

「……嗯？」

「你在想什麼？這麼出神，我叫了你好幾聲你都沒應。」安桀抬頭看他。

席郗辰只是又收緊了一些手臂，沒有吭聲。

安桀推推他。「這裡人很多。」

「安桀——」他叫了她一聲，卻久久沒有說話，現在簡安桀就在他懷裡，屬於他。「安桀，說一聲我愛你。」

被箝制得動彈不得的人只能好脾氣地答：「我愛你。」

「……謝謝。」

第二十章
歲月靜好

一天，安桀在做飯，一位老太太過來敲了敲她廚房的窗戶說：「妳花園裡的橄欖要澆水。」

這位老人家每天傍晚都會在社區裡散步，安桀有點印象。她伸出頭看了看左邊屋簷下那兩株剛種下一週的小橄欖。「它們沒死啊。」

「不澆水就死了。」老人家說完背著手就走了。

安桀跑到樓上去問剛下班回來在換家居服的席郗辰，橄欖需要澆水嗎？席先生說應該不用。結果兩天後，也就是眼下，她家的橄欖都死了。

安桀看著席先生，搖頭道：「原來你也有不懂的事。」

席先生微笑著說：「我懂怎麼愛妳就行了。」

愛？

安桀忍不住想起前不久他教她游泳的那段經歷。也不知道是什麼原因，她在水裡怎麼都浮不起來，而教的某位先生也絕情，說什麼要想學會游泳只能置之死地而後生。最終在她吞了好多水、嚇得半死後，她發誓再不學游泳了，至少絕不跟他學！

現時，席先生招手讓她過去，安桀搖頭，他笑了。「幹什麼一副小綿羊見到狼的樣子？」

安桀乾笑了兩聲，轉移話題說：「我想去學園藝。」

席先生沒意見。「可以，可別又是一時興起。」

「什麼意思？」安桀不服氣。

郗辰笑望著她。「游泳。」淡淡拋下兩個字，某位英俊的先生瀟灑地上樓了。

安桀朝他喊過去：「席先生，我以後要很忙了，所以晚飯都由你來做。」

席郗辰側過身靠在扶手上看著她，然後勾了勾手指。「妳上來，我們好好討論一下。」

「鬼才信你，你只會耍無賴。」

席郗辰一愣，仰起頭哈哈大笑起來。

簡安桀再次嘆息，以前不瞭解他的時候總覺得他很冷酷，非常冷酷，話都不太多講，甚至有種目中無人的清高，如今，真的是要頻頻搖頭了。

掛在窗口的風鈴被夏末的涼風吹得叮咚作響，安桀走到落地窗邊的藤椅上坐下，拿過旁邊小桌上放著的書。翻了一會兒，她忽然笑了，看到的那頁上，他寫著一句話：「簡安桀，席郗辰，二〇〇〇年。」十年前寫的。

「如果沒有遇到他，自己的命運會如何？」這個問題她想過不只一次，可事實上終究是遇上了，這麼糾糾纏纏地一路走過來，而她知道，未來他們也會一直相攜著走下去。

正如他曾在神父前跟她說過的，生命很短，他只想與她一起走完。

二〇一四年春天。

林萱坐在餐廳裡等又遲到的男友。她百無聊賴地看著室內的布景、來去的人，這時她看到門口進來一對父子，視線不由得跟著他們移動，那男人相當英俊，而趴在他身上的小男孩白淨漂亮得像混血兒。

林萱一直看著他們走到點餐的櫃檯前，其實不只她，周遭還有不少人在看這對父子。十分鐘之後男人拿了打包的東西走了。而林萱當時也不知道自己怎麼了，竟然起身跟了出去。她跟著他們穿過一條街，小男孩中途醒了醒，叫了聲「爸爸」，她聽到那男人低沉溫柔的聲音道：「到家再睡，好嗎？」

「我想媽媽了。」那小孩的嗓音甜甜軟軟的，讓人一聽就打心底裡喜歡。

那男人笑了。「乖，回到家就能看到她了。」

林萱看著他們上了停在車道上的黑色車子，看著它揚長而去。她站了許久，最後忍不住感慨：小孩的媽媽長什麼樣的啊，把孩子生得那麼漂亮。

安桀聽到外面有引擎聲，知道他們回來了，她捧著陶瓷杯走到門口，看著一大一小下車。寶寶眼尖，馬上就看見了她，開心地叫了聲「媽媽」，朝她飛奔過來。

安桀蹲下身，把人接住，柔聲說：「別跑太急。」

後面的人走上來，接過她手裡的杯子。

安桀站起身，牽著小男孩的手問：「晨晨，今天玩了一整天，累不累？」

「有一點點累。媽媽我想妳了。」小男孩剛滿三週歲，平時乖巧聽話，是真正的小紳士，但對著媽媽總還是愛撒嬌。

小傢伙今天在朴錚家跟朴錚的兒子玩了一天，席先生接他回家的路上他就一直在打盹。原本以為孩子一回到家就會睡，結果見到安桀又精神飽滿了。溫馨的房子裡，孩童用稚嫩的聲音講述著一天的趣事。

之後的晚餐，一家三口吃的是安桀熬了一下午的粥，以及席先生從外面打包回來的一份湯。吃完飯，席郗辰收拾餐桌和廚房，安桀帶著兒子去洗澡。小傢伙今天是真的累了，洗完澡很快就睡著了。

席郗辰靠在兒童房門口看了母子倆好一會兒，才輕輕敲了敲門。安桀下床，走到門口挽住席先生的手臂，笑道：「他說要讓我給他講故事，結果沒半分鐘就睡了。」

「嗯。」席郗辰關上兒子的房門。

兩人回到主臥室，安桀坐在床尾的沙發上，仰著頭看他。「今天我白天睡了一整天，現在一點睡意都沒有。」

「那，要不做點什麼？」

安桀笑道：「不要。」然後伸手輕輕抱住了他的腰，他身上的味道很好聞，讓她覺得很安心。三年前她生了寶寶，她懷孕那一年，他除去必須要去公司忙的時間，幾乎片刻不離她，直到生產那天母子平安他才如釋重負，掩面壓驚。這個男人的脆弱在她面前體現得淋漓盡致，讓她覺得心疼不已。

「明天跟朴錚他們出遊，寶寶估計又得玩瘋了。」

席郗辰撫了撫她的臉，笑道：「他這性子也不知道比較像誰一點？」

「像你，也像我。」

安桀覺得這一刻她很幸福。她的丈夫愛她，她的兒子健康快樂。人的一生還有什麼比這些更珍貴的呢？

第二天週末要開車旅行，朴錚夫婦九點鐘準時來到安桀家門口，寶寶一聽到外面汽車的聲音就興致勃勃。「媽媽，哥哥他們來了。」

安桀笑著說：「別急，總得把衣服穿好吧。」她給兒子扣上黑色牛仔外套的鈕扣，小傢伙雖然心急，但依然很乖地站著配合媽媽。安桀讓他抬起腳，幫他穿著小馬靴，唇紅齒白的小男孩立刻就成了英氣勃勃的小牛仔。

安桀捏捏他紅撲撲的臉說：「好了，去吧。」

小傢伙開心地點頭，親了下他最愛的媽媽，跑了出去。

安桀將昨天準備妥當的食物和醫藥箱拎出去時，剛巧席郗辰開車回來，他早上去接簡玉嶙了。

簡玉嶙如今十一週歲，已經長成俊秀的小少年，也更加體貼人和懂事了，晨晨一見他就親熱地叫了聲「哥哥」，原本應該叫小舅舅的，但是，席郗辰的意思是年齡相差不大，叫哥哥就行了。

簡玉嶙對晨晨更是關愛呵護得不得了，平時就是成熟的小大人模樣，看到弟弟就成了小保母。他問晨晨：「冷不冷？早餐吃了嗎？」

晨晨高興地搖頭又點頭。

朴錚的兒子叫嘉翼，今年四歲半，虛歲六歲，剛上幼稚園，皮得要命，這時候也不免湊上來。「晨晨，玉嶙哥，我們等會兒去抓野兔子吧？」

朴錚拍了下兒子的腦門，笑罵道：「有出息啊。」

「好了，走吧。」席郗辰招呼了一聲，一夥人出發了。

席郗辰開的是越野車，朴錚的車子跟在後面。席郗辰的這輛車性能極佳，野外的惡劣環境幾乎都能應付，所以小孩都坐在這輛車的後座，繫著安全帶。安桀坐在前面的副駕駛座上，她回頭說：「如果餓了，旁邊的盒子裡有牛奶和餅乾，可以先吃點。」

玉嶙靦腆地笑道：「好。」然後問晨晨和嘉翼。「哥哥給你們拿吃的好嗎？」

「好！」

席郗辰注意著路況，他們不趕路，所以開得十分從容。

經過一小時的車程，美麗的景色迎面撲來。晨晨趴在車窗的玻璃上開心地問：「媽媽，那是水牛嗎？」

「嗯。」安桀笑著點頭，小孩子沒見過真的水牛，以前都是讓他看彩色圖片認的。

她對郗辰道：「我們在這邊停一下吧，下去走走。我跟朴錚打電話說下。」

「好。」

很快，兩輛車在路旁停下，朴錚一下車就說：「這裡風景真不錯！」

四周都是綠野青山，遠處一條清澈的河流，河對面是村莊，白牆黑瓦的房屋隱隱約約點綴在山坡綠蔭之間。

席郗辰見兒子一溜煙要去田裡，忙伸手抱住了他。

小傢伙向媽媽求助：「媽媽，媽媽，我要去那邊。」

朴錚的太太笑道：「上次我們一起去芬蘭時，晨晨好像沒這麼貪玩，他似乎更喜歡國內的田園風景呢。」

朴錚說：「我們家晨晨愛國嘛。」

小孩們征得了大人的同意，跑向最寬平的那條田埂。朴錚的太太說：「我去跟著他們吧，免得小翼一激動連牛都要抓了。」朴錚一聽抓牛亦來了興趣，也跟著老婆過去了。

車子邊只剩下席先生和席太太，後者靠在車門上，看了眼碧藍的天空，忍不住深呼吸。「真舒服。」

席郗辰伸手牽住她。「陪我去走走？」

安桀笑著點頭。

兩人朝溪流走去，遠方山峰迭起，鬱鬱蔥蔥，安桀不禁想到以前跟他去的尼泊爾。「其實，國內的自然風景真不比國外差。」

席郗辰聽了，微微一笑，兩人沒一會兒就走到了河灘邊，安桀見溪水乾淨可見底，忍不住蹲下去掬了一把水。「竟然有些暖。」

席郗辰溫柔地說：「暖也別玩太久。」

這時，不遠處有人叫他們：「爸爸，媽媽！」

兩人相視而笑，朝某處望去，小男孩正朝他們跑來，手上拿著一束要給媽媽的花，笑得很開心，漂亮得像小天使。

之後一夥人意見一致決定在這裡停留一晚，他們去「山裡人家」辦了住宿手續，然後到半山的一家民俗餐館解決午飯，吃的是山中的野菜、菌類，還有山間溪流裡的水產，味道極鮮美，所有人胃口都不錯，晨晨不用餵就自己吃了不少。

餐館的老闆看這一桌的顧客都是出類拔萃的人，連小孩子都俊秀漂亮，忍不住開玩笑說：「你們看起來真像明星啊。來我們山裡度假嗎？」

朴錚的太太笑著搖頭。「老闆真幽默。我們就是路過，被你們這兒的景致吸引了，就留在這邊玩兒了。」

老闆聽她這麼說，高興道：「我們這裡雖然算不上國家級的旅遊景點，但自然風光可不比那些名勝地點差。」

「是的。」隨後朴錚的太太興致頗濃地跟老闆評論起了什麼烏鎮、黃山，都是宣傳過度，開發過甚，反倒少了幾分原始天然的風味。

後來那老闆問朴錚的太太：「你們那對朋友是夫妻吧，我還真的只在電視上看到過長得這麼好的人。」

朴太太已經吃完，走到屋外站著消食，聽到這句話不由笑道：「對，夫妻，很恩愛。」

老實說，席郗辰她是不怎麼熟悉的，雖然逢年過節都見面吃飯，但這位席先生除他太太外，對其他女性都保持著一定距離，要不是親戚，估計她這輩子都接觸不到這類站在雲端上的人。

朴太太看到屋裡幫兒子擦手的安桀，席郗辰坐在她身邊，雖然沒有看著她，但這樣的場景卻讓人有一種地老天荒的感覺。朴太太心想：歲月靜好，大概就是如此。

下午一夥人去爬山，等到夕陽西下，才意猶未盡地下來。吃了晚飯後，他們才回旅館。晨晨今天一天都很開心，最後還興致勃勃地想跟哥哥們一起睡。安桀無奈，朴太太說：「那房間有兩張床，我跟晨晨睡，讓玉嶙跟小翼睡。」

安桀沒辦法，叮囑了小傢伙幾句，才跟席郗辰去了別的房間。

她今天逛得也挺開心，洗完澡之後，坐在床邊看電視。席郗辰洗完從浴室出來，兌了一杯溫水遞給她。

電視裡正在播放一部英國愛情電影。

安桀沉浸在故事裡，直到電影結束，她關了電視機，才惋惜道：「結局有些悲傷。」

席郗辰沒說話，將她喝去一半水的水杯拿過來放在櫃子上，輕輕攬過她，吻上她的嘴脣。

安桀一愣，雙手慢慢地圈住他的頸項。他把她抱到床上，愛惜地看了她片刻，俯身再度吻上她的脣。他的動作很輕柔，探進舌尖去與她纏綣。每一次做愛他都萬分謹慎，怕傷害她，但每一次到後面時，他都有點狼狽地控制不住自己。

當一切風平浪靜，相擁的兩人能聽到彼此有力的心跳。

兩人再次洗完澡，回到床上，已是十一點多。安桀覺得有些累，也很舒服，抱著席郗辰很快就睡著了。

第二天，安桀睜開眼睛時天已經大亮。

她穿戴整齊出門，在走廊上就看到了樓下的露天場地上，席郗辰抱著三歲的小男孩餵著粥，神情細膩柔和。

安桀看著，突然有些著迷。

這世界上會讓他如此溫柔以待的只有兩個人：一個是她，一個是他們的孩子。

而她，多麼愛他。

第二十一章 天長地久

週末，席家寶寶跟著朴錚他們去了動物園。席先生想，難得的兩人假日，得做點什麼。於是他拉了席太太出門看電影了。

去市區的路上，安桀笑著說：「那我要看恐怖片。」

席先生很淡然。「可以。」

最終看的自然不是恐怖片，原因一，席先生看了眼正上映的那部恐怖片，淡淡道：「這部片子是我們公司投資拍的，沒什麼好看的。」——Boss 說自家的片子不好看，那必定是不好看的，管其他人信不信，反正她是信了——原因二，愛情片竟然比恐怖片便宜一半，這是安桀糾結的地方，所以節約慣了的簡小姐同意了席先生的意見——看愛情片。

然而進去之後安桀發現，這儼然是無厘頭雜耍片。

他們旁邊坐著的也是一對情侶。剛開始安桀並沒有注意，直到電影開場一會兒後，那女孩子說了些話讓她留了心，因為她說得很有趣。

那女孩子其實說得很輕，並不會打擾到別人，她只是在跟她的男朋友輕聲說，而安桀坐在她另一邊，所以也能聽到一些。

「在西周時，周天子代表的是華夏族，和荊楚集團是毫無疑問的敵對關係。為什麼他們兩方人馬可以如此和睦地相處呢？還有，這荊楚的勢力範圍也不對啊……」

直到一道低沉的嗓音阻止她：「妳別管那麼多，乖乖看電影。」

那女孩子嘀咕：「我乾脆把它當成搞笑片看算了。」

她男朋友好像笑了笑。「這本來就是喜劇片。」

「可問題是它一點都不搞笑啊，除了那些錯誤很有趣之外……」

「那妳就看男女主角的愛情。」

「莫庭，你不覺得男女主角本身就是錯誤的存在嗎？那時候怎麼可能有西方世界來的人呢？我覺得他們還不如把這部片子定義成神話劇，男女主角是從西方極樂世界來的還說得過去一點。徐老大，徐莫庭，我們別看了吧，去吃東西吧，廣慶市的小吃還是挺有名的。」

安桀覺得這女孩子說話很認真，但說出來的話卻忍不住讓人發笑。

席先生輕聲問她：「怎麼了？」

「沒。我發現年輕人談戀愛真是有意思。」

席先生沉默了一會兒，說：「我才三十……出頭點。」

「……」快四十了吧？安桀腹誹。

「就算你到四、五十了，你在我眼裡依然是最有魅力的男士。」

席先生「嗯」了一聲，滿意了。

男人啊，其實都是小孩子。

隔天，席先生上班，安桀帶兒子去了恐龍博物館。午飯的時候，母子倆進了肯德基。安桀極少帶兒子吃速食，可小孩子好像特別喜歡吃這種東西。

安桀讓兒子坐在窗邊的位子上，她去排隊買。因為是吃飯時間，所以人比較多。

這時有道頗響亮的聲音說：「給我四個派！香芋的，我都要香芋的啊！然後是——」

服務人員很客氣地說：「小姐，我們這裡沒有香芋派。」

「沒有？哦，麥當勞才有是吧。哎，你們肯德基跟麥當勞姦情那麼深，店面總是開得抬頭不見低頭見的，就不能互通下有無？」

人群裡不少人笑出來，紛紛看向那說話的短髮女孩。

「行了曉旭，買點別的吧，反正妳什麼都能吃。」旁邊的男人一身米白色毛衣，臉上帶著笑，聲音溫和。

女孩子不樂意了。「什麼叫我什麼都能吃啊？我又不是豬。好了小姐，給我一份北京雞肉捲、一個漢堡、一對烤翅、兩份上校雞塊、一包大份的薯條，飲料就雪碧吧，我暫時就這樣，你呢？蘇洵。」

「……」

安桀排隊買到了東西，回到寶寶那邊時，看到之前的短髮女孩正坐在隔壁桌，在跟寶寶說話。

「小朋友你好可愛，是混血兒嗎？叫什麼名字？幾歲了？來來，告訴姊姊，姊姊給你糖吃。」

晨晨看到媽媽回來，馬上叫了一聲，聲音裡有些小緊張。

那女孩子看向安桀，嘿嘿笑道：「原來媽媽那麼漂亮，怪不得了。剛我只是被妳家寶貝兒驚豔到了，克制不住想跟他說說話，沒有惡意的。」

安桀笑了笑，表示知道。她坐下來後，那女孩子又說：「妳家寶貝兒是混血兒嗎？太漂亮了！我以前也老想生混血兒來著，現在是沒指望了，哎。」嘆息聲裡倒是沒有多少遺憾。

安桀莞爾。「不是混血兒。」

「哇，那他爸妳老公也一定很帥嘍！」

安桀笑道：「妳男朋友也很帥。」

「嘿嘿，是嗎？我用了十八般武藝拐騙到的！」

女孩對面的那名儒雅男子禁不住咳了一聲。他朝安桀抱歉地笑笑，然後把那女孩子的身子擺正過去，慢條斯理地教育：「吃飯的時候別東張西望，也請少說話，還有，別意淫我。」

那女孩子噗的一聲噴出了嘴裡的飲料，舉起拇指，咳嗽著說：「你強！」

安桀的手機響了一下，是席先生的電話，問他們在哪裡？

「跟寶寶在肯德基裡，你要過來嗎？」

「嗯，中午出來一下，少吃點那些，我過去接你們去吃飯。」

「好。」

安桀放下手機的時候，那女孩子又問她：「美麗的姊姊，妳們廣慶市有哪些地方好玩的？我跟我家蘇老師是臨時決定過來玩的，都沒做攻略。我問我閨密，哎，我閨密昨天剛離開這，她給我推薦什麼歷史文化館，太鬱悶了！」

安桀想了下，跟他們說了幾處可玩的地方。女孩子笑著跟她道了謝，他們走時向她跟寶寶又道了再見，安桀也點頭說了聲「再見」。

「再見」這詞，安桀挺喜歡的，它表示道別之後還意味著「有緣再相見」的意思。而「緣」是這世界上最微妙的東西。它註定著你與誰相遇，又最終與誰相伴。

初秋的一天，安桀從書店出來，走到馬路旁正要伸手叫計程車，就看到了對面站著的人。一身簡單的裝束，卻依然引人注目。

那人站在那邊看著她，好一會兒他才慢慢過來。安桀沒有動，心裡很寧靜，卻不知怎麼有點想落淚。

那男人終於站在了她的面前，他笑了一下，說：「剛才經過的時候，看到妳進去……好像是妳，又不大敢確定。我就想等等看，看來沒有白等。」

「葉藺……」

「嗯。」他輕聲應道，好像等這一聲已等了很久。

安桀的聲音有些哽咽：「好久不見。」

他笑了，伸出手將她擁進懷裡，輕聲說：「簡安桀，好久不見。」

他們去了附近的一家咖啡店。安桀點了一杯熱可可，捧在手心，對面的人喝的是開水。

他說：「我的胃現在不太好，受不了刺激性的東西了。」
安桀沒有接話，緩緩地轉著手裡的杯子。
他低了低頭，笑著說：「聽說妳孩子三歲了。有照片嗎？能讓我看看嗎？」
安桀從衣袋裡拿出手機，翻出晨晨的照片。她遞過去，他接過，看得很仔細。
「眼睛和嘴巴很像妳。很漂亮。」
「謝謝。」
兩人沉默了一會兒，安桀問：「你這幾年好嗎？」
「妳問工作還是生活？」他說。「工作的話，就那樣；生活，也就那樣。」
安桀的手機響了下，他看了一眼，遞還回去。
安桀接過翻看，是席郗辰的簡訊，問她到家沒有。她回過去：「還沒有，遇到了葉藺，要晚點回去。」
對方好久才回過來：「好。」
安桀放下手機時，對面的人笑了笑，卻沒又說什麼。安桀問他：「你妹妹怎麼樣了？」
「送她去國外治療了兩年，好轉了一些。」
「哦，那就好。」這時她的手機又響了響，還是席先生的簡訊，他問：「妳在哪裡？等會兒我過去接妳吧。我也快下班了。」
安桀莞爾。「才四點不到，你就下班了？」
他回道：「我是老闆。」
「……」安桀打了地址過去，然後她抬頭問葉藺：「晚上一起吃飯好嗎？」

他頓了頓。「去妳家？我想妳老公可能不會歡迎。」

「那我歡迎你可以嗎？」

葉藺笑了，他伸手過來拉住她的手，拉到自己面前。「不了。我不想看你們在一起的樣子。」他把額頭輕輕靠在她的手上。「簡安桀，安桀，妳有沒有想起過我，這幾年……」

安桀的手顫了一下，想收回，但他沒讓。她只能任由他拉著。而他也並不是真的想要她的回答，或者說他對答案早已心知肚明。他只是想通過這種方式來訴說一種心緒，已經再無法對她說出的心緒。

他們分別時，他簡單不過地道了再見，沒有回頭地走了。

席郗辰的車已經停在路邊，安桀走過去上了車。

席先生發動了車子，開了一會兒，他突然問：「妳在想他嗎？」

安桀偏頭看向他。席郗辰說：「這樣的場景，還真是有點似曾相識。竟然——連心情都差不多。」

安桀反應過來就忍不住笑了。「什麼心情？」

席先生很從容地答：「不爽。」

安桀伸手過去揉他頭髮。「席先生，你在吃醋嗎？」這樣的舉動，這樣的話，這世上大概也只有簡安桀敢做敢問。

席郗辰拉下她的手，緊緊地握在手心，嘴角倒是微微地揚起了。「是，所以妳要安慰我。」

……這男人還真是越老越難伺候。

九月中，席先生帶兒子去幼稚園小班報到。席郗辰下車後，寶寶也乖乖地自己下了車，他跑過來拉住父親的手，第一天上學，他有點拘謹，也很開心。席郗辰摸了摸他的頭問：「席晨曜，緊張嗎？」

小傢伙想了想，搖頭說：「不緊張。媽媽說我已經長大了，就算爸爸媽媽不在身邊，也要『獨當一面』。」

席郗辰聽到後面那一句就笑了。

「你媽媽教你要『獨當一面』？」

小傢伙說到媽媽就很開心。「媽媽講的成語故事，我記住了。」

席郗辰稱讚兒子：「乖。」

席郗辰把兒子送進去安排妥當後，他回到車上，並沒有立刻開車，而是靠到椅背上，拿出手機打電話。

「寶寶進去了，很英勇。」

對方問：「驕傲嗎？」

席郗辰笑出來。「驕傲，心滿意足。」

傍晚席先生來接寶寶，他是先繞去家裡接了席太太再過來的，所以晨晨一出教室看到安桀，就滿臉驚喜地衝了過來。「媽媽！」

安桀把人接住說：「怎麼出那麼多汗？」

小傢伙很開心。「剛剛我們玩遊戲了。」

席郗辰抱起兒子，安桀則接了他手上的小背包。一家三口往車子走去，小傢伙一路跟媽媽說著新鮮事：「媽媽我們今天畫畫了，老師說我畫得最漂亮……」

安桀見他說得眉飛色舞，忍不住輕捏了下他紅通通的小臉。

上車後，孩子就說肚子餓了。席先生從後視鏡裡望著後座的人。「兩位大人，想去哪裡吃飯？」

晨晨問媽媽：「我們去吃餃子好不好？」

安桀笑著點頭。

經常去的那家餃子店此時人不多，他們進去點完餐後，晨晨看著前方的電視機，他看了一會兒後突然拉了拉媽媽的袖子，輕聲說：「媽媽，電視裡的是爸爸呢。」

安桀看向電視機，果然是某人的報導。拍攝的地點就是他的辦公室，他穿著西裝，英氣逼人，他說的話並不多，但有理有據。

席郗辰也回頭去看了一眼，回過頭來說：「養家餬口。」

安桀無語了一下。

服務生上來時，看了一眼席先生又看向電視機。「先生，您跟電視上的那位大老闆好像啊。」

安桀笑了，她對那服務生說：「對，好多人都這麼說。」

那服務生離開後，席先生微微揚眉。「那我好看還是他好看？」

「……」這有對比性嗎？

這時有人過來跟席先生打招呼：「席總。」那人身材挺拔，戴著一副無框眼鏡。

「周先生。」席郗辰點了下頭。

周錦程笑著看向安桀跟晨晨。「這兩位想必就是席太太和小公子吧，你們好。」

安桀禮貌道：「你好。」

晨晨也笑咪咪地回了聲：「叔叔好。」

周錦程笑著說：「孩子真乖啊。席總，那我不打擾你們吃飯了。我伴侶也在那邊，我過去了。下次有機會讓我請您喝一杯。」

席先生點頭。「好。」

等周錦程一走開，安桀笑說：「你怎麼哪裡都能遇見熟人？」

「不熟。」席先生幫安桀倒上熱茶。「在飯桌上碰到過兩次，他以前是外交官，後來到了江濘市當官，現在在廣慶發展，挺厲害的一個人。」

安桀下意識地側過頭去看了眼，那男人走到了一個坐在輪椅上的女孩身邊，那女孩子要拿桌上的杯子，他先一步拿起那只瓷杯，放進她的手裡。

安桀看到他的眼神，他對這個女孩愛戀至深。

安桀想，每個人的生命中總會遇到那麼一個人，一同經歷風雨，然後看見彩虹，天長地久。

番外一　席先生的回憶錄

我從小到大的記憶裡，父母都在忙事業，我十歲至十九歲，近十年時間都跟爺爺在美國生活和讀書。我爺爺是一位老書法家，觀念陳舊固執，我有些方面很像他。

我第一次見到她，是期間有一次回來參加晴姨的婚禮。她穿著純白的小禮服，安靜地坐在禮堂的角落裡，沉靜得像幅畫，我看著她，心中莫名地滑過一絲異樣情緒。從晴姨口中我得知了她叫簡安桀。

一年後我父母因事故去世，我回到國內讀大學，並學習如何管理企業，不管是父親的公司，還是母親創辦的週刊，四年後我得確保有能力接手。所以剛回國的頭一年，我幾乎忙得沒有喘息的時間。直到後來偶然有一天，我在學校裡看到她。

她捧著一束百合站在一棵銀杏樹下，初夏的微風吹來，一片白色的花瓣被風吹落，她伸手去接了一下，沒有接住，她卻輕輕地笑了。那一晚，我夢到了她，她站在一片花海裡朝我微笑。

後來，我為了她的微笑，等了十二年。

我開始去瞭解她，知道她正就讀於我所在大學的附屬中學。

她經常去美術大樓畫畫。

她不善交際。

她身體也不太好。

漸漸地，看她，好像成了那段時間唯一能讓我感到放鬆的事情，甚至，就像上了癮一樣。

即使我知道她身邊已有人陪伴。

那男生長相出色、性格張揚，原來……她喜歡這種類型的。

「郗辰，你是不是談戀愛了？」

「什麼？」朋友突如其來的問話讓我皺了下眉。

「你最近的表現很異常，我一直好奇像你這種超齡穩重自律又極度聰明的人，談起戀愛來會是什麼樣子。現在看來，魂不守舍，茶飯不思，又有點讓人毛骨悚然，雖然跟常人有些出入，但也相去不遠了，不過，我更好奇的是——究竟是哪位美女竟然有這麼大的能耐讓我們的冰山帥哥席郗辰傾心！」

原來在外人眼中我竟已表現得這般明顯，我覺得有些茫然和煩躁。

一見鍾情，我以前想都不曾想過會發生在自己身上，可在我明白自己已動心的時候，她卻還不知道我的存在。

有時我不禁慶幸我有太多的事情要忙，不至於整日心神不屬。

大三那年我把父母的房子賣了，因為我獨自一人不會再去住那裡。我買了新房子讓人裝修，那天我跟室內設計師聊完回校的路上，看到了她站在路邊一家冷飲店的門口，那天天很熱，太陽很大，她沒有帶傘，就舉著素描本擋陽光。

我放緩了車速，把車停在她前方十公尺的車道上，由後視鏡裡望著她。十分鐘後，她等的人出現，對方幫她撐傘，並拿過了她手上的本子幫她扇風，兩人說著話走了。

我沒再停留一秒，開車離開。

這年，我跟晴姨說我想跟著她學半年，於是我住進了簡家，只有我自己清楚，我來這裡真正的目的有多不正當。我看到她在午後的花園裡讀一本泰戈爾的詩集，看到她在書房裡踮著腳苦惱地想要將最上面的書拿下，看到她站在陽臺上眺望遠方……我真覺得自己不正常了，這樣的行為其實跟偷窺狂沒有差別。我想跟她說話，可幾次的擦身而過，她都表現得形同陌路，而我亦不擅長打破隔膜。

我從不知道，我席郗辰竟也這麼懦弱以及齷齪。

她好像將我最差的那些面都引發了出來，而我無能為力去控制。

就像那天，那天真是糟糕透了！我聽見晴姨的尖叫聲衝出房門時，只看到她站在樓梯口無助地發抖，而晴姨已經跌下樓，身下有一攤怵目驚心的血水！我本該立刻去幫助晴姨，可我不放心她，她像完全失去了心神，情急之下我打了她。

我看到那雙無神的眼睛看著我，淚水從她的眼眶滑下，我感到一股前所未有的恐慌，我可以抱她，可以跟她說話，可我偏偏用了最壞的方式！

最終她被她父親送去了法國。

她去法國的第一年，我接管了席氏，並將我母親的週刊合併到了席氏名下。這一年，我每天只有三個小時的睡眠時間，唯一的一次休假就是五月時，我去了法國三天。

她變得比以前更沉默了。

我遠遠望著她，一頓飯，她一直只是低著頭在吃，她吃得很慢，一杓一杓地往嘴裡塞，她讓我覺得，她吃東西僅僅只是為了不餓死。

她吃完飯，就拿起桌上的詞典翻看，一直看到了夜幕降臨。這一年她在學語言。

她瘦了很多。

第二天，她甚至在外面暈倒了，那天還下著大雨，我把她抱去了醫院。看著她躺在病床上，臉上毫無血色，我第一次握住了她的手，將額頭輕輕靠在她手背上，第一次叫了她的名字：「安桀。」

之後的幾年，每年我都會去法國一到兩次，每一次待三到五天。

「哥哥，早上好。」

看到玉嶙揉著眼睛從房裡出來，我放下了手中的報紙，將一杯牛奶推到右手邊的位置。

「乖，先吃早餐。」

她去法國的第二天，我就搬離了簡家。

玉嶙爬上椅子，皺起眉頭問我：「可不可以不喝牛奶？」

「嗯，可以。」我淡淡地應了聲。「換晚上喝。」

他噘起嘴巴嘀咕：「又是這樣！」

我莞爾。「不喝牛奶，那麼把粥喝了。」

「哦好！」他馬上坐端正身體，乖巧地拿起旁邊的白粥吃起來。

我看著玉嶙，忍不住在心底想，她如果也能這樣乖乖地對自己，該有多好。

「哥哥，你又要去有大鐵塔的國家了嗎？」

我點了下頭，拿起旁邊的另一份報紙翻閱。

「哥哥，這次你能不能帶玉嶙一起過去？」

「想去？」我看向他。

他拉住我的手，期盼地說：「想去想去！」

他的眼睛，真的有點像她……

我心不在焉地「嗯」了一聲。

「哥哥你答應了嗎？真的可以帶玉嶙一起去嗎？太好了！」

我回過神來，輕摸了下他的頭。「不可以。」

法國的夏天不是特別熱。

傍晚時分的巴黎無疑是美麗的，處處散發著藝術氣息。

開完會我到塞納河畔走了一會兒，這座海外城市我已來過不下二十次，六年的時間，二十次，算多嗎？我不由得苦笑。

下午兩點我回到下榻的飯店，洗了澡，換了身衣服，我打了年屹的電話。「晚上你跟這邊公司的人吃飯，我不過去了。」交代完我掛了電話，走到窗邊。「不知道此刻，她在做什麼？」

這份牽絆，我單方面地越沉越深，卻又甘之如飴。

我看著她頭髮長了又剪短，然後又養長；我看著她這些年又長高了一些；我看著她臉上的青澀一點點地褪去……

夕陽西下，她穿著一件暗色系的洋裝，戴著一頂涼帽，纖秀的身影被晚霞照著，顯得有點單薄。她走到一張長椅上坐下，拿下帽子，露出了她白淨的臉。

「先生，需要畫一張嗎？」旁邊一位紅頭髮的街頭畫師笑著問我。

「可以畫風景嗎？」我用英語問道。

「可以，先生。」

我指了下不遠處的那座橋以及橋邊長椅上坐著的那一道身影。「風景……包括人。」

我很想很想她，卻不敢跟她說一句話。

番外二　一個好夢

我背著畫畫的工具去寫生，走在隊伍的最後面，遠遠聽到老師在說：「同學們，等會兒到了公園，你們自己找想要畫的，景、人，或者鳥兒、花兒，都可以畫。今天不規定內容，大家自由發揮，好嗎？」

大家齊聲喊：「好。」

到了公園，我找了一個靠近湖邊的位置，正打算畫坐在草坪上的一對夫妻時，身後突然有人問我：「妳要畫我爸爸媽媽嗎？」

我回頭，便看到一張年輕好看的臉。

他比我高半個頭，說話時眼裡帶著淡淡的笑。

他又道：「妳畫，我想看看。」

我說：「我不喜歡別人看著我畫。」

他說：「那妳就當我不存在吧。」

我笑了，哪有這樣的？

他退到旁邊一點。

我回過身，用鉛筆打草稿。有一片樹葉落在了我頭髮上，我正想要抬手，他卻先我一步幫我拿掉了。然後他把那片樹葉捏在手裡，看著我的畫紙問：「妳畫一幅畫要多久？」

「看畫什麼。」

「如果是畫我呢？」

「半天吧。」

他微微笑了。「挺快的。那以後我找妳幫我畫一張，可以嗎？」

我沒點頭。他也沒再問了。

天空突然暗了下來，一滴雨水滴到已經可以看出兩道相依偎的人形的畫紙上。

他突然拉住我的手。「要下雨了，我們先找地方躲躲。」

我回頭看看老師和同學，他們都已經收拾東西往四處散去。

他拿起我的畫具，牽著我跑向不遠處無人的亭子時，身後有人叫他：「郗辰，你去哪兒？」

他回頭朝對方喊：「我帶她去躲下雨。爸，媽，你們先去車上吧。」

我感覺到有雨水打在我的臉上，有些涼。

我側頭看身邊的人，他邊跑邊笑了起來。我好奇地問道：「你笑什麼？」

他轉頭看我。「跟妳一起這樣跑，我開心，妳呢？」

我覺得這人挺傻的，我們才剛認識。

大雨傾盆而下，跑到亭子下時，我們已經被淋得半溼。他從衣袋裡掏出一條手帕遞給我。

「謝謝。」我接過，擦去從額頭上滑落下來的雨水。

「夏天的陣雨說來就來，以後妳出門的時候可以隨身帶一把傘。」

「你知道，你怎麼不帶呢？」

他輕聲道：「我無所謂，我是男的。女孩子被淋了雨，多狼狽。」他說著又微微笑了起來。「假如我知道今天會遇到妳，我會帶傘。」

我低下頭，看著亭子外面地上的水坑，倒映著灰濛濛的天。

「妳冷嗎？」他又問我。

我搖頭。

他卻站到了我前方。「我幫妳擋住風吧。妳叫什麼名字？」

「簡安桀。」

「妳名字真拗口。」

我鬱悶。「你呢？叫什麼？」

「席郗辰。」

「你的還不是一樣拗口嗎？不對，你的比我的還拗口。」

他哈哈地笑了兩聲。「是嗎？好吧。」

之後雨停了，天空亮了起來，遠方的山上出現一道淡淡的彩虹。

「妳等下畫我好嗎？」

他背著光，我卻能很清楚地看清他的面龐、他的表情，脈脈含情。我點了下頭。

「安桀，妳喜歡我嗎？」

他的聲音是那麼耳熟，那麼讓人心安。「嗯。」

他又柔聲說：「那妳以後嫁給我好嗎？」

我想了想。「嗯。」

「那我們說定了。」

我醒過來時，身邊的人正安靜地睡著，一隻手放在我的腰上。

剛才的夢境歷歷在目，我忍不住笑了，真是一個好夢。夢裡，我們初相識，便相愛，真好。

席先生&安桀的私話一百問

1．請問您的名字？
席：席郗辰。
安：簡安桀。
2．年齡？
席：三十歲出頭一點。
安：……
3．性別？
席：男。
安：女。
4．請問您的性格是怎樣的？
席：冷靜。
安：有時有點情緒化。
5．對方的性格？
席：文靜，偶爾會鑽牛角尖。
安：表面上很難親近，其實挺好說話的。
（採訪者：那是只對妳那樣吧，席太太！）
6．兩個人是什麼時候相遇的？在哪裡？
席：我一位長輩的婚禮上。
安：在學校裡。
7．對對方的第一印象？
席：不好接近。
安：……沒什麼特別印象。

（採訪者：可憐的席先生……）

8．喜歡對方哪一點呢？

席：都很好。

安：挺理智的，也很聰明。

9．討厭對方哪一點？

席：沒有。

安：……心思太深。

10．您覺得自己與對方相配嗎？

席：再好不過。

安：挺好的。

（採訪者：看來兩人都很滿意彼此呀，尤其席先生。）

11．您怎麼稱呼對方？

席：安桀。

安：郗辰，有時候會連名帶姓叫。

（採訪者：生氣的時候嗎？）

12．您希望怎樣被對方稱呼？

席：無所謂，她喜歡就行。

安：安桀。

13．如果以動物來作比喻，您覺得對方是？

席：貓。

安：狼，或者狐狸，呃，再壞一點的有沒有？

（採訪者……席先生您在笑嗎？）

14．如果要送禮物給對方，您會送？

席：花。

安：手錶吧，他喜歡手錶。

（採訪者：明顯席太太比較破費。）

15．那麼您自己想要什麼禮物呢？

席：沒有特別想要的。

安：如果可以，能夠允許我開車。

（採訪者：席先生皺眉了嗎？）

16．對對方有哪裡不滿嗎？一般是什麼事情？

席：沒有不滿。

安：他罵我的時候。

（採訪者：罵？難以想像！）

17．您的毛病是？

席：不怎麼擅長做飯。

（採訪者：席先生您已經夠完美了，不要讓我這輩子都嫁不出去好不好？）

安：有點偏執。

18．對方的毛病是？

席：在某些方面有些固執，不過完全可以接受。

（採訪者：明白明白！）

安：他是處女座。

（採訪者……有什麼深意嗎？PS處女座的同學不要介意，是誇是誇。）

19．對方做什麼樣的事情會讓您不快？

席：身體不舒服不說。

安：哪有？

（採訪者：席先生笑著看了席太太一眼，席太太低下了頭……這樣秀恩愛真的好嗎？）

20．您做的什麼事情會讓對方不快？

席：晚上有點不自制的時候。

（採訪者……）

安：身體有點不舒服，拒絕去醫院檢查的時候。

21．你們的關係到達何種程度了？

席：她是我太太。

（採訪者……完美的詮釋啊！）

安：很好。

22．兩個人初次約會是在哪裡？

席：醫院。

安（笑著看向席先生）：你算得早了吧？

（採訪者：……）

23．那時候兩人的氣氛怎樣？

席：很好。

安：……有些尷尬。

24．那時進展到何種程度？

席：她不排斥我。

安：沒什麼進展吧……

25．經常去的約會地點？

席：家裡。

（採訪者：席先生是戀家的人or戀家裡的人？）

安：偶爾會去公園走走，他跟我都不怎麼喜歡去咖啡廳。

26．您會為對方的生日做什麼樣的準備？

席：提前問她要什麼。

（採訪者：浪漫浪漫！這樣太直接了，你可是完美男人啊！）

安：送花，送禮物，然後，基本上會一起去吃頓飯，可能再看一場電影。

27．是由哪一方先告白的？

席：我。

安：……他。

28．您有多喜歡對方？

席：……

安：……

（採訪者：好吧，疑似問了個蠢問題。）

29．那麼，您愛對方嗎？

席郗辰朝導演招了下手，後者喊了聲「卡」後立刻彎腰跑過來，聽席先生說了兩句，然後轉身對採訪者說：「問點有建設性的。」

安：……

（採訪者：問題設定就是這樣子的呀，果然被大老闆席Boss鄙視了！）

30．對方說什麼會讓你覺得沒轍？

席：討好的時候。

安：很多時候。

（採訪者：果然被吃定了嗎？）

31．如果覺得對方有變心的嫌疑，你會怎麼做？

席：不會有這種事。

（採訪者：應該是您不會允許有這種事吧？）

安：他應該不會變心。

（採訪者：我相信！）

32．可以原諒對方變心嗎？

席先生看了下手錶，某主持人立刻自動換下一個問題！

33．如果約會時對方遲到一小時以上怎麼辦？

席：我會去接她。

安：他很少遲到，如果臨時有事，會提早打我電話。

（採訪者：這就是紳士嗎？）

34．您最喜歡對方身體的哪一部分？

席：都很好。

（採訪者：嗯嗯！）

安：手，很漂亮。

35．對方性感的表情？

席：動情的時候。

安：大多時候都挺性感的。

36．兩個人在一起的時候，最讓你覺得心跳加速的時候？
席：主動接近我。
安：呃，一些小動作。
（採訪者：好比？好比？）

37．您會向對方說謊嗎？您善於說謊嗎？
席：不會，沒必要。
安：沒必要說謊。

38．做什麼事情的時候覺得最幸福？
席：現在，都很好。
安：一起吃飯，雖然總是有分歧。
（採訪者：真的嗎？難以想像。）

39．曾經吵架嗎？
席：以前會，也不算吵架。
安：嗯。

40．都是為什麼吵架呢？
席：她愛鑽牛角尖。
安：他總是跟我過不去。
（採訪者：兩位你們說這種話的表情為什麼都是帶著微笑的呢？）

41．之後如何和好？
席：我大度。
（採訪者……）
安：（微笑。）

42．轉世後還希望做戀人嗎？
席：輪迴嗎？我不信這些。
（採訪者：唯物主義者啊，還原以為席先生會說「我願能生生世世跟她在一起」呢。）
安：珍惜現在就好了。

43．什麼時候會覺得自己被愛著？
某主持人自動換下一題！

44．您的愛情表現方式是？
席：她好就好。
安：相信對方。
45．什麼時候會讓您覺得，「已經不愛我了」？
席：沒有。
安：暫時沒有。
46．您覺得與對方相匹配的花是？
席：很多都跟她很配，她個人喜歡白玫瑰。
安：鬱金香。
47．兩人之間有互相隱瞞的事情嗎？
席：現在，沒有。
（採訪者：那就是說以前有囉？）
安：沒有。
48．您的自卑感來自？
席：沒什麼好自卑的。
（採訪者：這人吃什麼長大的啊！）
安：現在不大會自卑了。
49．兩人的關係是公開還是祕密的？
席：我們已經結婚了。
（採訪者：好吧好吧，席總我知道您已經是有家室的人了。）
50．您覺得與對方的愛是否能維持到永久？
席：是的。
安：嗯。
51與52自動遮罩。
53．您對現在的狀況滿意嗎？
席：滿意。
安：嗯。

54・初次H的地點？
席先生撫額：芬蘭。
安：……他說了。
55・當時的感覺？
席：很好。
（採訪者：話說您是第一次吧？是吧？）
安：很複雜，不……排斥。
56・當時對方的樣子？
席：很好。
（採訪者：席先生，您除了「很好」可不可以再說點別的呢？雖然我知道您太太是真的很好啦！）
安：……投入。
57・初夜後的早晨您的第一句話是？
席：太久了，不記得了。
（採訪者：其實是不想說吧？）
安：忘記了。
58・每星期H的次數？
席先生微笑：看情況吧。
（採訪者：什麼情況？）
安：大多時候他很克制，偶爾會，呃，比較多。
（採訪者：……）
59・覺得最理想的情況下，每週幾次？
席先生看了下錶：我們趕時間，麻煩進度快一點。
（採訪者：……）
60・那麼，是怎樣的H呢？
席：這種事也要問？
靈敏的導演已經朝主持人打手勢，下一題！
（採訪者：嗚，難得能採訪大老闆，竟然什麼都不能問嗎？）

61・自己最敏感的地方？
席：這檔節目是誰在負責？
（採訪者：……）
安桀笑著附耳對席先生說了兩句，席先生瞇了下眼睛，然後臉上有點……不好意思啊？是看錯了吧？一定是看錯了！
席：腰下。
安：耳朵。
（採訪者：席太太，您真是我的女神啊！）
62・對方最敏感的地方？
席：都還好。
（採訪者：席先生，你依然是在官方發言呀！）
安：頸部。
（採訪者：多麼溫柔好說話，席太太，我已成為妳粉絲。）
63・用一句話形容H時的對方？
席：再好不過。
（採訪者：這句是實話還是官方發言呢？）
安：……專注。
64・坦白說，您喜歡H嗎？
席：為什麼要討厭？
（採訪者：……好繞人啊！）
安：還好。
65・一般情況下H的場所？
席先生：家裡。
安：床。
66・您想嘗試的H地點？
席：床上就可以。
安：為什麼要到別的地方？
（採訪者：看來兩位都是比較「傳統」的人啊。）

67．沖澡是在H前還是H後？
席：她有潔癖。
安：洗澡後，有的時候會有些意外。
（採訪者：席先生臨時起意的時候嗎？）
68．H時有什麼約定嗎？
席：需要約定什麼嗎？
（採訪者：像誰在上面啊之類的……好吧，膽子再大也不敢問。）
安：沒有什麼特別的約定。
69．您與戀人以外的人發生過性關係嗎？
席：沒有。
安：沒有。
（臺下有不少少女少婦忍不住尖叫出聲。）
70．對於「如果得不到心，至少也要得到肉體」這種想法，您是持贊同態度，還是反對呢？
席：幼稚。
安：反對的。
71因為問出來可能會小命不保，所以果斷跳過了。
72．您會在H前覺得不好意思嗎？或是之後？
席：只會覺得更親密。
（採訪者：其實是會不好意思的……吧？）
安：偶爾會。
（採訪者：席太太最誠實了！）
73．如果好朋友對您說「我很寂寞，所以只有今天晚上，請……」並要求H，您會？
席：這種事情需要考慮嗎？
（採訪者：果然被鄙視了。）
安：好朋友應該不會這麼說吧？
（採訪者：寶貝，是妳接觸的人太少了。）

74・您覺得自己很擅長H嗎？
席：嗯。
安：哎。
（採訪者：……）
75・那麼對方呢？
席：很好。
安：嗯。
（採訪者：兩人回答得越說越順暢了，真不錯！）
76・在H時您希望對方說的話是？
席：我愛你。
安：都可以。
77・您比較喜歡H時對方哪種表情？
席：沉迷。
安：呃，認真坦白。
78・您覺得與戀人以外的人H也可以嗎？
席：不可以。
安也搖頭。
79・您對SM有興趣嗎？
席：沒興趣。
安：什麼是SM？
（採訪者：……果然席太太比較純潔啊。）
80・如果對方忽然不再索求您的身體了，您會？
席：不會有這種事情。
（採訪者：超有自信的！）
安：呃，愛情不只是由情慾組成的。
（採訪者：美人兒您的意思不會是不H也沒關係吧？席先生在看妳了喔！）
81・您對強姦怎麼看？
席：判無期。

安：嗯。

82．H中比較痛苦的事情是？

席：中途被打斷。

安：嗯。

（採訪者：席太太，雖然妳的表情很認真，但是……妳是不是在敷衍我啊？）

83．在迄今為止的H中，最令您覺得興奮・焦慮的場所是？

席：辦公室。

（採訪者：啊啊啊啊！）

安：嗯。

84．曾有過女方主動誘惑的事情嗎？

席先生笑了：她做錯事情的時候會討好我。

安：哪有？

85．那時男方的表情？

安：溫柔。

86．男方有過強暴的行為嗎？我自動換題！

87．當時女方的反應是？我還是繼續自動切換吧！

88．對您來說：「作為H對象」的理想對象是？

席：我太太。

安：他。

89．現在的對方符合您的理想嗎？

席：完全。

安：嗯。

90．在H中有使用過小道具嗎？

席：沒有。

安：沒有。

91．您的第一次發生在什麼時候？
席：芬蘭，已經回答過了。
92．那時的對象是現在的戀人嗎？
安：嗯。
席：當然。
93．您最喜歡被吻到哪裡呢？
席：都可以。
安：嘴唇。
94．您最喜歡親吻對方哪裡呢？
席：都喜歡。
（採訪者：我臉是不是紅了？）
安：額頭。
95．H時最能取悅對方的事是？
席：擁抱。
安：主動的時候。
96．H時您會想些什麼呢？
席：她是我的。
安：不會特別想什麼。
97．一晚H的次數是？
席：視情況而定。
安：我可不可以不回答？
（採訪者：席太太妳也欺負我了……）
98．H的時候，衣服是您自己脫，還是對方幫忙脫呢？
席：這種事需要別人幫忙嗎？
（採訪者：我知道席先生你很主動，但是，情趣，情趣知道不？）
安：都有。
99．對您而言H是？
席：不可或缺。
安：嗯。

（採訪者：席太太……）

100．請對戀人說一句話。

席先生看錶，然後站起身：好了是嗎？

（採訪者：席總，我們這檔節目您是做得有多不樂意啊。）

安：我愛你。

（採訪者、眾人……）

隔天，一家娛樂報的頭版上如是報導：「席氏執行官席郗辰在其旗下公司的一檔採訪節目中當眾擁吻太太，致使此節目一度爆棚！」

後記　一次微笑

《何所冬暖，何所夏涼》是我提筆寫的第一部小說，所以我對席先生跟安桀有著很深的感情，但我很少提及他們，這大概就是所謂的「越在乎，面對時就越忐忑而小心翼翼」吧，如同席先生對安桀的感情。

生平的第一部作品，它多少是帶著一些生澀、一些不切實際的，但它無疑是美好的，是不是？席先生的等待和守候，我想，我們都希望能遇到。

因為《何所冬暖，何所夏涼》的特別，所以這次的後記裡，我也想跟你們說點有趣的事。好比，席先生是有原型的，當然，雖說是原型，唯一的相同點可能就只是那一份「深情不渝」。

七年前，我從在海外生活的一位表親口中聽說了一則故事，雖然簡短，但挺有感觸。表親圈裡有一位朋友，在當地一所大學念博士，他的導師是一位有爵位的老太太，這位老教授是出了名的嚴格和脾氣差，卻很器重他，因為他很聰明，也頗紳士，用表親的話來說就是「他很給我們國人長面子」。這男子可以說樣樣出色，唯獨感情不圓滿——他守了一個女孩子很多年，從國內到國外，陪她學語言，陪她吃苦，陪她成長。

可惜的是這份感情最終並不圓滿。女方去了美國教書，他留在了當地就業。我的表親感慨地說：「如果有人肯那麼陪著我，我一定會對他很好，哪會說走就走？」

別人的人生其實我們並無資格去多評價，只是，我聽完後不無遺憾。

後來我寫席郗辰這人物，我最堅持的一點就是他的長情。但我知道，席先生並不是那位博士生，我的那位表親看完《何所冬暖，何所夏涼》也說，席郗辰不只是深情不渝，他簡直就是至死不渝……咳，好吧。

而簡安桀，事實上我喜歡她超過席先生，雖然她性格彆扭，但她身上有海外留學生的很多好的品質，比如堅韌、自強、不浮華，所以我一直覺得，她很努力，甚至已經盡她所能做到最好。我家那位先生就沒有安桀勤勉（笑）。

不管怎樣，席先生跟席太太最後得到了幸福。這也印證了，無論我年紀多大，我還是喜歡童話故事——遺憾讓人傷懷，美好的故事則讓人想起就會忍不住微笑。

不論多少年過去，希望席先生跟席太太都能給你帶去一份溫暖、一份憧憬、一次微笑。

二〇一四年秋

最美遇見小西

認識顧西爵，緣於一部叫作《最美遇見你》的小說。

記得那時我正處於事業瓶頸期，心情比較低落。某天跟朋友聊天說到最近文荒，找不到好作者、好作品時，她跟我說：「顧西爵的《最美遇見你》寫得不錯，妳可以看看。」對於「顧西爵」這個名字我之前略有耳聞，但對她的文我卻不太瞭解。

我曾立志要做出版界最好的伯樂，一旦遇到好作品、好作者，我會如飢似渴。當天我就從當當網把《最美遇見你》買回家，孰料剛翻開第一頁就放不下了。女主李安寧堪稱冷場女王，她的冷幽默會時不時讓我會心一笑。她的同學毛毛、薔薇、朝陽……每個人都各具特色，令我不由自主地想起我的大學時光，想起我和室友們之間有趣的故事，想起自己的青春年華。

《最美遇見你》不僅人物刻畫得好，愛情更是描寫得讓人怦然心動。

暗戀是世界上最美好的愛情，比暗戀更美好的是——你暗戀的那個人剛好也在暗戀著你。徐莫庭是男神級別的男生，長相英俊，職業體面，出身外交世家，各方面都很優秀，最關鍵的是他對感情很專一，從高中暗戀李安寧開始，為她守候多年。也難怪有人說「每個女生心中都住著一個渴望遇到徐莫庭的李安寧」，連我這個經過無數言情小說洗禮的人都為徐莫庭所傾倒。

從《最美遇見你》開始，我便愛上了顧西爵的文，一發不可收拾。她擅長描寫人世間最美好的感情，包括愛情、友情、親情。她是生活的觀察家，一些被我們在生活中忽略的小細節在她的筆下變得異常生動。

她的每篇作品都溫暖動人，每個男主對女主都那麼深情。可是她每部作品描寫的主題又不盡相同，如果說《最美遇見你》是關於暗戀，《何所冬暖，何所夏涼》就是關於執著，席先生對安桀十二年的守護讓人感動；《我站在橋上看風景》是關於守望，你守望著一段逝去的感情，可是你身邊卻有人守望著你；《滿滿都是我對你的愛》是關於成長，關於一個女孩成長過程中經歷的甜蜜美好片段，通過這些溫暖幽默的生活小片段，徐少的痴情、小弟的呆萌、室友們的搞笑形象都那麼深入人心。

通常來說，每個作家都有一部經典的代表作，而一般代表作的受歡迎程度最高，在代表作的光環下，作家的其他作品會黯然失色。然而，這個常用規律在顧西爵身上並沒有體現，因為我覺得她每本書都很好看，每本書都可以為自己代言。

既然為她的作品痴狂，想要認識她就顯得順理成章了。我通過微博聯絡她，互加了關注。我起初叫她西爵，她說叫她小西就好。

或許同是天蠍座的緣故，我和小西特別投緣。未曾謀面，卻相見恨晚。

第一次見到小西的照片，我彷彿看到了《那些年，我們一起追的女孩》裡面的沈佳宜，清新淡雅，不是玫瑰那樣張揚的美麗，卻如同百合一樣綻放著自己的獨特芬芳。我盯著她的照片看了良久，因為她的長相會讓我想起她筆下那些美好的女主，有種人如其文的感覺。我開始慫恿她在《我站在橋上看風景》這本書上放她的照片，我說她的氣質跟書很搭，而且讀者也希望有跟作者交流的機會，看過作者照片，讀者會覺得更親切……我說了很多，總之，曾跟我說不曝光的小西被我說服了。私以為，不是我的口才有多好，而是我的誠意打動了她，不是作為策劃人的誠意，而是作為讀者的誠意。畢竟我是先被她的書吸引，才被她的人吸引。

二〇一三年國慶日期間，在回京之前，我特意帶著先生、女兒從江蘇老家啟程去杭州，只為跟小西見上一面。雖然是初次見面，卻完全沒有陌生疏離感，連一向認生的女兒欣寶都彷佛見到了親阿姨，「小西阿姨、小西阿姨」地叫個不停。

初秋的杭州城剛被雨水洗刷過，空氣清新宜人，鼻端盡是桂花的甜蜜氣息。我和小西在西湖邊上的咖啡廳閒聊，聊創作，聊人生，聊生活，聊夢想，頗覺時光靜好。

很多讀者說小西的半自傳體小說《滿滿都是我對你的愛》裡男主徐微雨、女主顧清溪的名字是她筆下最般配的一對人物姓名。小西說這兩個名字出自蘇東坡的《人生賞心十六件樂事》前面兩句：「清溪淺水行舟，微雨竹窗夜話。」頗有意境的兩句話，很貼合《滿滿》裡的人物性格。而我覺得這首詩最後一句話「撫琴聽者知音」很適合用來形容我和小西之間的關係。我們雖然剛見面，認識的時間也不長，卻是彼此的知己。

後來陪小西簽售的次數多了，更是對這句話深有體會。小西說每次簽售只要我在身邊，就會安心。小西是文靜內斂的女孩，喜歡宅在家裡，不太願意出來簽售，第一次說服她出來簽售，我花了很大一番工夫。後來每次公司發行總監提出簽售計畫時，我雖然也需要溫言相勸，但沒第一次那麼艱難了。

在湖南大學做活動時，有讀者問小西：「小西，編輯是怎麼說動你出來簽售的？」小西說：「我確實不愛出門，從小到大我都挺怕生，但首次簽售時，有讀者從很遠的地方趕來，後來更得知有女孩子在簽售完回家時錯過了火車，在車站等了一晚，讓我難受很久。後來我想，寧願我出去，去你們在的城市，這樣你們就不用趕很遠的路了。」我清楚地記得，小西說的時候聲音都有些哽咽，全場為之動容，我和主持人以及臺下的讀者，都被小西深深打動了。

小西對讀者的好，熟悉的「西米露」（小西讀者的暱稱）都是知道的。北京簽售時，她千里迢迢從老家帶來特產送給讀者；上海書城簽售時，因為人多擁擠，警衛不讓讀者停留，一簽完就用凶巴巴的語氣趕讀者走，小西忍不住說「別對我的讀者那麼凶嘛」；武漢文華書城簽售時，小西簽到一本《滿滿都是我對你的愛》時發現蝴蝶頁偏色，我一看封面，發現是盜版，讀者有點不好意思，立即走了，小西讓我追回讀者，她自己出錢買一本正版《滿滿》換回盜版。她後來跟我說，讀者應該是想買正版，結果不小心從網上或其他管道買到盜版，讀者也是受害者。她不僅作品寫得好，人也很好，每次都能站在讀者的角度想問題，對讀者溫柔體貼，也難怪她的讀者會對她那麼好，一直對她不離不棄。

有一種女孩，能讓你在相處的時候很舒心，沒有壓力，不需要掩藏真我，炎夏的時候她就是沁人心脾的涼風，寒冬的時候她就是溫暖柔軟的棉被。在我看來，小西就是這樣的女孩。《何所冬暖，何所夏涼》這本書的書名，用來形容小西的性格再合適不過。

她對每部作品都很用心，她不會追名逐利，她更看重的是作品寫得夠不夠好，作品有沒有她想傳達的情懷。

她喜歡住在鄉下，種種菜，養養花，遠離喧囂的人群，這樣能讓內心平靜，寫出來的作品也更純淨。

她彷彿這個浮華時代的一縷清風，過著與世無爭的生活，享受著自己的小幸福，並把這種細碎的美好寫出來與大家分享。

最近看到一本書，上面寫道：「你身邊是否有這麼幾個人？不是路人，不是親人，也不是戀人、情人、愛人。是友人，卻不僅僅是友人，更像是家人——這一世自己為自己選擇的家人。」

我看後備受觸動，因為我就很幸運地身邊有這麼幾個人，不是路人，不是親人，不是愛人，是友人，卻不僅僅是友人，更像是家人。而小西絕對是其中一個，是我這一世為自己選擇的家人。

何亞娟

（北京白馬時光文化發展有限公司內容總監、知名圖書出版策劃人）

二〇一四年十月二十四日

何所冬暖,何所夏涼

作　　者／顧西爵
發 行 人／黃鎮隆
副總經理／陳君平
副　　理／洪琇菁
執行編輯／陳昭燕
美術監製／沙雲佩
美術編輯／王羚靈
國際版權／黃令歡
企劃宣傳／邱小祐、劉宜蓉
內文排版／謝青秀

國家圖書館出版品預行編目資料

何所冬暖，何所夏涼 / 顧西爵作. --
初版. -- 臺北市：尖端，2017. 11

面；　公分

ISBN 978-957-10-7796-3（平裝）

857.7　　106017041

出版／城邦文化事業股份有限公司　尖端出版
台北市 104 中山區民生東路二段 141 號 10 樓
電話：（02）2500-7600　傳真：（02）2500-2683
讀者服務信箱：7novels@mail2.spp.com.tw
發行／英屬蓋曼群島商家庭傳媒股份有限公司城邦分公司　尖端出版
台北市 104 中山區民生東路二段 141 號 10 樓
電話：（02）2500-7600　傳真：（02）2500-1979
劃撥專線：（03）312-4212
戶名：英屬蓋曼群島商家庭傳媒（股）公司城邦分公司
劃撥帳號：50003021
※ 劃撥金額未滿 500 元，請加付掛號郵資 50 元
法律顧問／王子文律師　元禾法律事務所　台北市羅斯福路三段 37 號 15 樓

台灣地區總經銷／中彰投以北（含宜花東）　楨彥有限公司
電話：（02）8919-3369　　傳真：（02）8914-5524
雲嘉以南　威信圖書有限公司
（嘉義公司）電話：0800-028-028　　傳真：（05）233-3863
（高雄公司）電話：0800-028-028　　傳真：（07）373-0087
馬新地區總經銷／城邦（馬新）出版集團 Cite（M）Sdn Bhd
電話：603-9057-8822　　傳真：603-9057-6622
E-mail：cite@cite.com.my
香港地區總經銷／城邦（香港）出版集團 Cite（H.K.）Publishing Group Limited
電話：852-2508-6231　　傳真：852-2578-9337
E-mail：hkcite@biznetvigator.com

版　次／2017 年 11 月 1 版 1 刷　Printed in Taiwan
2020 年 3 月 1 版 4 刷

Designed by Freepik.com